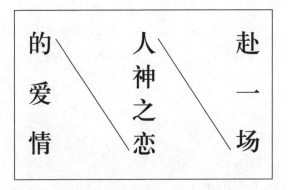

赴一场人神之恋的爱情

的爱情

曹蓉 著

四川文艺出版社

赴一场　人神之恋的　爱情

序

爱是一场情奔

有时候，走在山中的云霭里，恍若置身仙境。常常想，我会遇见一位仙人吗？告诉我，这是不是亿万年前的太虚幻境？而我是来赴一场天荒地老的情奔吗？

在这世间，还有什么抵过一场情奔？还有什么可以比爱更令人心动？还有什么遇见不是情的轮回？

我在散文诗《动情》中写道："我若注定要到人间历劫，我愿意为你，再一次动情，用你给我的洪荒之力，赴一场今生今世的情奔。"

我始终相信，人若真有轮回，爱必是一场前世的缘定，来今生赴一场几千万年的情奔。人若真有前生，我或是三生石的精魂，为一个人飘落九尘，再一次动情；我或是离恨天的一株仙草，纵身大化，不惜人间历劫寻找旧时相识；我或是《诗经》里那个在河之洲的女子，等候为我涉水而来的君子。

爱情是一场人神之恋，一场天上人间纯然的神话，一场前世今生的践约。不然，它怎么如此奇妙，如此动人？

我始终相信，爱是一个神秘的前世记号，或是一枝灼灼桃花，"若有忘川，我愿相信，今生轮回，世上，会有另一个男子，以一枝桃花，作我们的记认。"（《若上苍容我是一朵桃花》）。

爱是一种熟悉的神秘味道。世上，会有一个男子，凭此找到深爱的女人，他们之间昔时相爱的记认。

"总有一种因缘，与久远的那一次花开，有不可知的关系。不然为什么，在充满花香的山路，在众芳之中，废墟之上，你能辨认出，昔时熟悉而芬芳的味道？"（《栀子花开》）

"我不知道自己有什么味道，但我相信，找到我的那个人一定能辨认，我前世的'记号'。也只有他知道，从我身体呼出来的最深的隐秘花香。而那个人一定是我的爱人。"（《味道》）

我们无法解释生命中两个人的相遇，但佛家给了一个圆融的答案：所有的相遇都是命定的前缘。无论你辗转跋涉，以怎样的形式完成一次相逢，在这之前，你们彼此抵达过对方的灵魂。所以，不论你早一步、晚一步，千折百回之后，都会回到原点，等到相遇的这一天。而这个出现在你生命中的人，不是偶然，而是你的必然。

为此，我常常心怀感激，感谢来到这个世上，感谢天地，感谢万物生长，感谢生命温柔的脉动；感谢在无垠的苍穹下，让我承受大自然惠赠的天露，承受生命所给予的一切，一切岁月的爱宠，让我——遇见你。

遇见你，是我必然的爱情。

在那个充满花香的午后，我们第一眼的对视里，我便知道，你是我生命中必然出现的那个人，而我是你今生到茫茫人海寻找的另一半。"就像宝黛初见，在第一眼的对视里，便喜欢上对方，

仿佛前世的旧友，深爱的眷侣。"（《关于爱情》）

我始终相信，你我的相遇，是来践前生的相约，来赴一场最美的情奔。

而让我——为你写一怀素锦文字，写我们有情的人生和有情的故事。

陪你看细水长流，静等花开

雷蒙德·卡弗说："你想要什么呢？让自己被爱，让自己感觉到在这个世界上是被爱着的。"

我是一个幸运的女人，幸运这世界有你，有你给我的爱；幸运遇见花开，遇见最美的春天，在这个春天遇见你，遇见爱我的人，和我爱的人；幸运遇见世上所有的美好，遇见最好的你，与最好的自己。

在散文诗《梅和月光》中，我写道："一定有些什么，在花落之后，是你不肯放弃的坚持。是渴望出现的青春吗？或是，从未遭逢的、像月色一样清澈的爱情？"我一直认为，这世界上没有比爱更美好，爱是生命中最美的情感体验，最伟大的奇迹。爱是我们每个人来到世上的目的，带给我们灵魂的狂喜，生命永恒的意义。爱是从内心满溢出来的一股流动的能量，"以诗意的样子呈现在对方的面前，如两条交汇的河流，穿过芳草茵茵、落英缤纷的双岸，散发着芬芳的气息。"（《关于爱情》）

也正是因为我们灵魂里最温柔的情愫，生命中始终不肯放弃的坚持，我如此幸运地遭逢像月色一样清澈的爱情，有一个人在我的身边陪着我，疼我入骨。所有的寒冷都变得温暖，所有的忧伤都随风而散。那个人，懂我的一切。所以，我的心总是充满感激，你的存在，我的遇见。在每一个日子，每一段时光，让我感觉爱情的味道，像馥郁的花香，萦绕在我的心头，给我生命的丰盈与滋润，让沉醉其中的我发生着令人欣喜的改变。

我纯然地接受生命中遇见的爱，并放大着我的爱，用宗教般的敬畏和感恩的情怀，去感觉宇宙自然和大地山川，用至纯至美的心去感觉大自然的一花一叶，去聆听花开的声音，闻到草木的清香，流水的味道，去感觉如大自然一样芬芳的爱情，感觉那些欢笑和眼泪，那些快乐和忧伤，感觉爱情的深度，塞入生命丰富的情节，书写我们有情的故事，从开头，到现在，一直写下去，写到花开。

所以，在生命的途中，当那个对的人微笑地走来，或正走向我，将带我缓缓凌过东篱的花香，为我点亮满天的星月清辉，我会轻声告诉他，我愿陪你此生，暖一盏茶，执一壶酒，看尽落日黄昏，繁星烟火；我愿陪你一起，走过满路风景，看细水长流，静等花开。

我愿做一朵栀子，给你最纯净的爱情，香给你看；我愿做一枝桃花，与世界灼灼相对；我愿把生命中充溢的爱和故事，转化成柔美芬芳的文字，抵达灵魂，赴一场最美的情奔。

"唯美"是我的追求

中国人是诗意的，从《诗经》开始，从"关关雎鸠，在河之洲"的水湄，中国人就有一种与生俱来的诗性气质。我认为，我们的文学作品，无论是诗歌、散文还是小说，更应该呈现一种诗意之美，让我们在阅读中得到一种审美愉悦、心灵的宁静，如感受月光下的潺潺流水，花朵的绽放，草木的舒展，感受到语言魅力给我们带来的脉脉温情。

人类生活在一个语言的世界，语言使人类的生活丰富多彩。在文学创作上，无论诗歌、散文、戏曲还是小说，一切文学作品都通过语言来表现。尼采说："一切存在都只有变成语言，才能敞开而澄明。"语言作为思想的载体，是思想得以外现的主要形式，也是文学作品的主要形式。尤其是散文，作者对于自然和人生的描述，对于心灵的感悟、情感的体验，都是通过优美、流畅、自然、清新的语言来表现的，使之读来隽永如水。散文更具有诗性的品质，更贴近我们的灵性，更呈现出一种诗意之美的质地。它较之诗歌，更宜于舒展地表情达意，满含意蕴。

文学的终极目的是什么？是美。它也是文学的本质，文学永恒的生命力。能够经得起时间长河检验的，能够沉淀下来的，或者能成为经典的，必然是能触动我们心灵的，给我们带来美的文学作品。好的散文，它一定是具有深厚文化底蕴与文学精神的作品。好的散文，一定是关照到精神的更高层面，体现崇高、信仰、悲悯、关怀等美好的人文情怀。好的散文，它一定是如春风细雨，润物无声，净化灵魂，陶冶人生，让人们看到希望，具有唤醒心灵的力量，照亮我们生活的世界。

什么才是美？在我们的文化里，儒释道都有最好的诠释，儒家讲"仁"，佛家讲"慈"，道家讲"善"，概括成一个字，就是"爱"。爱永远是人生永恒的主题，也是文学艺术之美的源泉和归向。这里所说的"爱"，是由个体的爱到对宇宙万物和芸芸众生的大爱，是仁、慈、善的体现与提升。林清玄有一句话说得很好："当某种情感触动了我们，那就是爱；当某种爱提升了我们，那就是慈悲；当某种慈悲被触动，就可以吸引我们、带领我们，走向生命圆满的归向。"爱是人类的大美，人类在爱中不断提升自己，走向至真之美，至善之美，抵达唯美的境界。

我一直努力地追求"唯美"，一直努力地把我们存在的世界，把我们苦苦追寻的爱情与人生，用散发芬芳的优美的文字传达出来。"唯美"是超越现实之上的最高境界，但这并不表示我们看不到现实中某些阴暗、丑陋、颓废、浮躁的一面，并不表示我们忽略了黑暗。这一如我们有时站在黑夜里欣赏月亮，月亮正是超越了黑夜而只是把光芒呈现给我们，从而照亮我们蒙尘的心灵，照亮我们生活的尘世，而不至于被杂念的黑暗屏蔽。当我们怀着爱，你看一切山川、树木的眼神都带着爱意。在你眼中，还有什么不美呢？

美，是一种价值和情感的显示，是我们的感悟力和欣赏力所能领受的一种感动。因此，真正的文学作品，能够打动人心，引起人们心灵快感和情感共振，总是把世界和人生的阳面展现出来，把黑暗的阴面转化为美，转化为爱，以仁，以慈，以善，让我们看到现实美好的东西。这是写作者的能力，也是创作所要追寻的终极目的。唯美，是我的创作和作品一直努力追求的方向。无论散文（包括散文诗）、传记、小说，还是影视剧本，我一直努力追求的是语言之美、故事之美、情感之美、思想之美、文化之美，努力用诗性的、富有哲思的文字，去表述和传达我对这个世界，对万物生长的大化的感悟，对我深受其惠的人，所赋予我的美丽的心情。

在创作中，我总希望自己是千手观音，一只手写散文，一只手写小说，一只手写传记，一只手写诗，一只手触摸世界……怀着慈悲与爱，以美的领受力和感悟力，书写有情的大千世界，有情的众生和我们自己的故事。

后续的话

这本书是我的第三本散文集，精选了前两本散文集《流浪的云》和《月亮的鞭子》中的部分篇什，并收入了我后期创作和发表的散文和散文诗。

前期的散文，因为从事媒体、出版的职业，走了不少名山大川，写下了许多山水散文，用我心中的爱情，传达了我对大自然的眷恋和感悟。后期的散文，以及散文诗，大多书写我对爱情，对人生，对大自然的深切感受，对唯美人生的追寻与思考。

在写这篇序时，我必须提到一个人，而且是很难过，很沉重，很悲痛的心情。四川文艺出版社社长吴鸿先生，一位非常优秀的著名出版人、作家，因病去世，突然向这个世界告别了。前不久，他出版了我的两部新书《高道李真果》《薛永新传》，这本散文集，也交由他出版。他还没有看到成书，便匆匆离去了。当年我的第一本散文集《流浪的云》，便是他做的责编。

吴鸿先生是我的老朋友，他称我"老友"。我们曾在同一个大院里，见面虽然不多，但结下了真诚的友谊。他给予我的支持很大，也很无私。真是没有想到，他竟匆匆地向他热爱的这个世界告别了！痛惜失去了一个真诚的朋友，痛惜这个世界失去了一个有才华的出版人。

我记得张晓风说过一句话："谢谢，我深爱这两个字。这是人类最美丽的语言。"虽然吴鸿兄去了很远很远的地方，但我想借这句话，以此表达我对他的致谢，希望他在天堂能听见。

曹萍
二〇一七年六月三十日

目　录

第三章　月亮的鞭子

第四章 想去旅行

第五章　爱情组章（散文诗）

第一章　味　道

关于爱情

一　爱的样子

这是我喜欢的一幅漫画：老太婆跟老头子赌气，像小女孩一样撒娇、耍脾气。想必老头子哄了很久也无济于事。她就是很任性。结果，老头子也生气了。于是，一个阴沉的黄昏，河边的长椅上，两个老人各自坐在一端，开始了斗气。两人的表情，就像头顶密布的乌云一样。

这时，天空下起了雨。老太婆依然任性地坐在那里赌气。老头子心疼了，怕她被雨淋坏。虽然生着气，把头扭向一边，还是为她撑了一把伞过去。

漫画的下方有一行小字：虽然生你的气……但我依然爱你。

反复看着这幅漫画，我心生感动。一个无声的动作，却传达深深的爱意。老人仿佛在对老伴说：还有什么气可生？在这世间，还有什么比你对我更重要呢？

忽然觉得这画面很熟悉，像我们父母的样子，也像恋人之间的调情。

看到这个画面，你即使生着他的气，流着泪，也会破涕而笑。

或许，你会问那个他，待有一天我老了，你会像那个老人一样吗？我相信，他也会是这样的：虽然生你的气……但我依然爱你。

这个令人感动的画面，或许是我们未来老了的呈现。我想，这就是爱的样子吧。

相爱的两个人，即使生着气，一句话都没有说，爱的样子都是暖暖的，即使暮色等不到星光老去，你爱的人仍然是最初的样子。

二　爱就是……

很喜欢宫崎骏那些说给大人的话："我说不出来为什么爱你，但我知道，你就是我不爱别人的理由。"

爱是一种感觉，难以说清楚为什么，"但我知道"。当我们爱上一个人，就会具有这种直觉能力——第六感觉，或者叫量子反应。我不知道为什么，我只知道，我爱你，你是我这一生必然遇见的那个人。就像《红楼梦》里宝黛初见，在第一眼的对视里，便喜欢上对方，仿佛前世的旧友，曾经的眷侣。"直觉是一种精神力量，它只是指出道路，从不解释。"

虽然爱是一种内在的知觉，一种让人狂喜的情感，但我们总想弄清楚，爱究竟是什么。这是一个复杂而深沉的话题，但又是一个我们间接或直接迷醉的体验。

什么是爱？爱是两个人的事。两个人的相爱，那叫爱情。单方面的爱，只能是一相情愿，不是爱情。

　　爱就是两个人灵魂的相遇，两颗心在一起，并彼此安歇在内在与生命的深度中，融为一体。

　　爱就是两个人最完美的默契。我的语气、腔调，甚至我的样子，与你越来越相似。我的一举手，一投足，一个微笑，一个表情，我说的话，表达的意，你都能看懂，听懂。你懂我的全部，你在我的世界里。即使在遥远的地方，你也能感知我，与我心应。无须语言，一个眼神，便已会意，默契在心灵中共生。你会发出惊叹，我们如此一致，如此心有灵犀。

　　爱就是有一个陪你讲废话的人，而他总是兴趣盎然，听你一直讲下去。

　　爱就是我是你这一生所寻找的那个人。我们在前生原本就是一体，后来被上帝分开，我是你此生到茫茫人海中寻找的另一半，是你左胸第四根肋骨最深的一寸。从生命开始的那一刻，我的灵魂就在寻找你；从遇见我之前，你就一直在寻找我的脸庞。我是你的影子，你是我的轮回。我是你的缘起，你是我的结果。

　　爱就是彼此生命中最温柔的部分。爱是以诗意的样子呈现在对方的面前，如两条交汇的河流，穿过芳草茵茵、落英缤纷的双岸，生命因此而美丽。

　　爱就是让你温柔以待，也让你有足够的勇气坚持下去。世上没有任何力量可以阻隔你们在一起，爱使你成为一股无坚不摧的力量，一股灵性的力量。爱使你体会到永恒的真义，超越时间，超越生死，带着爱的光芒，驱走内在的黑暗和怯弱，而战胜一切。

爱就是一种神性与品质。爱一个人已从一种信念，变成一种宗教式的信仰。

　　爱就是互相成为对方的镜子，遁入对方的内心，看到自己。我们要找的那个人，同自己一样，势均力敌，相互匹配。这与彼此的身家、背景无关，体现在相同的才学、性格、兴趣和喜好上。

　　爱就是彼此欣赏，每一天我都会在你的面前呈现不同的风景，带给你不断的惊喜，给你一个丰盈的世界。而你如磁石一般深深吸引着我，与你紧紧地黏在一起，难以分开。

　　爱就是相互扶持，在共同的学习中成长和丰满。如比翼齐飞的双鸟，在共同的天空翱翔。爱是并肩而行。爱是一个动词，是两个人的互动。

　　爱就是尊重对方，欣赏对方，并分享对方的喜悦，分担对方的痛苦与忧愁；爱就是为对方付出，不计较任何回报。

　　爱就是对彼此的慈悲，包容对方的一切。爱就是信任对方，从不过度怀疑，从不嫉妒，从不伤害。

　　爱就是存在彼此内在之中，从未消失。爱是从内心满溢出来的一股流动的能量，整个宇宙都布满了你的爱。爱是从彼此身体最深处呼出来的气息，散发着芬芳。

　　爱就是你爱一个人就爱了一生。婚姻不是一辈子，只有爱，才能一生一世。

　　爱就是双方在磨合中成长和加深。不要害怕改变自己，为爱而改变，只能使你变得更好。爱使你脱胎换骨，爱使你更加成熟并趋于完美。

爱就是习惯和你在一起。

爱就是你拍的照有我，我写的文有你。

爱就是你执我之手，愿陪我看花到老；我执月色为笔，愿为你写一生的爱情。

爱就是我长长的头发，每一寸肌肤，都带有你迷恋的气息。

爱就是我刚要发信息给你，你就出现在我眼前。我正要拨通手机，你就给我打来电话。

爱就是我为你盛上的热汤，你为我夹菜，一勺一箸都是幸福的味道；你为我暖一盏茶，我为你执一壶酒，一杯一盏都是醉人的爱意。

爱就是在你远行的时候，把你的照片从手机里找出来，一日看几回，时而笑，时而哭。

爱就是在我们的学历、地位、头衔等等之外，看到对方最真实的一面，不过是两个有点小坏的大孩子。

爱就是忍不住想知道你的童年，你顽皮的劣迹，儿时的小名；喜欢听你讲你难忘的经历，你搞笑的故事，让自己参与到你的往事里。

爱就是希望自己每一天出现在你面前都是那么美，或如清晨的一道霞光，令你眼前一亮；或如月色下一朵娇羞的莲，在我低下头去的刹那，感觉到你眼里的温柔。

爱就是不可思议的多重角色。有时依你如父，又尊你如兄。在我面前，有时你像个孩子，有时又像一位高深的智者，有时又是最知己的友，最亲密的伴。

爱就是希望自己是你的女神，可以把你当作公仆呼来唤去，命令你不许这样不准那样，却又心甘情愿做你的俘虏，做你的小跟班。

爱就是在我过马路的时候，你走在我的左边，牵着我的手，带我穿过车流如织的黑夜，寒暖相陪，风雨相随。

爱就是你陪我静看落日黄昏，我陪你共度一帘幽梦。爱就是愿意与一个人度过美好的时光，地老天荒的他年。

这世界上没有什么比爱更令人惊奇，爱是生命中最伟大的奇迹，因为你存在。

爱是自然的祈祷，每一个人天生就拥有的祝福。爱是你的自由，你的权利，爱是你来到这世上的目的，是你生命的意义。爱赐予你一双翅膀，带给你的是灵魂的狂喜与生命的飞翔。

最美的爱情，不一定在最美的年华遇见。无论早一步晚一步，当你遇见那个最美好的人，一切刚好。世上拥有真爱的人并不多，千万人中也许有一对。但如果恰巧你和她是其中一对，请你一定要珍惜，这是你一辈子的福气。

每一个男人和女人都是因为爱来到这个世界的。愿我们纯然接受生命中遇见的爱，如阳光永恒般把彼此照耀。

愿那个对的人已经走来，或正走向你，并将陪你走下去，带你缓缓凌过东篱的花香，为你点亮满天的星月清辉，听他轻轻告诉你：我爱你。

三　爱与被爱

走在散步的路上，我一直在思考雷蒙德·卡佛的话："你想要什么呢？让自己被爱，让自己感觉在这个世界上是被爱着的。"

他认为被爱是我们想要的。毫无疑问，我们需要被爱。

被爱，是一种由自身散发的迷人魅力，一种被欣赏、被倾慕的吸引力；去爱，则是一种能力，一种知道如何去爱的能力。

被爱着的人是幸福的，但是，那个爱你的人必须是你所爱的人。

去爱，并被爱，是一个共同体，都不能分割。缺少其中一个，都不是爱。爱是两个人的事，是两个人的心心相印。

我爱你并让自己被爱，这才是你在这个世界想要的——幸福。

当你已经拥有了你想要的幸福，在这个世界上，你还有什么不快乐的理由呢？

四　爱与背叛

爱是两个人的事，不爱也是两个人的事。你有爱的权利，他有不爱的理由，没有谁对谁错，没有谁背叛谁。

爱是两个人的事，与别人无关，只与爱有关。每个人都有权利选择爱与不爱，过自己想要的生活，听从内心。人类真正的原罪不是亚当和夏娃偷吃禁果，而是没有真正地相爱。

当我们用圣人的模式绑架和指责别人的感情选择时，有没有想过，你的口诛笔伐可能是一种伤害？你怎么能感受到因为彼此不能适应对方与之合拍的痛苦呢？做一个善良的人，善意地理解别人的感情。

爱，如果有背叛，那已经不是爱。如果有爱，爱会留下来。不要用道德的名义去谴责对方，也不要因为失去爱而失去尊严。不爱，就是不爱了。爱只听从内心的声音，听从真实的情感。

五　爱只是去爱

为什么我们总感到爱的忧伤？为什么我们在爱着的时候，总是伴随痛苦与眼泪？

其实，我们并没有充满爱。因为你的爱同时被抱怨、计较、恐惧等负面情绪占据。因为你想要得更多，你担心付出没有同等的回应，你害怕失去拥有的一切。于是，痛苦与忧伤便滋生心里。

当我们不抱怨，不计较，不担心，以欢喜的心情，去爱，只是去爱，让自己充满爱，付出爱，你就会感受到付出所带来的喜悦与丰富：你会感觉心在跳舞，闻到以前从未闻到的芬芳，听见生命跳动的美妙诗句。你的房子居住一个诗人——你自己。

你付出的爱，也将传递到山川、河流，甚至最远的星星。那时候，你连看树木也带着爱意，还有什么痛苦呢？然后，你会接收到爱的引力波回向你的爱。你付出越多，你得到的爱越多。

在爱里，我们须学习如何爱得更好。爱是一种成长，一种境界与智慧。你对待爱的态度，决定了你得到幸福的深度。

爱只是去爱。爱除了爱，没有别的。

做个情调女人

喜欢情调，喜欢做个情调中的女人。

情调是什么？情调是女人与生俱来的情致，是灵魂里最温柔的秘语，是我们通过自己的感官享受体验情感的特有方式。它以一种如诗的姿态，传达我们对灵性的眷恋。

情调使女人变得优雅、从容，制造着生活的热情与浪漫。

但很多时候，我们常常以无数借口，遗忘了它。忙着工作，忙着挣钱，忙着应酬，忙着一个又一个的计划，忙着每天重复做不完的事，忙着琐碎的柴米油盐。快节奏的忙碌，情调像一封情书，被丢在了风中。

为什么我们越来越浮躁？为什么我们无法安静下来享受情调？

其实，是一扇窗与一扇门的关系。一扇窗，关住了外面的喧哗与浮躁。另一扇门，却打开了一个沉静丰盈的世界。出去，或进来，只是一步。热闹，或安静，只是一念。但你的世界大不相同。窗外，迷眼的乱花、喧嚣的市声、匆忙的脚步，是一掠而过的迷茫，什么也没有留下来。窗内，心安放在一隅，慢下来，静静地，沉淀。狭小的角落，却足以容纳广阔的空间，感受情调的闲暇时光。

因为你就是自己的江山，具足的宇宙，你不需要盲从，不需要把自己变成一台忙碌的机器。

而当我们忙碌的时候，更需要，需要一种情调。情调会让我们在身心疲累中得到放松，让那一片压抑的情怀得到舒展，让那一怀怅然得到释放，从复杂中回到简单，从喧嚣中回到宁静，我们会情不自禁感激生活，并为之着迷。

所以，我喜欢窝在最心爱的米白色靠椅里，敲着键盘，写自己的文字。在创作的世界里，我亲手用清代的砖瓦、玄门的太极、儒家的经典、佛家的禅，将它们缀上一页页文字的天空，穿越历史的云烟。我用心千锤百炼，如匠人，把文字变成一座庄严的宝殿。在自己营造的文字王国里，我进行着一趟又一趟艰苦卓绝的跋涉，像一位修道的仙人，静心打坐，将胸中清一之气化作一股能量，呈现所有的风景与万千气象。

创作，让我张开想象的每个毛孔，让情调渗透到灵魂。创造神秘、丰饶的文字花园。

我喜欢在阳光洒满的窗前，一杯茶，一卷书，静静地坐在澄澈的清晨里，沉浸在书中的世界。心底的喜悦，随茶烟袅袅升起，宛若一只大手温存地拂过脸颊。我的双眸神采奕奕。我浑然不觉自己所散发的魅力。

我在闪烁智慧星光的经典里，与未知的世界相遇。这个世界向我打开了我未知的一切。我与古代的圣贤先哲相遇，与他们对话，与东西方的智者交谈，我的一个又一个迷思和困惑，都能得到解答。我在书中找到了大道和人生真谛，让我与世界惊喜相遇，从未知到有知。我的思想变得辽远广阔，我的人生有了宽度和厚度。我的心中充溢着爱和故事，我的欣赏力和感悟力领受到一种感动，而产生情感共鸣。这个时候，一切尘埃，静心无染。一切喧嚣，不觉无闻。

看累了，从书里抬起头，端详窗前的那丛芬芳的栀子花，深深吸入一口花香，再从摇曳的疏影里望出去，看对面楼顶垂下的茂密的紫藤和飘着白云的天空。这时候，情调就慢慢地回到我的身边，牵动我内心柔媚的情愫。一切又回到本来的状态，散在四方的心收了回来，无法着落的灵魂得到皈依。

此时此刻的我，放松、宁静、自在、自性，心灵回归到它自己。我就是那清晨，那天空，那散发着清澈而自性的花香。我就是，一个情调的女人。

如果是一个三四月的下雨天，我会假装忘了带伞，走出院子，去淋一场雨。漫步在迷迷蒙蒙的成都街头，让雨打湿我的长发，湿润我的眼睛，然后仰起我经了雨水的面庞，深深地呼吸一口青草的芬芳，感觉像森林的味道。

如果怀念下雪天，去度一次长假，找一个有雪的山中，在木屋里守着。我从散发着松木香的浴室里出来，换上干净而温暖的睡袍，擦干湿漉漉的头发。面对燃烧的炭火，翻开一本书，或望望窗外飘着的雪花，等待童话中的王子敲门。怀着爱情的期待，我把自己变成公主。

情调有很多种，很多方式。它就在我们的生活里。

我喜欢在一个清新的早上，从阳光中慵懒地醒来，离开我那散发着薰衣草香的暖暖被窝，到厨房去调一杯清香四溢的柠檬汁，靠窗而坐，想象锦江清澈的河水从眼前缓缓流过，享受一个带着微风的阳光清晨。

我喜欢在寂静的夜里，插上手机耳麦，让舒缓的音乐缓缓地流入我的心里，像月光的轻抚。思念一个人的时候，放一首时常盘桓于心的老歌，把我带到时空的另一极，进入记忆领域，让柔情像潮水一样涌来，漫过我心头的一地阑珊。

或是，用一个晚上，反复地读着他给我发来的短信，读着那些令我怦然心动的话。或是，在某个细雨如丝的晚上，到宽窄巷子，在点亮水漂红烛的桌边，与深爱的人相对而坐，一帘花间，共此酒意诗情，笑谈一段多情的盛唐。在微熏的夜色里，与他一起回到我们的前世今生。

情调像蒙蒙的细雨，它是优美的，滋养着女人的一生，丰盈我们每一个日子，充满着意蕴。

情调像夏日的栀子花，散发着馥郁的香气，芬芳我们的心灵；情调像舒缓的音乐，用天籁之声唤起我们苏醒的灵魂；情调像一首浪漫的情诗，传达深深的眷恋，触动我们的情感。

一个有情调的女人，她一定是美丽的。即便"乱头粗服，不掩国色"，她举手投足自有一种优雅，一种温柔、安静的力量，一种由内而外的气质，一种从内在放出的光芒。你会不由自主地被她深深吸引，唤起内心对美好的热爱。

一个情调中的女人，她一定在爱着，并且被爱。

雷蒙德·卡佛说，让自己被爱，让自己感觉在这个世界上是被爱着的。

情调时常伴着爱情出现。因为爱，被这个人爱，被这世界爱。于是，我们满怀着爱和感激，制造着那令人惊叹的情调。

味　道

　　每个女人都有自己的味道，独一无二的味道。只是，我们并不清楚自己的味道是什么，但这是一种神秘的经验，只有深爱你的那个人知道。

　　曾读过韩国畅销书作家金河仁的小说《菊花香》，我被书中散发着爱情香气的故事所迷住。男主 DJ 制作人承宇第一眼爱上女主美姝的秘密，是因为她头上散发的菊花香。那天，在地铁的车厢里，他突然闻到身旁女孩头上散发出菊花的香味，他感到自己的心里生起了异样的颤动。出地铁后，他追过去问女孩：

　　"从地铁出来时，我闻到您的头发上散发出菊花香。您今天用的是什么洗发水呢？"

　　"为什么问这个？"

　　"因为那种香味很好闻。"

　　美姝并不知道自己的味道，是承宇告诉了她。原来她身上有这么好闻的香气。正是她发丛独有的那一缕菊花香，爱情进入了这个男人——她后来的丈夫的心中，直至死亡将他们分开也永不消失。

为什么承宇会闻到美姝头上散发的是菊花香，而不是别的香气？比如玫瑰的香味。我想，这大概是因为相爱的两个人互相传递着一种令他们亲近的味道，仿佛前世熟悉的味道。这是他们灵魂里爱的秘密。

　　在美国女作家萨拉·班恩·布雷斯纳克的随笔里，我也看到了有关味道的小故事。

　　她讲在一次聚会里遇见一个最有魅力的男士之一。当时他们正在讨论一件重要的事情，那男士忽然侧身靠近她的耳朵，对她耳语道："你的味道真好。"她惊呆了，"不知道是该大笑、尖叫还是扇他耳光。事实上这三件事我都想干"。不过她并没有做出激烈的反应，表现得自然而然接受的样子，但这位男士给她留下了"很深而且愉快的印象"。

　　男士闻到了她身上独有的味道，他有没有告诉她是什么样的味道，我无法知道，但相信那一定是某种花香的味道，是那个男士潜意识里熟悉而令他着迷的味道。

　　那部美国纯爱小说《笔记本》里也有过关于"味道"的描写。在一次暴雨大作的晚上，诺亚和艾丽淋雨归来回到农庄，燃起炉火。他们静静地坐着。艾丽把脑袋靠在诺亚的肩膀上，头发还是湿漉漉的。这一刻，诺亚闻到艾丽的气味，带着森林花香的气息，"像雨水一样柔和、温馨"。诺亚被这样的味道感动了，爱情又回到再次重逢的两个人的心中。

　　女人身上散发的芳香，是一种美妙而令人战栗的感觉，具有瞬间而无形的力量，用不同于光线和声音的方式，通过你的嗅觉，提供一种抵达灵魂的途径，唤起你内心记忆的苏醒。它可能是你前世的记认，凭着味道找到你深爱的人，前生的另一半。

父亲曾给我讲过妈妈身上的香味。他说："你的妈妈身上是有香气的。"

当时，我像听到一个惊天的秘密，表情有多惊讶可想而知。

"是什么味道的香气？"我兴奋地问，好奇心完全被激发。

父亲讲，第一次见到母亲的刹那，从母亲身上散发出一股淡淡的、若有若无、澄明无比的香气，闻起来就像雪水浸泡后的梅花的暗香，进入了他心里，整个人产生一种莫名的沉醉。从那以后，他再也忘不了母亲身上的味道。结局必然是这样的，一抬花轿迎娶了母亲。

父亲还给我透露了一个秘密。晚上睡不着觉的时候，伸出一臂环抱着母亲，便慢慢地在充满母亲味道的香气里入睡了。

父亲在讲述的时候，眼神里流露出一种幸福和爱怜。我想，萦绕父亲心头的，丝丝缕缕的都是母亲的芬芳吧？

但我仍然不敢置信，向母亲确认：爸爸真是闻到您身上的芳香吗？

母亲嘴角漾出笑意，好像回到少女时代的羞涩。我信了。忽然想，我身上有没有香味呢？我的味道又是什么？谁能告诉我呢？

"你的妈妈前生是花仙变的。"父亲用一种不容置疑的口吻说。

听起来很神话，也许是爱读神仙小说的父亲产生的幻觉？但我相信，父亲所告诉我的一切秘密，都是真的。

这是男人对女人的神秘经验，一种关于味道的前世今生。

我们一定体验过这种感觉：你与生命中的那个人相遇的当初，就在第一眼的对视里，找到久远而似曾熟悉的味道。

花香是女人灵魂的香味，是女人与花之间的秘密。每一种花香，都是世上每一个女人的味道。每一种花香，都有世间每一个男人隐秘的爱情。

所以，当有人对你说，你的味道真好，请你一定要珍惜，因为这是你和他的前世因缘。

卢梭说："嗅觉是一种记忆和期望。"它穿过我们的记忆，触动我们的感官，开启隐藏的世界，情感的隐秘天地。我们所感受的美妙的味道，如同寺庙神殿里点燃的熏香，让我们接收到神赐的礼物。上帝给每个女人制造了不同的味道，释放爱的芬芳，让她们的爱人在这世上去寻找独一无二的她。

我不知道自己有什么味道，但我相信，找到我的那个人一定能辨认我前世的"记号"。也只有他知道，从我身体呼出来的最深的隐秘芳香。而那个人一定是我的爱人。

宽窄巷子，转角遇见梅

至今，我仍然感到惊奇，你第一次约我相见的地方，为什么是宽窄巷子？

那时候，你并不知道，我曾在那里读书、成长，你并不知道，那个地方曾经有我的似水年华。而当你约我在那里相见，我的内心充满了惊喜。好像你了解那是我最喜欢的地方，好像你一直就很熟悉我，熟悉我的过往。

这一刻，夜的烟雨，晕染了宽巷子天青色的庭院。花间，缭绕的云烟里，一曲《青花瓷》，丝丝入扣，"天青色等烟雨，而我在等你。"如谁的思念在飘飞，直抵心头。我们相对而坐，在一盏水漂红烛的摇曳里，举杯对饮，深情凝视。轻柔、优雅的古筝，一弦动人的清音，仿佛倾诉着一生情，在我们的心头缭绕。

从庭院出来，在飘着的微细的雨里，与你一起走在古旧而幽深的巷子。迷离而晕黄的灯光，为浮华的夜巷罩上弥影色彩，时光的影子似乎拉回到久远。年少时，曾经年复一年日复一日已然熟悉的地方，斑驳的黑白院墙，残旧的雕花门楣，显得苍老凝重的青砖和黑瓦，还有草木蔓生的小天井，一隅延伸出去的天空，包括那些纯真的记忆，茶馆里流淌的流年，还有"八旗子弟"留下的背影，以为已经远去了。而在此时，当你陪我在这幽静古朴的宽窄巷子漫步时，发现它们并没有走远，虽然多了褪色后的繁华，但我依稀能找到它旧时的模样，找到那份与生俱来的安闲与淡定，那份三千年成都的文化血脉与骨子里的情致，也找到了恍若隔世的遥远记忆。

雨停了，一轮清朗的月亮出现在黑墙翘檐的上空。如水的月色下，一株三角梅开着繁花，安静地伫立在巷子的转角，仿佛在静静地等我们经过，缓缓交会。

我站在树下，惊喜慌乱地望着头顶上的梅，整个人置身在梅树的覆盖下。你回过头来，朝梅投去深情地一瞥，然后凝视我的眼睛，说："你像梅一样美。"

我怦然心动，仿佛觉得自己就是，你转角遇见的梅，一个像梅一样穿红衣的女子，遭逢像月色一样清澈的爱情。

而我，就在这温柔如水的古老月色下，把我清极莹极的一颗心交付给你。我们慢慢地走在鬓影衣香的巷子里，我忽然停住，我被摊边那精致、典雅的满清茶具吸引。一位清代满族装束的"格格"，着一袭宫廷的红裙长袍，迈着浅浅的莲花碎步，朝我们嫣然走来。我见她的袍子上绣着一枝梅，恍然就是一个梅一样的女子。这时，一位"阿哥"模样的俊逸男子，走来她的身边，与我们对话。

恍惚中，我有些穿越了。若时光倒回金戈铁马的满蒙时期，我会不会是那个美丽的格格？会不会随"八旗子弟"的阿哥，从草原而来，到这千年城池的巷子宽居？会不会有一场轰轰烈烈、刻骨铭心的故事？谁能预料呢？一如年少时在宽窄巷子来来去去的我，怎会知道，多年以后又在这里找到我的似水年华？怎会知道，多年以后，有一个人陪我走在这千年的古巷？

我们谁都不能预料未来，谁都不能预先知道，这一场仿佛不经意的相逢，但我后来知道，在似水的年华里其实早已埋下伏笔，一如三千年成都的前世今生，我是你必然的爱情，上苍命定的安排，在某个月色中的宽门相会。

我或许原是，随千余满蒙官兵迁居在古老成都宽窄巷子的一个"格格"，而你原是某位多情的"阿哥"。

今夜的月色下，宽窄巷子深处，一棵梅树旁，我们在芬芳的转角，遇见了从前的爱。

玫瑰记忆

　　这是一个温柔的夜，柠檬黄的月光穿过幽而茂密的树叶，洒落在窗前，与桌上的水漂红烛相映，一丛玫瑰开在眼前。轻柔的、深情的蓝调在成都玉林的一家小酒吧肆意漫开，令人动情。

　　一位才华横溢的诗人将他即兴写的诗给我看，虽然诗句很短，但一下触动了我。

> 谁懂得一枝
>
> 玫瑰暗藏的幽香
>
> 把多少人间情怀乱成一地芬芳
>
> 但我知道
>
> 我是玫瑰园的主人
>
> 所有的玫瑰都听我的指挥
>
> 其中那一枝
>
> 是我的爱人

　　情深的表白中，有一种男人的霸气与自信。他似乎在告诉深爱的人，你就是我的玫瑰，我是玫瑰园的主人。

　　桌上的玫瑰在我的眼前摇曳，一朵花瓣飘落在洁白的诗笺上，那个散发着玫瑰香的往事在我的心头浮动。

不记得是哪一年，当时在重庆的画家泉经成都顺道来访，我们自然地谈起在重庆的杰。杰是我们共同的朋友，一个诗人气质的男神。

我问："杰还写诗吗？"

南说："不写了。"

我为杰惋惜，我喜欢他的诗，每个句子冷静、神秘，又充溢着灵动之气，还有一种睿智的幽默感，像他的个性。

泉犹豫地看了我一眼，又说："他还是单身，没有恋爱。"

"为什么？"我瞪大了眼睛。

杰是个优秀的男人，出类拔萃，帅气多情，这么多年他怎么会没有恋爱？仅作为诗人这个身份，他应该是浪漫的那一型。我在心里想。

泉看着我，迟疑了一下，终于说："他喜欢你。"

我不敢置信，惊讶得就像木头戳在那里呆呆的。他喜欢我，为什么不告诉我呢？为什么我一点都不知道？

泉神情认真地："这是真的。也许他还在等你。"

我的眼睛写满了一个个问题。

"还记得他送给你一束玫瑰吗？"泉帮助我回忆。

我想起来了，那个散发着玫瑰香的往事浮出了我记忆的水面。我怎么能忘记呢？我第一次收到一个男孩送我的玫瑰。一段单纯温馨的时光。

那时我还是一个做梦的女孩。那天是情人节。我突然接到杰的电话，说他在我的楼下。

我匆匆地跑下楼，站在门口张望，却没有看见杰。他准是又在故意逗我，也许躲在某个地方坏笑。我佯装生气地转身走开，杰忽然神气活现玉树临风地出现在我面前，仿佛从天而降，吓了我一跳。

　　他背着手冲我傻笑，那双星子一般的眼睛深深地看着我，我被他看得不好意思，避开了他的眼神。他突然从身后捧出一大束红红的玫瑰，递给我，吓我一跳。

　　我万万没有想到，杰竟给了我一个浪漫的惊喜，像电影里的镜头。我害羞地接过玫瑰，顿觉花香溢怀，却不由自主地偷偷望了望周围。门口进进出出的人都朝我们看，我感到自己的面颊发热，忽然之间慌乱无措。

　　此时，杰再也无法从容镇定，也很慌乱。他把花匆忙送给我后，说了声："我走了。"然后慌慌张张地跑走了。

　　我从花里抬起头，看到他帅气而慌张的背影，不由无声地笑了。然后，喜滋滋地举着玫瑰回去了。走到楼口，我忍不住低下头深吸了一口这带着甜蜜气息的芬芳，不禁沉醉。我数了数，十二朵。刚好，每月都有玫瑰开放。

　　从那时起，我喜欢上了玫瑰，玫瑰的香气。

　　"可是……我没有想到他……我以为他和我开玩笑。"回到现实中，我低低地对泉说。

　　在我印象中，杰很幽默，喜欢开玩笑。

　　"玩笑？你真迟钝啊。难道他非要对你说那三个字吗?"泉埋怨地责备我。

　　他告诉我，杰后来一直在等我的电话，终于在失望中倔强地离开了成都，去了重庆。

那时候的我为什么就没有想到呢？那是一个男孩一生中最美的初恋。当那束代表爱情的玫瑰开在我的面前，我竟然视而不见。我有些懊恼和责备自己的迟钝。

想起美国诗人格鲁德·斯坦因的名句："玫瑰是玫瑰，是玫瑰，是玫瑰。"这倒符合我的心境。我眼中看到的只是玫瑰，而没有想到别的什么。我的"无意"让爱我的人受伤。可是，杰，你又为什么不向我表达呢？

有时候我想，如果时光可以重来，如果杰像当年那样送我玫瑰，我一定会了解他藏在花香背后的爱恋。也许他就不会带着伤痛离开伤心的城市，也许就不会离开他心目中"骄傲"的笨女孩。但我又会怎么样呢？

一切都无法假设，就像昨日不能重现一样。唯有记忆可以穿过时空，回到往日，像美丽的花环串起我们过去纯真的欢笑、眼泪和爱情。

想起那一年，我和杰、安子，还有泉，在安子大学的宿舍里，我用蹩脚的"川普"（至少不像我现在这么标准，咳），声情并茂地朗诵我的一篇散文，几个男人笑岔了气，竟笑得瘫倒在地。过后想起，他们简直太过分了。我自己也忍俊不禁。但这个桥段并没有结束，接着，就像电影情节般，正朗诵着，突然间停电了，寝室一片漆黑，一片安静，我突然尖叫起来。

想一想，会出现什么情节呢？但什么也没有发生。据说，泉后来笑问杰，你当时怎么不拥抱一下美女呢？杰说，想啊，不敢，当时很单纯。

确是一段美好而单纯的时光。但是，那样的时光再也无法回来。在最美的时光，最美的年华，总是与爱情擦肩而过。我们遇见的，也许只是一种单纯的心情。

　　后来，我在重庆见到了杰。我没有问他的情况，我看到有个美丽的女孩在他身旁。他告诉我，他又开始写诗了。

　　诗是写给爱情的。我想那个女孩一定是他的女友了。他找到了他灵感的源泉。我在心里默默祝福他。

　　苏格兰著名诗人彭斯有首写玫瑰的名诗："我的爱人像朵红红的玫瑰/六月里迎风初开。"不知杰还会送玫瑰给女孩吗？我真想对他说，你一定要让女孩明白花香之外的深意。告诉她，你是玫瑰园的主人。你一定要知道，有些花开过之后就只能留下梦，有些爱错过之后，就是一生。

　　此刻，夜风拂过，那伴随淡淡花香的温馨记忆，那一丛乍现就凋落的玫瑰，像一幅很美的画面，馥郁的，略带伤感，植入我的记忆中。风一撩动，它就开了。

　　在我们的记忆中都会找到这样一丛玫瑰，虽然只是某段经历，但它曾经芳香过我们人生中的一个季节。所以，感谢芬芳的记忆吧，它留下我们真实的刹那。

　　桌上烛光映照的一丛玫瑰，它的主人是眼前写诗的男子。我知道，你心里的那一枝玫瑰，是你的爱人。它不再是一段记忆，而是永恒。

让自己做一朵菊

秋凉的午后，小睡。一个电话突然把我吵醒："快过来喝茶！"

"不去。"我合了手机，继续午梦。梦见庄周和蝶。

电话又过来了："我给你拍照！"

"不要。"我慵懒却坚决地回答。这回，他的读心术不灵了。

似乎预料到我要挂机，朋友又说："菊花开了，快来看！"我一下睁开了双眼。隔着电话，我好像看见了满地堆积的黄花，好像闻到空气中弥漫的菊花香，幽幽地，从园林那边传送过来。

我彻底醒了。不再去想我梦见庄周和蝶，还是蝶和庄周梦见我。

兴奋地跑去公园，我竟一时呆住了。金黄的菊以铺天盖地的凌厉阵势，一直冲击到眼前，像烧着的金色的云。在林间，在湖边，在亭榭，一丛丛，一簇簇，一片片，菊如身披黄金铠甲的将士，攻陷了所有的城池和山头。我被菊花的香气包围，整个人置身在菊花香阵中而我却不想逃。

如果有谁把我掠走，我愿意做这香阵中的俘虏。

"冲天香阵透长安，满城尽带黄金甲。"他举着相机，看着镜头赞叹。

黄巢的这句诗在此时是最应景的，我不禁被触动。对于要改天换地的黄巢，他的诗句必然充满了霸气。但对于有着相思之苦的李清照，却必然是这样凄凉的情景：某个重阳节的黄昏，一个寂寞的妇人在东篱把酒独酌。本应该夫妻团圆，把酒相对共赏秋菊，如今却只有自己。她不禁思念远方的丈夫，心欲碎了。风吹起，黄花落满地，如自己因思念而日渐憔悴的容颜。离愁别恨罩上写词的思妇心头，她凄苦地发出"莫道不销魂，帘卷西风，人比黄花瘦"的叹息。

想起某人每次见到我，皱着眉头说："怎么比黄花还瘦？"我不无委屈地说："都怪李清照把词写错了。其实黄花并不瘦，还很肥。"

我想说的是，黄花瘦与不瘦，在于观者心境的不同。

我喜欢菊，喜欢黄巢诗里"冲天香阵"的霸气，但太凌厉，太有杀气，我更喜欢李清照词中"满地黄花堆积"的浓郁相思，那一份相守同心的美好爱情。它像散发在空气中的菊花香，久久萦绕心头，亘古不散。经过秋来蒹葭露冷的菊，才会如此灿美。经历刻骨铭心终夜相思的痛，才会盛开出最美的有情一枝。

在清冷的寒夜，闻到菊的香气，那淡雅、清澈、极沁人心醉的芬芳，一缕缕，一丝丝，抵达灵魂，难道这不是爱情的香气吗？那个写词的妇人，便是一朵菊，从婉约的宋词里散逸着隽永的幽香。

"看我这边！"他对着相机的镜头，冲菊丛中的我喊。我回头浅笑嫣然，让自己做一朵菊吧，一朵宋词里的菊，香给深爱的人。

爱有多美

许多年前，去参加一个笔会。

车上，坐在我身旁的Ｙ哥忽然问我："你知道人最丑的时候是什么样子吗？"

他并不要我回答，显然已有了答案："人最丑的时候，是打瞌睡的样子，歪着脑袋，流着口水，还张着嘴。"

这样子是很难看。他是经过观察得出的一个可以被认同的结论。

我淡淡地说："这个人一定是没有恋爱。"

Ｙ哥的表情有些惊讶，这跟恋爱有什么关系呢？

我告诉他："我见过一个在恋爱中的男人，他连打瞌睡都好看。"

"是吗？"Ｙ哥摇头，强烈怀疑。他认为我在发挥自己的想象力，粉饰一个打瞌睡样子很丑的男人。

这是真的。那次，我和一些文友从成都石象湖游玩出来，我先上了车。这时，从外地来的陈随后上来了，怀里抱着一盆香水百合。

他在我的身旁坐下。

"好香的花啊!"我深吸了一口花香,感到满车都充满香水百合的味道。

汽车行进中,淡雅的花枝在陈的怀抱里轻轻摇曳,浓郁的香气不断袭来,仿佛从粉白的花朵中流淌着香水,我的发丛都有了香水味。

辰用一种神秘的语调告诉我:"我喜欢的女友喜欢香水百合。"看他一脸的幸福,我不禁有些羡慕那个喜欢香水百合的女子。一个男人为了心爱的人,从千里之外的成都抱一盆花回去。她的心里不知有多幸福,足以回味永久。

只是,他为什么要强调自己"喜欢的女友"呢?既然是女友,当然喜欢。我见辰一直小心地抱着盆花,就对他说:"你把花放在旁边,这样不累啊?"

"我不累。"他笑笑说。

一个男人为所爱的女人做一件事,一件很浪漫的事,即使双手抱累了,那也是一种幸福啊。我理解地冲他笑了笑。这时候的我,有一种"拈花一笑"的会意。

辰又细心地低头看了看因车开动而战栗的花朵,双手小心地护着。我看到他脸上呵护的表情,像男人呵护女人的样子。后来,他渐渐地睡着了,手里仍不忘护着花朵,俨然是一个护花男神。我大受感动。

陈在途中醒过来,看看花还好好的,似乎放心了,又不好意思地对我笑笑。

我对他说:"你抱着花睡着了。"

这是我所见到的一个男人在瞌睡中最好看的姿势。只有当一个人在爱情中的时候，他所表现出来的一切举止都是那么美好，呈现出一种令人心动的美。

一个男人坠入爱河的样子是多么温柔，多么迷人。即使在跟女友短暂分别时，仍然想着为她做些什么。爱情使一个男人变得浪漫起来，散发出自身的魅力，让我看到了作为男人另一面的柔情。

下车后，辰把香水百合递给我，看着我，一脸认真地说："送给你。"

这不行！你不是带回去送给女友的吗？我坚决不收，尽管我喜欢香水百合。

他说，我就是送给你的。我望着他情深的眼神，恍然大悟，他喜欢的女友就是我。不，我不能接受。我惶惑地摇头。

你可以不喜欢我，但你不能阻止我爱你。请你接受我的心意，因为我知道你喜欢香水百合。辰说得真切、诚恳，让我无法拒绝他送的花。这个一直抱着花在车上睡着的男人，我怎么忍心拂他的美意？

我收下了辰的香水百合。只是，我不能收下他的爱情。

每当我看见阳台的香水百合，闻到那浓郁的香气，我便想起辰抱花的样子，不禁感动。

其实，辰并不是在恋爱。恋爱是两个人的倾心。只能说，辰在爱着，爱着一个不可能接受他的人。如果有一天，他爱上另一个女孩，我相信，那个女孩一定很幸福。

但无论如何，在爱着的人是最美的。对于男人如此，对于女人更是如此。当我们爱上一个人，无法自控，因爱而战栗，那种感觉是如此美妙和令人目眩。

美好的爱情激发作为女人的我们的内在活力，注意到自身的神奇。我们会因为这个人而脱胎换骨，发生令人惊叹的改变。首先，你会买回许多化妆品，对着镜子涂着令你的眼睛生动的睫毛油，反复地涂了又涂，直到满意为止。然后，抹上芳香的唇膏，想象当他亲吻你的嘴唇，你身体里所呼出的香气已令他沉醉。在颈后喷一点适合你气质的香水，让他记住你的味道。当你来到他的身边，他会闻到你身上熟悉的芳香，情不自禁地深吸一口气，给你一个让你快乐一整天的称赞。

你开始喜欢上小提琴、二胡等各种乐器演奏的爱情曲，闭上眼睛感受浪漫而轻柔的旋律，缓缓地从心上流淌。你打开电视，转换成音乐频道，专注地倾听你喜欢的男歌手的情歌，在那深情而磁性的声线里找他，仿佛是他在为你轻轻唱。你开始狂热地迷上爱情小说，把自己放进书里，而他是你故事的主角，并创作着自己的故事。你找来大量的中外名诗阅读，在手机上给他写诗，写心情日记，你把自己变成微信诗人。

你兴奋地等待你的爱人。相见时，你感受到自己的怦然心动，你的脸颊升起红晕，你的眼睛大而明亮，长久地凝视着眼前亲爱的面孔。你整个人容光焕发，浅笑嫣然，那时候的你在他的眼中是那么美。

爱上一个人，你开始阅读大量的文学作品和哲学经典，从中摄取智慧和思想的灵感，丰富着自己，使自己变得更好，成为一个有智慧的女人，成为他闪亮、自信得无可挑剔的伴侣。

你的生命因此而丰富，你的世界因此而美丽，你的人生由此而完整。

你仿佛就是一个为爱重生的女人。

爱上一个人，你期待着与他度过每一个美丽而清澈的日子，他是你这一生快乐的理由。你期待着与他牵手走在缤纷的花径，你愿意一直这样走下去，直到天荒地老，沧海桑田。

当两个人心心相印，当彼此的生命已融为一体，于是，你强烈地渴望和你所爱的人永不分离。"问世间情为何物，直教人生死相许。"在这世间最动人的，是两个人生死相许的爱情。最美的，也是这份一生一世的相守，至死不渝的坚贞。

但是，不是所有的爱情都有一个圆满的结局。读过台湾作家刘墉的一本书，一位威尼斯贡多拉的船夫曾对他说："威尼斯太美了，所以很多人到这儿死。病危了，要转到这儿等死；心碎了，也到威尼斯来寻短。"

船夫的最后一句话让我震撼。这是一个非常凄艳的殉情方式。这样的伤痛仪式固然很美，但美得太悲怆，美得太凄绝。当两个人无法再爱下去，其实只需要一个转身，给对方一个最美的、最后的背影。两个人的爱情缓缓落幕，这应该是最美的结束，虽然它是令人伤感的落幕。

可以分手的爱，不是你要的爱情。心碎了，我们还可以寻找爱，等待爱，用爱来忘记伤痛。在爱的旅途上，每一段路都有人在那里等你，陪你继续走下去。你会发现，那个在途中等你的人，才是你这一生跋山涉水要寻找的人。

一个女人只要在爱，懂得去爱，她就爱了一生，有了一生的美丽。她在爱她的那个人眼中永远那么美，即使红颜老去，仍像林中苍白的月华。

你只要想想这幅画面：一个男人坐在车窗边，手里为你抱着花，这爱该有多美。你还会心碎吗？

爱是世上最值得经历，也是最美的情感，是我们一生最憧憬的天长地久。

在爱的男人和女人，柔软了这个有情世界。

赴一场人神之恋的爱情

　　薄凉的空气中，一缕艾叶的清香飘过。悬挂在门楣的艾草随风飘荡，顿时发际、衣袖，甚至我的呼吸都弥漫了芳草的香气。似乎在向我传递：端午到了。

　　所有的中国人都不会忘记这一天，不会忘记屈子汨罗江边的千古一跃，不会忘记他不朽的《离骚》《九歌》，那一个个高洁绝尘的香草美人。

　　置身在古老的熏香里，恍然回到绿萝为裙藤蔓为带的幽古，我不禁想起《山鬼》。这是屈原《九歌》中的一篇，是楚辞里最为优美灵动的一篇，也是我最喜欢的一首祭祀山神的乐歌。

　　屈原采用山鬼内心独白的方式，塑造了一位满身芬芳的巫女，一位美丽、率真、痴情的少女形象，讲述传说中的这位山林女神扮成山鬼迎接神灵的故事。屈原笔下的山鬼，实际是巫女的化身。她迎接的神灵，又是人间恋人的形象折射，也可以理解为流传的巫山神女与楚怀王的绝世恋情。

　　故事的情节很简单：巫女跟她的情人约定某天在森林相会。虽然道路曲折艰险，但她满怀喜悦地去赴约。当她赶到的时候，情人却没有如约而至。风雨来了,她焦急地寻找心上人。天色晚了,情人始终没有等来。她终于绝望伤心,在风雨交加、雷鸣猿啼中,孤零零地离去了。

这一刻,窗外正在下雨。我好像看见扮成山鬼模样的山林女神,手拈鲜花,轻盈地飘行在迎接神灵的山隈间。"披薜荔兮带女萝。"这位身披薜荔、腰束女萝的美人,从巫山走来,从湮远洪荒的旷古走来,只为这一场地老天荒的山盟,与人间的情郎相会,她已跋涉千里。

她笑盈盈行走在迎接神灵的车仗中,赤色的豹拉着满挂辛夷的香车,车上插着桂枝编织的旌旗,身边跟着毛色斑斓的花狸……这是一个多么华丽的出场!足见那个深爱的人在她心目中有多么重要!

像怀春的少女,带着对爱情的憧憬,见到情人的渴切心情,此时的山鬼一双美目微微流转,含情脉脉。许是回味着曾与情人相聚的情景,情不自禁嫣然一笑。"既含睇兮又宜笑",她的眼神和笑意,不禁令人联想到"巧笑倩兮,美目盼兮"的诗句,这是《诗经》对齐女庄姜容貌神韵的描写。庄姜是齐国公主,出嫁卫国,为卫侯之妻,是历史上第一个因美貌而走进诗歌的女子。而山鬼也是走进屈原诗歌的女神,美得惊世骇俗。

当她跋山涉水赶到约会的地方,情人却没有来。"子慕予兮善窈窕"。顾盼之间,她的心里对情人幽幽地说:"我这么美好,可要把你迷死了。你却还不来!"她借爱人的美,毫不掩饰地自夸,所显露的活泼、率性、可爱的女儿情态,让人顿生爱怜。

古木森森的林丛,却不见情人的影子。山鬼焦急地向远处凝望，左顾右盼。她懊恼、惆怅，却仍温柔地怀着希望，在山林间等待心上人。

风吹起，雨下了起来。是山间的飘风，突然而至的飞雨，把你遮蔽在我的视线之外？或是，因为已经忘了我，你才没有来吗？山鬼顾盼的眉目扫过一抹幽怨。

"怨公子兮怅忘归"，她不禁对爱人生出了哀怨，但转眼又怨意全消。"君思我兮不得闲"，她又为爱人的不临开脱和理解，相信公子是思念我的，也十分想来与我会面，只是有事而不能如约前来。这是一位多么善解人意的可爱山鬼！

山鬼寻找着，等待着，把自己站成了一棵树。可是，霹雳使她聋了，风雨不断袭来。古老的林中，叶落着。她等候的人，终没有，终没有来临。

人神相隔，是我不能也无法拒绝的命运吗？茫茫的夜，冷而凄迷的森林，只听见山鬼一声声痛切地呼号，雨声淹没了一切。

"思公子兮徒离忧！"山鬼走了，带着哀怨与愁思，这位身披香草手拈鲜花的美人，在凄风苦雨落木萧萧中，一个人孤零零地离去，隐没在雷鸣猿啼中……

此刻之后，她把自己化作了一座山峰，住在王的阳台之下。旦为朝云，暮为行雨。以山石般的坚贞，夜夜等待着爱人的到来。

我忽然想问山鬼，美丽的巫山的神女，在你转身的一瞬，有谁能知道，你心中刹那的疼痛？有谁能告诉你，生命中的爱和忧伤？高唐之上，与你朝朝暮暮缠绵的楚怀王不知道；阳台之下，梦中与你相遇的楚襄王也不知道。

我问自己，我知道吗？我知道山鬼吗？

只有，也只有那个怀石沉江的诗人知道，山鬼所有的坚持与情怀，并不是一篇虚幻的神话。

山鬼与人间的男子相爱，最后却因人神相隔而终成遗恨。屈原传达给我们的，是一个诗人借香草美人，寄托忠君而不得志的爱国情怀，但我更愿意从爱情的角度解读它。

《山鬼》给我们留下了无尽的悬念和想象：山鬼深爱的人到底是什么样的男人？是与神女相会阳台之下"除却巫山不是云的楚襄王"吗？为什么他没有如约前来？是他负心了，还是他有情非得已的苦衷？

远古祭神中，哀切的声音、痛彻心扉的思念和美好的祈愿，总是能得到神灵的垂悯和庇佑，而赐给世人以企盼的福祉。我相信，历经千辛万苦、千折百回之后，这一对有情人终会在一起。

这是我们的愿望，是所有渴望美好爱情的人类给山鬼的祝福。

在亦真亦幻的境界中，半人半神半鬼的故事中，屈原留给我们的，不仅是一个忠于爱情的女神形象，不仅是催人泪下的人神相恋的爱情悲剧，也不仅是传达一种忧患中的爱国情感，他还留给我们的是对世间真爱的无限憧憬，对冲破一切障碍的自由的追求。上古时期的爱情，与几千年后我们今天的爱情——渴望自由与永恒的本质都是一样。如果说，这是诗歌的魅力，这更应是爱情的动人之处。

这一刻，置身艾草香薰中的我，恍然是那个"披石兰兮带杜衡"的山林精灵，今生到这世上赴一场芬芳的爱情。

但我相信，我会比山鬼幸运。因为有一个人已在那里等我。

感谢生命给予的一切

    春日迟迟的午后，从鲜花缤纷的园林出来，独自沿着河畔而去。

    慢慢地走着，树上的花瓣随风而落，我忽然好像走到迟暮的感觉。想起大诗人屈原的感伤："惟草木之零落兮，恐美人之迟暮。"虽然那是英雄末路的叹息，却让我不禁自怜，当我老了，谁陪我携手看花？

    一个人慢慢地走在花落的香径，让我有一种林黛玉葬花的心情，一阵感伤。"花谢花飞飞满天，红消香断有谁怜?"若那怡红公子宝二爷见了，必是心疼死了。我就差拿一把花锄，在桃花树下，葬下花魂。

    好在我不是多愁善感的潇湘妃子，不是太虚幻境下界为人来还宝玉一生眼泪的绛珠仙子，一转念，一抬眼，泪眼盈盈的我已是晴天。

    其实，从生到死，从此岸到彼岸，从这一个世界到另一个世界，每一个人都是孤独的，每一个人都是天地的过客。曹雪芹已把生死看透，"天尽头，何处有香丘?"所以才有林黛玉的《葬花吟》。如泣如诉的诗句里，是林黛玉对自身命运如落花消逝的伤悼与叹息，更有对生命无限的眷恋和珍惜。我们在宝黛爱情故事中，看到了从相识、相恋到生死别离的全过程。虽然最后是悲剧结局，但他们的爱情美得铭心刻骨，美得缠绵悱恻。美得如桃花树下的花魂，萦绕在每一个人的心头。

悲剧只是小说展示的一种必不可少的结局，但在现实中，我们更深刻地体验到生命给予的一切。

不管天尽头有没有香丘，林黛玉葬花、哭花，是不是太过多愁善感，也别管人家了。我们来到世上，在于经历一种生命的过程。这个过程有痛苦，也有欢愉；有寂寥，也有热闹；有甜蜜，也有忧伤；有狂喜，也有失落；有失败，也有成功；有才下眉头的烦恼，也有却上心头的无奈；有欲爱不能的伤痛，也有爱所带给你的勇气……生命的意义也就在于，你爱过，痛过；你笑过，哭过。你经历了人生的所有滋味。这些滋味丰盈了你的世界，你的内心已长成一座丰饶的园林。

在这座你创造的花园里，生命让你遇见浩瀚的星空，万物生长的大地；遇见亘古温暖的太阳，高而冷的美丽月亮；遇见一棵树，一朵花，一条小溪……

生命让你遇见矢志不渝的爱情，遇见这一生你寻找的最亲爱的人疼你入骨。生命也让你遇见途中所有与你有缘的人，也遇见美好的自己……爱像一颗导航的星，指引你穿过黑夜的森林，看见永恒的光芒。

在生命的过程中，你选择一条众人稀稀的路，必然伴随孤独与寂寞，但你看到了别人无法遇见的风景。因为那里，从不荒

凉。因为那里，是人生行路处清澈的水泽，且有人在月光下等你
涉水而来，一起塞入生命丰富的情节，句读你写下的诗篇。

　　生命让你卓越，必让你经历痛苦；生命让你不凡，必让你孤
独；生命让你拥有，必让你经历泪水。

　　所以，要感谢生命给予我们的一切，一切来自大自然惠赠的
天露，一切岁月的爱宠，一切美好的经历，虽然有时它让你
很痛。

很单纯，也可以有更深刻的幸福

一个毕业后就再也没有见面的女生小青，不知她怎么找到我的电话，我们很开心地互加了微信。

她讲起我们中学时代的往事。那时，我俩都是"戏迷"。因为受父母的影响，儿时的我常跟着父母去剧院看川剧或京剧等戏曲，特别喜欢《西厢记》里的崔莺莺与红娘。放学后，小青跟我到我家来。我俩放下书包，便开始"演戏"，一个演崔莺莺，一个演红娘。我秀气，她活泼。自然我是崔莺莺，她是红娘。"待月西厢下，迎风半户开。"我俩"咿咿呀呀"地唱，完全入戏，沉浸在角色中。两个小女生轻舞水袖，憧憬有一天去考戏剧学校。后来回忆觉得很幼稚可笑，我俩哪是当戏剧演员的料？

幸福来得很快，听说一所戏剧学校正在招生。我们兴致勃勃地去报名，但没想到的是，报名时间刚过。我们备受打击，心情沮丧，梦想从云端跌落在地。两个十二三岁的少女，遭受了人生第一次挫折。

回来走在锦江河畔，这才感觉到饥肠辘辘，但只有买一块面包的钱。我俩便共同分享了那一块面包。人间美味胜过天上一曲我们很快忘记了失去报名机会的绝望。

"崔莺莺和红娘正幸福地吃着香甜的面包呢。"

"让张生去翻别人家的高墙吧。"

啃着面包，我们嘻嘻哈哈地笑着。戏剧学校的梦扔在了风中。

小青在微信上说，那时候我俩分享一块面包，比吃山珍海味还满足，想想都很幸福。

一块面包，修复了我们的挫折感，填补了我们失落的心，迅速恢复了自信，又充满希望。幸福其实是一种很单纯的感觉，它让我们忘记不开心的事，让我们学会摆脱挫折，回到简单的快乐。

我想起林清玄说过一句话："很单纯，也可以有更深刻的幸福。"确然，那时候的一块面包并不比现在肯德基店里的汉堡包逊色。就好像爱情一样，在相爱的情侣之间，一条十块钱陶泥挂件的价值，不比一粒五克拉的钻石差。一枚方寸大的玉砚，带着赠予者无价的晶莹的爱情，胜过接受一个你不喜欢的人送你的水晶球。

记得，具有诗人气质的某人跟我讲，他在长江边上，用一个下午的时间，守着工匠打磨一块长江里的石头，只为带回去送给心爱的女人。那块石头有两个拳头大，他就看着工匠一点一点地把它打磨成一块极薄极冰莹的"玉坠"。他描述的时候，我心生感动，这是一个多么温情的画面，女人感受到的幸福，并不逊于接受一枚金戒或钻戒吧。也许这一生她都忘不了这种幸福的感觉，一个男人的爱情。不知道，这块石头是不是补天的三万六千五百零一块掉下的那一块呢？

还记得一个春风沉醉的晚上，参加一个聚会。某某人因为担心迟到让别人等，为了赶时间，从某大院把自行车"开"了过来。他平时很少开车，喜欢骑单车上班，理由是健身、自在。

宴会散后，他推着单车要送我一程。我心念一动，对他说："我能骑一下车吗？"

夜幕下，他把车交给我。我怕摔倒，又不敢骑了。于是，他帮我扶住后座，打趣说："如果有人看见，问你旁边什么人，你就说是卖烧饼的。"

我扑哧一笑，如果潘金莲骑上单车，卖烧饼的武大郎给她扶着车子，会是什么画面呢？想想都忍俊不禁，我的想象力开始无边地扩大。

"喂，卖烧饼的，我找西门哥哥去了。"我笑着回头朝他挥挥手，一个人扶着车把，歪歪扭扭地骑了一段路，终于能稳稳地奔驰在街上了。

"小心点，我兄弟是武松！"他大声喊。

我把一串笑声丢给了伫立在夜色中的某某人，奔向自由。

晚风扬起我的长发，整个人像踩在轻盈的云上。好多年没有骑脚踏车了，乍一骑上去，仿佛回到昨天，有一种回归自然的感觉。很开心，是我开车无法体会的感觉。其实有时候，不一定开着轿车才是最拉风的，走路，骑脚踏车，甚至挤公交，也是蛮好的，那种单纯、美好、自由、开心的感觉就是一种幸福，不是现代化交通工具能代替的。

幸福其实很单纯，它跟享受物质的多少无关，在于我们的心境，对外在和内在的价值判断，在于我们的情感态度，内在生命的自我完善与肯定。我们需要的只是单纯的爱，而不是爱以外附加的东西。

为什么很多人抱怨没有幸福感，日益感到越来越不幸福？那是因为我们变得很复杂、很现实，向生活要得太多，心灵变得浮躁，而远离了单纯，失去了生命内在的纯粹。

我们的眼睛都能看到一朵花的开放，但不是所有的人都可以听见花开的声音；我们的耳朵能听见河流的声音，但很少有人感觉到它永不停息的纵情；我们的鼻子能闻到花香，我们的舌头能品出茶的浓淡，我们看见所有能看见的一切，但只有懂得幸福的人，才能看见那些看不见的生命光芒——逐渐消失的美好的单纯，感受到它内在的深刻，倾听灵魂之处的快乐，并与之交融。

幸福全由我们心灵的品位和人生态度，以及情感的深度来决定。最深刻的幸福，来自最单纯的感觉。

开车囧事

春节前，一个有阳光的冬天清晨，开车去崇州市拜访一位老朋友。

踩下油门，我心情很好地驾驶"银色月光"（我给自己的爱车取的名字，呵呵），穿过突然变得清静的城，街上不见来去如梭的车辆。我驶向一座桥，直奔成雅高速路，似乎也加入了逃离大都市的行列。

高速路上，如潮水般奔流的汽车从后面超过我，疾驰而去。这是过年的节奏吗？还是他们个个都是赛车手？我掌着方向盘，朝外望去，本来在前面的我，一下被远远甩到所有车的后面去了。

忽然想起一件往事。那天，从鹤鸣山开车回来的路上，某人坐在前座上，他从车窗眺望着疾驰而来的车辆，全都超过了我的银色月光。这时候，一辆运载肥猪的拖板车慢腾腾开上来了，但始终没有能超过我。朋友回头看我慢慢开着车的样子，大笑，调侃道："只有运猪车没有超过你。"

"居然敢嘲笑我的车技。"我咬牙切齿，与他笑在了一起。

此刻，我一边驾车，一边回想，不禁哑然失笑。

就是这一念，我竟开过了成雅绕城，往成雅方向而去！按照正常路线，我应该进入绕城，前往成温邛高速，但我却驶向了去雅安的高速！我暗暗叫苦不迭，又犯下一个低级错误！

这个错误导致我无法像在大街上一样就近掉头，必须一直开下去，在很远的下一个出口掉头。结果可想而知，绕了一大圈，又一大圈，绕回了来时的高速路入口，再重新出发。

好在中午及时赶到崇州，没有让朋友久等，不然真是内心不安。

后来，我把"转圈圈"的经过讲给某人听。他一点不惊讶，习以为常地说："正常，每次不绕路，真就不是你了！"

是谁太了解我，还是谁的话"一语成谶"？

完全没有方向感，一个超级路痴。如果没有谁坐在我前座"指挥"，我几乎每次开车都绕路转圈。

记得一次，春天的午后，参加一个聚会。本来某人亲自驾车去接老爷子，因为他中午有事，便把任务交给我。我心里叫苦，我一个人开车转圈没关系，但带着老爷子转圈，那就太不好意思了。

"不行，你去接！我找不到路。"我说。

"你去过好几次了，车上有导航。没问题。"

"有导航也不行。"

我用尽耍赖的方法，想让他收回成命，但他一副君无戏言的表情。

我接上老爷子后，在车载导航上输入目的地。可是，车载导航没有反应，我完全不知道是该往左去，还是往右走，急死了。我回忆着曾经开车去过的路径，可怎么都想不起来。但也不容我细想，只好估摸着朝左边方向开去。

结果，开反了，又绕来绕去，找不到方向了。我急得六神无主。

路上，接到某人的电话，问我："迷路了吗？走到什么地方了？"

我迷路，完全在某人的意料之中。

"不知道呀。"我急得快哭出声了。真丢脸，接人竟不知道该怎么走。其实那个地方，我去过好几次，却依然找不到方向。

还是身为老领导的老爷子沉着镇定，临危不乱，及时纠正我的错误：掉头，往右，一直走，左拐。

在他正确有方的指挥下，力挽狂澜，终于到达了目的地，与各路"红军"会师。

这种类似经历于我太多。印象深刻的，还有一次开车。那天晚上，去市区二环路北门参加家庭聚会。

我家美女已经早早在那边等我了。她在电话里给我指路："青龙立交桥上左拐，下桥就到了。"

我以为自己听错了，在电话里确认："桥上可以左拐吗？"在我的常识里，桥上行车不可能左拐入道。

她用不容置疑的语气回答："桥上有条路，你左拐进入岔道就对了。"

我想，这次再不会犯低级错误了。于是，非常自信地驱车前往目的地。但是，当我开到那座桥时，却始终没有看见左拐进去的岔道。此时，道路两旁已经是封闭式隔离栏。剧情又一下翻转了。

完了，上成绵高速了。我快崩溃了。原本去二环路某段，也就半小时车程，我竟快开到另一座城——绵阳了。只好又到下一个出口，下高速。结果，又失去方向，绕道转圈，又绕到了城南高速，连车载导航也识别不了，不知道我往哪里开……全晕了。

太阳下去，月亮上来。好不容易折腾着终于开到吃饭的地方，见到我家那位冰雪聪明的美女，她幽幽地说："我以为桥上可以左拐的。"

我以为，这世上只有我是史上超级路痴，原来她也比我好不了多少。呜呜……

我不禁想：女司机开车都是这样的吗？虽然有车载导航，也跟没有一样。比如我。

女司机喜欢一条直路走到底，不用转圈。又比如是我。

女司机喜欢有人坐在前座，随时给你指路，保驾护航。"前面左拐，要变道了。""下一个路口，右转。"有人在身旁提醒。

"哦。"我拉长尾音，乖乖地应答，心里感觉挺幸福的。

最让我崇拜的是，坐在身旁的某人，不会开车（只享受坐车），却竟然像指挥千军万马一样从容自如。而且，泊车时，又像个熟练的老司机，准确无误地指挥我倒车入库。

他笑道："你已经把我逼成教练级的导航师了。"

还有一个人，更让我崇拜不已。他学会开车不久，倒车时，单手扶方向盘，很潇洒地一把到位，精准地泊在那里。我坐在前座，看他全神贯注往后看的样子，真是帅极了！惭愧的是，已经有六年驾龄的我，每次倒车都战战兢兢，反复几次才歪歪扭扭倒进去。

想起前不久一件可笑的事。某晚，他坐上我的车，忽然问我："你怎么开雾灯？"

我一脸无辜："没有啊，是夜间近光灯！"

他说："你仪表盘上显示的是雾灯。不用看也知道不是近光灯，哪有这么暗？"

我肯定地说："不可能！怎么可能是雾灯？我一直开的就是近光灯！"

看来跟我无道理可讲。他伸手给我把灯光变了。前灯一下唰地亮了，把几十米远的路面照得清清楚楚。

"这才是近光灯。朝前推一下，就是远光灯。"

天哪！开车好几年了，我居然一直把雾灯当成近光灯！我哑然失笑。难怪晚上我怕开车，总感觉视线不清，以为是近视的原因。原来我开的是朦朦胧胧、昏暗不明的雾灯，一直在雾里看花！

如果我跟谁谁讲起这事，不了解的人会笑我，不可思议。了解我的某人则会说，对你而言太正常了。每一次开车你不转圈圈，我倒觉得不是你了。

台湾女诗人席慕蓉写过一篇驾车经历的散文，讲她经常开车被开罚单。回家后把一大摞罚单藏起来，不敢给老公看。结果还是被老公看见了。而她老公的反应却习以为常，意料之中。

我想，每个女司机都有各自开车的囧事。这就是女司机的特色吧？

我也算一个很囧的"特色"。但总有一个人"纵容"我的各种"囧"。

有情两帖

有情的雨

微茫的夜色，撑一把雨伞，拂过小院的香径。迷蒙的空气里，下着湿润的桂花雨。我抬眼望着，心里掠过淡淡的喜悦，浅浅的哀愁。

穿着曳地的青青裙裾，慢慢地走在林荫道，天空飘着薄凉的秋雨，细细的，一丝丝，一点点，轻轻落在脸上、长发和衣肩。我仿佛走在宋词里的秋天，丝丝相思，点点离愁。

细密的雨点，打在伞上，像从树上飘落的朵朵桂蕊。

我不知道，明日会有多少花被风带走，但我相信，若我是开在树上的一朵桂蕊，风不会把我弄丢。因为，你会保护好它，就像那日你为我用心藏起的，一枝丹桂。

雨渐渐密集，大滴大滴地坠落。天空似乎要把堆积已久的雨水倾泻到地面，就像思念久别的情人，从心底汩汩流出的泪水。想起那一个下雨天，我冲出家门，打着伞在这里等你，眼里含着雨水一样的泪。当我见到你，泪水夺眶而出。

此刻，缓缓走在街角，听着从树上落下的雨声，好像听见你轻轻诉说的声音。路灯，穿过茂密的树叶，好似你深邃的目光，从漆黑里发出的一束光芒，小心地为我照着踉跄的脚步。

空气中，传来桂蕊浮动的暗香。我呼吸一口雨中的芬芳，仿佛你微醺的呼吸，温柔地撩动我经雨的面庞。雨淋湿我的衣裙，我让自己的皮肤感受到雨水，像你给我的滋润，狂喜从心里滋生。

蓦然发现，一个人的孤单，心并不一定寂寞。一个人的寂寞，心却一定孤单。

当另一个人存在你的心里，当一种爱根植在你的生命，你的耳朵会听见雨动听的声音，你的鼻子会闻到花朵的香气，你的眼睛会看见风动，你的皮肤会感受到呼吸……即使你走在孤单的时光里，你的心里都是喜悦，都是深刻的幸福与独处的丰盈。

整个世界都是你的，心怎么会孤单呢？

有人说，雨是忧伤的泪水。其实，雨跟我们并没有关系，只因心情的不同。如果心里没有忧伤，再大再急的雨，我们都能听见欢喜；如果心里有怨，有恨，再清凉的雨声都有梧桐的凄清，寒蝉的悲声。

当一个人的内心，具足欢喜和充盈的丰富，那冷冽的凄雨，阴沉的黯云，又怎能扰乱你的心境呢？唯无怨的心里，才能体会那飘来的雨都是舒适的；唯有情的心里，才能感受淅淅沥沥的雨声都是悦耳的音乐；唯满溢幸福的心里，才能看见雨无声的美与禅悦。

欢喜的雨下在你的眼中。这一切，你对世界的感知，取决于你内心的安顿与否。

这一刻，一片阳光从树枝间漏下，依然飘落的雨丝恍若金线。湿润发亮的雨地，斑驳的光晕，像落了一地的碎金屑。从我站着的街角望出去，整个行道树像是冒着若有若无的白汽，而天空干净清朗，不着一丝纤尘。真美啊！我继续走着，雨丝仍旧落着，太阳依旧照着，这就是太阳雨吧？

在我们接受雨的离情也同时接受太阳的温度，在我们承受心中的忧伤也同时接受有情的温暖。当眼中的雨与太阳的光明相映照，这个世界怎么不布满欢喜？

心的一隅，有一片阳光，你的爱便像下着太阳雨的天空，明净晴朗，不染于尘，如落着雨丝的树叶，散发清凉而独有的清香。

最好的那种雨，是有情的雨，安顿在内心。

心中一片月

一个人在锦江河畔走着，绵绵不绝的秋雨终于过去。一抹斜阳，映照蔚蓝的长天。

浅浅的岸，涨满秋水，漫过我汤汤的心事。忽然想起晚唐诗人李商隐的《夜雨寄北》，不知巴山的夜雨还在下吗？那个探问归期的妇人，不知什么时候，与她的丈夫共剪窗前的花烛？

是否长安的黄昏也像此刻的锦江，在最美的晴天，等候一个人呢？

我伫立在杨柳岸边，等候着月亮上来，任思绪掠过水面。可是，秋水汤汤，浓墨一样的天上，浮着一片薄云，却始终不见明月。

不知道，千百年前，问今宵酒醒何处的诗人，还在这里吗？

似乎又是一个没有月亮的中秋夜，但我坚持，会等到天上那一轮最美的月亮。就像我相信，在生命的途中，在流转的红尘中，必然会遇见你一样。

于是，我在清瘦的词中凝望，在花间的清影里等待。

我只见，水中微漾的灯影，仿佛摇曳着今夕的月光，映照着花间的人面。千百年后，已不是冷落的清秋。

我仿佛听见拍岸的桨声，是你摇着小船迎接我吗？

但我终有些失望，夜的天空没有一片云彩，依然不见月亮上来的迹象。我等待的月亮，为什么不来呢？我等待的你在哪里？

开车返回的路上，我从挡风玻璃望出去，惊见月亮正慢慢地从云层中出现，温柔地俯视我，好像你看我的目光。我的心触电一般，像初见一样低下头去，又缓缓抬起头来，迎着明明的月，仿佛与你四目对视。

回家后，我泊车出来，月亮却不见了，夜空依旧如浓墨一般。什么也没有，看不见星星和月亮。这是一个梦吗？

一个人跟自己在一起，陪我的，只有夜，我忽然想哭泣。却找不到爱人的肩膀。

但我知道，你在夜里。终于释怀，我并不是一个人。你一直在，如此刻，为我守候着月亮的夜。

于是，我的眼前，黯然的夜渐渐皎洁起来，只是因为你在。尽管我的眼角还挂着星星一样的眼泪。

我便站在路边耐心地等着，把自己站成一棵树，一直到月亮再次出现，再一次地来看我。清凉而明净的月亮，以湛然的光明，将整条街边的树木照得清清亮亮，而我感觉月是唯一的，只为我照耀。

　　只为我照耀，是你为我呈现的光明。

　　其实，今夜有没有月亮，并不重要。见或不见，月亮都在夜的天空，为我亮着。心中有一片月，夜夜月亮都在。

　　我们所爱的难道不是心中之月吗？

写给最思念的人

忽然落雨了，三月乍暖还寒的天。转眼，又到了清明。湿润的雨水带着桃花的颜色，在我的窗外落着，从我的心头漫过一地思念。

想你那里也落着桃花雨吧？我爱桃花，因为在桃花盛开的龙泉山上，你在那里。

桃花因而成为我最不堪一触的情殇。也因为，你在那里。

因为以后年年春天，你再也看不到那灼灼的桃花了，而我也不能再陪你去看那些多情的艳红了。天堂的路把你和我隔到更远的地方去，让我找不着你，你也看不见我。此刻，雨纷纷地下着，我思念的哀痛在雨中飘零，坠落成泥。

一直想写一封信给你，却始终不敢写一个字。你在我心中太重。怕我还未提笔，已泪落如雨。

你最后一次给我写的信，还有一首诗，尚留着你的手痕，我小心地珍藏着，至今却不敢触碰。我依然害怕触物伤情，睹物思人。时间真的会冲淡一切痛苦吗？那只是一个善意的安慰。爱得越深，痛便越久长。那种生离死别、击碎灵魂的疼痛，怎么可以忘掉呢？我承认，我并不坚强，至今还没有勇气触摸你留给我的气息。

直到现在，我仍然无法接受一个残酷的事实：你离我而去。

我没有及时回你最后的信，还有你在病榻上写给我的那首诗，这是我深深后悔的事。我怎么能知道呢？从来没有想过，有一天你会离我而去；从来没有想过，死神会把你从我身边夺走！

或许，我以为，生和死的距离是那么遥远。你怎么能和死亡联系在一起呢？死亡，那样冰冷阴森而可怕的字眼，怎么也不该和我最爱的你相关的。死神怎么可以夺走你的生命与呼吸？

生和死，聚和散，刹那和永恒，原来都在呼吸之间。

我徒然无益的哭泣，有什么用呢？我可以想象出，临别前你是多么想我，想我写一封信给你。我是要写给你的，可我没有想到，当我写给你的时候，你已经不需要它了。因为你去的地方没有地址。它只有一个名字，叫作"永恒"。

我一定要写给你，虽然晚了一些，但我相信，你会收到。我要在你的墓地烧给你。我想，天上的信使一定会拿给你的。

我知道，你会反复地念我的信，脸上洋溢着满足的笑容。

我想告诉你，我很高兴读你的信，和你写给我的诗。从来我们之间心灵的交流总是通过书信来传递，我喜欢这种特别的方式，尽管并不多，但它们让我感受到你片言只语里深沉的父爱。让我知道，这世界上，有一个男人在以他的生命、以他的方式爱着他的女儿。

我想告诉你，我多么爱你。你是我来到这个世上第一个看见的男人，也是第一个牵我的手的男人，是给我生命，给我一切力量和指引的男人。我亲爱的爸爸。

你用一生陪我一天天长大，然后成年。我看到，曾经把我举在肩头的男人失去了力气，帅气的你开始有了白发，像林中清朗的月华渐渐苍白，渐渐老去。我的眼中泛酸，第一次感觉到，爸爸老了。

犹记，那一天我从河畔经过，背后忽然传来熟悉的声音："蓉儿！"我转身惊喜地看见你拄着杖站在我面前，像天人一般。

我与在河畔散步的你不期而遇。我的那双遗传了你的大眼睛，顿时放亮。你的脸上也露出了笑容，你看我的眼神充满了慈祥和爱意。

我知道，你每天都想见到我，而我们总是在白天很少见面。但你从不表达，只在心里默默念着。你谅解我忙，很忙……我知道，那天你在河畔散步，并不是一个偶遇。你只是希望能碰巧见到我。

望着你苍老的背影渐渐远去，我发现你拄着的手杖，是我曾经从黄山带回来的那支，虽然已经褪色，但你却舍不得丢掉。或许，你把那支手杖当着我在陪着你。

我真的好想天天陪着你，跟你说说话，但我知道，已经不能够了。天堂的路太远，我见不到你。

我想告诉你，你给予我的爱，一辈子都无法忘记。小孩子的时候，每天你下班之后，都会绕道去书店给我买一本连环画回来。那是我最盼望的时刻。

我常常端一张小板凳，坐在天井看你给我买的小人书。成都的老房子大多有一个天井，阳光透过屋后公园的树木照射下来，斑斑驳驳地落在我的连环画上，很梦幻。我就坐在那里，看半天的连环画，看了又看。有时候抬起头来望着很小的一方天空很好奇，问你：天上的星星怎么不掉下来？我能不能像嫦娥仙子一样飞到月亮上去？我想站到屋顶上，那样就跟天接近。

我幻想连环画和童话书里的故事，跟随小三毛去流浪，跟随孙悟空去打白骨精，跟随安徒生去找美人鱼和王子。常常晚上睡觉的时候，躺在被窝里偷偷地用手电筒照着看，怕你发现。我在连环画里看到了一个新奇的未知世界。那时候，我的想象力悄悄地萌芽，只是自己不知道，但你知道。

到了中学，受你的影响，我开始看古典名著。我特别对《红楼梦》着迷，喜欢太虚幻境大荒山青峰埂下那个很梦幻的石头故事，喜欢那些优美、缠绵、动人的诗词，整部《红楼梦》的诗词我全都能够背诵。我第一次看《红楼梦》，就像天上掉下个林妹妹，一见如故，一见痴迷。我知道，你给我的文学熏陶，从我读《红楼梦》开始。

我是你的骄傲，但你从不当面赞美我，把深沉的爱藏在心里。可是，你常常在亲人或朋友面前提及我，还拿出我的一篇篇在学校广播的作文，一字一句地念给大家听。你脸上洋溢的爱和骄傲，感染了在座的每个人。这是我后来才知道的故事。

你给我的爱和故事太多，但这些都不足以表达我们之间的感情。我想告诉你，有一天我会为你写一本书，这本书里有我们的爱，有我们之间的秘密，有你的故事和我的故事。

亲爱的爸爸，还来不及道别，来不及看你最后一眼，还来不及向你倾诉我没有表达的很多话，你就走了！一想起就让我痛彻心扉，泪流成河。

你喜欢陶渊明，喜欢他描述的桃花源，中国人的一个理想国。我把你安放在溪水最清澈、桃花最炽烈的山上。那里落英缤纷，芳草鲜美，你一定会喜欢的。

只是，与世隔绝的永恒里，那种决绝的孤独，你能习惯吗？

犹记，安放你的那天，你入我梦来。依然是三月，一个雨后的阳光午后，我朝你的墓碑深深地望了一眼，然后忍着哀痛走了。似乎感应到什么，我蓦然回首，发现你拄着杖，站在桃花缤纷的山路上，笑着，朝我挥手。你似乎在安慰我："走吧，这里安好。"

梦中的你，依旧是英俊的模样，温暖的笑容。我突然转身奔向你，哭喊着："跟我回家吧！"

忽然，一阵风起，花瓣纷纷飘落。转瞬，你消失在山路尽头。我的泪，如桃花雨，漫天飘洒。

爸爸，你去了哪儿？我哭着向你呼喊。山谷黯然，回我以雨声，以水响。

传说，桃花是夸父的手杖化成的。那如胭脂般的花色，便用这像手杖一般青黑的树干托着。想必你已化成了桃花，那凝重而极稳重的树干，是你拄着的手杖吗？不然山中何以开出如泪如诗的颜色来？

遥想你墓地上的树该裁出新叶了，你却看不见。对面山沟里的桃花也开了，只是，那水光潋滟的桃花渡口，不能渡你回来。但我想对你说，别怕，我会年年来看你，带一枝桃花在你的坟头探望，与你灼灼相对。

你只是踏上了一条很远很远的旅途。那条路夜很黑，冷而寂寥，没有人陪伴，你要一个人走。别怕，爸爸，走过去就是天堂。那里很美，有无数的星星，有清澈的河流，还有开满原野的鲜花和牛羊。你一定喜欢，不再害怕孤单。我会每天仰望星空，像平时那样看着你。

我深信，从生到死的路是相通的，雨便是连接思念的那根长长的线，抵达天堂。而在天上，是不是也开满人间的花，下着寥落而美丽的清明雨呢？

爸爸，那些芬芳的花，在天堂永不会凋谢，为你而开。

我不能陪你去看那些百花，但是，每一朵花的香气里都有我对你无尽的思念。思念如雨，没有任何障碍可以阻止进入我的梦中，进入你的永恒，进入我们血脉相连的灵魂深处。

桃花仍在，人面仍在。你在我心深处，永在。

你是我最思念的人，我的父亲。

让我替你听一场戏

　　清明的细雨微湿了我的长发，在司马相如与文君相会的琴台，我不知是怎么走到这里的。爸爸！

　　沿河而行，天青色的天空，雨如丝。古街，不见弹琴的人，唯琴音犹在。聚与散，悲与欢，爱和苦，包括生与死的别离，从来都是如此相伴与相随。

　　而爸爸，又是一年清明时节，在桃花季与你离别，转瞬已经几个年头。年年桃花盛开的时候，我都会去山上看你，守在桃花树下，取一枝桃花，祭你，与你灼灼相对。只是，人面桃花，你却不知何处。当初，那种生离死别的疼痛，像山崩地裂，仍在我的灵魂深处震颤。

　　他们安慰我说，你去了天堂。天堂是什么？是四海八荒的无尽虚空，还是宝盖层台桃树花芳的神仙玉京？我不知道。爸爸，我只知道，天堂的门隔开了你和我，那张终夜端详着我的脸，那月光下站在门口盼望的目光，临别前那只紧握不舍的冰凉的手，还有你的嘱咐，你的心疼，你留给我的——全部的爱，都一一被关在门外。

我将独自步向未知的人生与命运，写我的故事。世上另一个男人，是否也像你一样爱我、疼我、宠我？我在你的眼神里，看到了担心，也看到了祝福与祈祷。

　　我生命最初看到的那张脸，被厚厚的黑色帷幕拉上，慢慢退去。总想为你做点什么，可是一切都来不及了。我只有徒劳无益地哭泣，那种悔恨的疼痛，在我的骨骼里像琴弦断裂，击碎了我的心。爸爸，在你已经走远的岁月里，让我完成生命与爱的感恩，还来得及吗？

　　这一刻，我走在成都琴台路。白墙、青瓦，川剧花旦的唱腔，如莺啼，传出桃枝斜伸的墙外。我不禁驻足，谛听着。依稀能辨出是《西厢记》崔莺莺与张生幽会的那一出。"待月西厢下，迎风户半开。拂墙花影动，疑是玉人来。"

　　犹记儿时，父亲牵着我的小手，带我到剧场看川剧。几乎所有的折子戏，我都看过，甚至看过两三遍。那时候，并不懂张生为什么半夜三更要跳粉墙，与崔莺莺私会，也不了解小尼姑色空为什么丢了拂尘偷偷下山，动了凡心，更不明白崔护为什么再去桃花树下，却"人面不知何处去，桃花依旧笑春风"。年纪尚小的我，虽然似懂非懂，但竟入了迷，仿佛自己就是戏中的崔莺莺，思凡的小尼姑，桃花人面的少女……

　　我不知道，这是文学的熏陶，还是爱情的启蒙？或许，因为父亲特别喜欢戏剧，耳濡目染，潜移默化吧？就好像丝丝春雨，润物无声。

　　此刻，我在墙外倾听，久远的戏曲，婉转的唱腔，声声入耳，入心……飘飞的细雨里，我在墙外站了很久，很久，好像回到父亲带我看戏的时光，剧场里，那个安静地坐在父亲身旁的小女孩，入神地看着台上的水袖霓裳，听着书生小姐的生死相许。

悲欢离合，人面桃花，不知何处。三生三世，紫陌红尘，问情何物。戏里戏外，有什么不同呢？断肠萦梦的思念，刻骨于心的感情，怎么能随时光流转而遗忘？

我忽然发现，冥冥中是父亲的牵引，把我带到这里。爸爸，你是不是想听一听戏呢？戏里，也有你的故事，你的情爱。唯有我懂。

我很想走进戏园里，像当年那样坐在你的身旁听戏，但始终没有勇气，竟在墙外徘徊了许久。物是人非的痛，生命中最亲爱的人的永别，我仍然没有办法去承受。佛家说有来生，道家说有永生，民俗信仰中有忘川的轮回。若是，我愿意去相信。这是一个最好的安慰。

也许，隔着一道墙更好些吧。这一个世界，与另一个世界，墙是我们的联结，回忆可以穿越它，穿越我们在一起的温暖的过去。

天堂没有地址。我给你的信，不会抵达那里。就让我静静地站在细雨里，白墙下，替你听一听，你当年耳熟能详的折子戏……

你会听到的，爸爸，我相信。

陪你余生， 看尽落日黄昏

五月的风像一只温柔的手，拂过我的面颊。母亲！

你的爱就是这样的感觉。风一吹，便带着莲花般的香气，在我的记忆里浮动。

犹记儿时，你总是抬起温柔的手，在月光下爱抚我的小脸，在清晨的第一缕阳光里，为我梳理——从你那里遗传的乌黑秀发。

而现在，是我，是我在轻轻抚摸，你日渐老去的面容。是我，为你撩开苍苍的白发，细数光阴的痕迹。真想岁月不老，真想你仍然是年轻的容颜，任林间苍白的月华，照着蒹葭。

待我长发及腰，母亲，你却慢慢在老。

你是我生命中认识的第一张脸，从我来到世间的那一刻，你的爱如影随形。在这个茫茫大荒的宇宙，是你给予我一双黑瞳，让我与天地相遇，与万物大化相遇，与未知的世界相遇。母亲，是你给予我生命，遇见人世间美好的一切，也遇见这一生我寻找的最亲爱的人，和爱我的人。

你让我懂得去爱，去被爱。

母亲，感谢我被这个世界爱着，也被你爱着。感谢这世界有你，有你给我的无尽的爱，和岁月给我的一切爱宠。

在我经历悲欢，千折百回之后，母亲，你以波澜不惊的微笑迎接我，归来。

你是菩萨，你是慈悲的观世音。以安静的、超越世间的一切力量，度我的苦厄，度我有情的生命。

无论痛苦和悲伤，在你如莲般的安详里，归于寂灭。一切烦恼和忧愁，在你静定从容的目光里，得到安慰。

一切放不下的执著，一切舍不得的过往，一切浮躁不安的心动，在你和风细雨的安慰里，如梦觉醒。

母亲，你用广大无边的爱，护佑着我，让我从没有受伤。你如一朵不着于尘的莲，如莲的笑容，开在我的心田，清澈着我的生命。

当我不再青涩年少，母亲，你已经变老。

你老了，但你疼爱地看着我的目光，仍然如终夜窗前的月光。在你并不强壮的臂膀里，我的心安放在你的爱里。有你的岁月，是一种沐浴月光的幸福。有你的日子，任我做着开花的梦。

时间流逝，回忆太多，无法一一细数你的爱。

陪伴，是最长情和延绵的爱。让我爱你，母亲。让我牵你的手，像儿时你牵着我的手那样，陪你看花，到夕阳慢慢坠落。让我搀扶你，像从前你担心我摔倒那样，陪你缓缓走在紫陌红尘。

我向大化要一剪春光，裁一条柳枝，让你的白发化为青丝；我向菩萨，求一只莲舟，采一朵莲，载你最深的芳香，给世界以所有美好。

我愿用长长的时间，陪你度过生命沉淀后的每一寸时光。

　　愿你容许我更多地爱你，陪你余生，暖一盏茶，看尽落日黄昏，繁星烟火。愿我挽着你，陪你的步履凌过馥郁的花香，静看那一枝灼灼桃花，在你的生命里灿然地开着。

我灵魂皈依的故乡

没有故乡的人，是孤单的。

每逢春节将至，这种孤单的感觉就会袭上心头。看到身边的朋友与至亲，急不可耐地，纷纷踏上回家过年的归程，而往日喧闹的城市突然沉静下来，心里委实羡慕有故乡的人。

忽然想到，到底什么是故乡？为什么有那么多的人归思难收？所谓故乡，它一定不在身边，而在远方。所谓故乡，它是你的愁绪，你一生萦系于心的情结，你的情感源发的河床。

故乡是你远赴他乡后的遥远记忆，一段挥之不去的碎影流年，一种无法忘却的思念与眷恋。你最早的呼吸，最初的美丽，都在那个叫"故乡"的地方。

它可能是你魂牵梦绕的一缕炊烟，一条小溪，一肩明月；甚至是一棵树、一只鸟、一只蝴蝶、一阵风……或代表河流方向的一尾鱼，躲在草丛中的一簇带刺的蔷薇；可能是你久违而熟悉的青草香，坐在山坡上一边放牛一边读书的时光；可能是妈妈站在晨曦里眺望林间的双眸，父亲走在日落的阡陌归来的身影；也可能是寂寥的满天星光，与辽阔的草原，幽幽的笛音，悠然的白云，还有那亲切的乡音……

不同的人有不同的故乡。我喜欢的故乡，应该是更接近的乡村吧。虽然我的家不在乡村，但我喜欢乡村的味道：宁静、淳朴、喜悦、安乐，像理想的桃花源。或许，因为你的故乡在田园？

我似乎没有故乡，家就在这座生活的城，在两千三百年前就已经"成邑、成聚、成都"的这座古老灿烂的城。如果故乡是一段记忆，我也有自己的回忆：我的家在成都君平街，这条古老的街曾是西汉一代大儒、道家学者严君平的故居，我在成都街边（严君平致力学问和卜肆所在地）跳着橡皮筋长大，在宽窄巷子——曾经八旗子弟安居的青石路上背着书包上学，在清澈的锦江河畔入迷地栽种岸上的青草，在灯下翻看爱不释手的连环画……那时候，我心目中最高的山，是屋后公园的假山；最宽阔的河流，是穿城而过两河交汇的锦江……我的城，没有乡村的田野，没有林间袅袅的炊烟，没有开满山坡的鲜花，但我仍然感到骄傲。两千多年前，这座城就在这里，像那只金沙太阳神鸟一般，迎接我的来临。

我不是没有故乡。我的故乡在两千多年前的成都，这里留下了老子骑青牛来到青羊宫传道的飘然身影，留下了扬雄的赋，相如文君的琴台，留下了刘备的汉昭烈庙、诸葛亮的武侯祠，留下了蜀后主孟昶遍植的满城芙蓉，留下了杜甫的草堂、薛涛的诗笺……

我不是没有故乡，我以精神的方式还乡。那个久远的所在，是我心中的地方，也是我心灵回归的地方。那接近辽远与想象的天空，承载升起与降落的大地，与万有的大化，是我，是我们每个人灵魂皈依的故乡。

但是，我仍然羡慕回家的人，仍然愿意去爱一个有故乡的人。那样，我也有另一个故乡。而在过年的时候，让我可以踏着青草，穿过两岸的河流，放飞思念的风筝，还乡。

有故乡的人，就不会有孤单。故乡使一个游子有了着落感，是我们永远不会孤单的理由。

鸡 鸣

鸡既鸣矣，朝既盈矣。

匪鸡则鸣，苍蝇之声。

东方明矣，朝既昌矣。

匪东方则明，月出之光。

——《诗经·鸡鸣》

大年初二，清晨，听见对面楼上雄鸡的鸣叫，被吵醒了。正做一个美梦，不想起床，继续依枕而眠，进入我繁花似锦的梦里。谁知，雄鸡又拉长声音，一声声，声声入耳。不厌其烦，似乎不催我起床，不肯罢休。

抬眼往窗外看，微茫的光线从低垂的窗帘透出。我给自己找个睡觉的理由，是月亮的光吧？

雄鸡继续鸣叫。

忽然想起《诗经·鸡鸣》中男女之间生动有趣的对话。话说春秋时的齐国，一个晨曦初露的清晨，勤勉的夫人催促在朝做官的丈夫起床。鸡已叫了，上朝的官员已到了。贪睡的丈夫却懒懒地回话，那不是鸡鸣的声音，那是苍蝇的声音。

见丈夫留恋枕衾而纹丝不动，妻子又连声催促，东方已经亮了，上朝的官员已到了。丈夫很想再睡一会儿，又找个理由，故意逗弄妻子，那不是东方亮，是那明月的光芒。

丈夫可爱的懒床，妻子温柔的晨催，妙趣横生，情意缠绵。固然，诗的主题旨在讽刺荒淫的齐哀公怠慢朝政，又内无贤妃劝谏，因而作者作了这首"思贤妃"诗。但整首诗充满了生活的情趣，情真意浓。

我想说的是，若是这对夫妻生活在当代，恐怕角色会置换吧？闻鸡而起，晨催起床的，可能是男人，而懒床的那个，该是娇而慵懒的女人吧？湮远年代的过去，女人催男人起床。而今天，男人催女人起床。不是因为今天的女人变得慵懒，而是女人在社会中扮演着与男人一样的角色，平分秋色，为单调的天空抹上一笔绚丽的色彩，因此赢得男人的尊重和倾心爱慕。男人也往往更宠爱女人，女人也以男人的爱宠而娇。古代与当下，《诗经》之中，与《诗经》之外，生活变化的是角色，但不变的，仍然是爱，亘古而长久。

鸡鸣，幸福的女人，等待勤勉的男人，温柔的晨催。

年味——人间烟火

他们说，我是不食人间烟火的仙。

什么是仙？但凡柴米油盐酱醋茶这些人间俗事，与仙是不沾边的。

今天，大年初一，我就亲自下厨，小试牛刀，奉献一道菜。露一手。神话故事里的田螺姑娘，不是每天都要给那位书生做饭吗？

在做这道菜之前，其实，我是有底气的。因为事先请教了神秘高人。虽然，当时没有认真听，但幸而我有过耳不忘的超强记忆和慧根，所以，做菜的时候，那些数据统统从我的脑库里调出来了。

我系上围裙，像模像样地走进厨房，并三令五申：闲人不许踏入半步，不得偷看本人厨艺！其实，我不愿有人看到自己手足无措而一惊一乍。

这道菜是凉荤菜（阿弥陀佛）。它从冷冻的冰箱被请出来。起初，我用刀宰，宰不动。高人没告诉我是生宰还是煮熟宰。凭我的智商，很快判断是后者，我当机立断，下锅。我一边发微信远程请教，一边按高人指点的程序，一一去做。虽然有点手忙脚乱，但还是从容镇定。

一切准备工作就绪，设定的时间快到了，马上就要见证奇迹。我按捺不住兴奋，不亚于做一件惊天动地的伟业。

我的"菜"，煮熟了。可是，我不知该怎么办。记得高人交代，要把肉切成有型的小块。可那么坚硬的骨头，我如何下刀？试了试，不行。我急得快哭了。在我的字典里，没有"失败"两字。何况我已广而告之。

我猛然想到，用手撕去骨。（急中生智，太聪明了！）于是，我左右开弓，手扒、手撕，弄得面前一片狼藉。幸好，无人进来，否则一定看不下去了。

虽然感觉糗大了，但因为有高人指点，加上本人的悟性，终于做成一道"名菜"。我给取名：众星捧月凤鸣惊人。恕我不展示图片，容各位展开丰富的想象力。

确然，毫不夸张地说，味道好极了！而且赢得高级美食家的赞誉。我不得不佩服自己的"天才"，没办法。

某某点赞，不错，有年味，亲手做。这给我太大的信心，仿佛注入了满满的鸡血。我会如某人所说，继续努力。

当然，这道菜还有遗憾之处，但下次会更完美。顺告，我竟用了两个小时做这道菜，真是汗颜。

凡事有得有失。我从中总结，只要心里想做，天下没有做不成的事。同时证明，我并不是不食人间烟火。若我真是仙，也是食人间烟火的仙。

月亮里的舞鞋

今夜，我和朋友坐在阳台上，沐浴着皎洁的月光。我感觉自己不是坐在阳台上，而是坐在月亮里。

我朝天上望去，宝蓝色的无垠夜空里，弯弯的月亮像一只白天鹅，踮起脚尖，缓步出场。两旁浮着薄薄的云，好像它微微颤动的翅膀。

我忽然回头问朋友："你说，那弯弯的月亮像什么？"

朋友想了想，回答："像船，像一只停泊在银河的小船。"

"不对。"我断然摇头，"像舞鞋，像白色的舞鞋，就是我小时候最想穿的那种。"

朋友有些惊讶，又兴趣盎然地听我讲下去。

我讲起童年那个美丽的芭蕾梦。记得好小的时候，还没到入学的年龄，我最想有一双白色舞鞋，像上舞蹈学校的邻家姐姐跳芭蕾舞时穿的那双。那时候，我的愿望是将来成为一名芭蕾舞演员。这是我人生的第一个最美丽的梦。

我的芭蕾舞跳得好，大人们都喜欢看我跳舞：立起小小的足尖，单腿旋转，伸展，打开，画圆圈，模仿《天鹅湖》中天鹅的动作，优美地展开双臂，像一只白天鹅颤动着翅膀，想象清澈的湖边，高贵的白天鹅变成娉婷的少女来到王子身边，轻盈起舞……这些舞姿都是跳芭蕾的邻家姐姐教我的。

　　每天晚上，我爱往邻家姐姐那里跑。除了缠着她教我跳舞外，还想看一眼她的舞鞋（虽然不能穿上她的舞鞋（我的脚太小，穿进去像撑船），但能够看上一眼，或者抚摸一下，我已感到好满足，就会美美地睡一觉，做个跳舞的梦。

　　当时，舞蹈学校为了培养苗子，准备在儿童节那天，到我们街道大院组织小朋友演出芭蕾舞剧《天鹅湖》。于是邻家姐姐做我们的舞蹈指导，她选我演主角——被魔王变成天鹅的公主。我好高兴，兴奋得好几个晚上都睡不着。但我很快又发愁了，没有舞鞋。天鹅穿的裙子，邻家姐姐答应为我准备。可是，舞鞋呢？邻家姐姐的舞鞋我穿不上，尺码太大，而我又难以开口叫妈妈买舞鞋。因为我知道，那时候家里日子过得很艰难，父母的工资要维持我们一家大大小小六口人的生活。一双舞鞋，对于年幼的我，实在是一种可望而不可即的奢想，就像是月亮里放了一双舞鞋，只能幻想。

　　儿童节即将来临，眼看就要演出了，可我仍然没有向妈妈提出买舞鞋的要求，不知怎么开口，心里越来越着急。我想到邻家姐姐，也许她能帮我想办法。于是，在一个有月亮的晚上，我去找邻家姐姐。不巧，邻家姐姐跳舞去了，我便坐在她家门前等她，宁静皎洁的月光正好把小小的我环抱着。我久久地望着宝蓝色的夜空，那上面一弯好看的月牙儿，像穿着舞鞋的白天鹅，立起脚尖，在夜的大舞台跳着独舞。我羡慕月牙儿，幻想自己也有一双月牙般的白色舞鞋，该有多好。

邻家姐姐终于乘着月色回来了，她的步子很轻盈，像在跳舞，如雪花飘落一般。她见我还在等她，俯下身，爱怜地对我说：

"蓉儿，你像坐在月亮里的小女孩。"

我抬起头问邻家姐姐："月亮里的小女孩有舞鞋吗？"

她点了点头。我相信邻家姐姐的话，真的以为自己是月亮里的小女孩呢。

我蹦蹦跳跳地回到家，拽着正在灯下做针线活的妈妈来到我家天井。然后，搬了一只小板凳坐下，静静地托着腮望着天上的月亮。这时月亮的清光正好把我圈住，我沐浴在月色里。妈妈奇怪地看着我，不知道我又在玩什么新花样。

我抬头对妈妈说："妈妈，我是不是月亮里的小女孩？"

妈妈恍然大悟地笑了起来，宠爱有加地点点头。

我又说："邻家姐姐说月亮里的小女孩都有舞鞋。"

妈妈顿时一怔，一把将我拥入怀中。妈妈眼中噙泪，抱着我说："对不起，妈妈买不起舞鞋，但妈妈答应为你做一双舞鞋。好吗？"

我快乐得心要蹦出来了。没有想到，这个困扰我好久的心事竟然如此容易地实现了。我旋转着开心地跑开了。

儿童节在我的盼望中到来了。那天晚上，大院特别热闹，张灯结彩，许多大人小孩早已坐在那里，围成一个大圆圈。舞蹈学校的老师为我们演奏柴可夫斯基《天鹅湖》的乐曲。邻家姐姐也坐在那里观看。

剧情讲述的是我扮演的公主奥杰塔在湖畔采花，被凶恶的魔王罗斯巴特施以恶毒的咒语变成了天鹅。夜晚，男生扮演的王子来到了湖边。四只小天鹅在湖畔欢快地嬉戏，突然一只天鹅（我扮演的白天鹅）靠近王子，王子惊奇地看到一只高贵的天鹅慢慢变成了娇美的亭亭少女。奥杰塔向英俊的王子讲述了自己悲惨的身世。她只有在晚上才能变回人形。唯有坚贞的爱情才能破除邪恶的魔法。王子发誓永远爱她，要将她和她的同伴从苦难中解救出来。最后，王子和奥杰塔的坚贞爱情战胜了魔法，两人结合在一起，天鹅变回了公主。

　　舞剧一开始，我在优美的序曲中出场了。很巧的是，繁星满天的夜空也有一弯银白的月牙儿，像童话一般。我穿着妈妈亲手做的像月牙儿的舞鞋，立起脚尖轻盈地来到湖畔采花。月光很皎洁，盈盈地照在我的身上，像舞台上梦幻的灯光。我穿着邻家姐姐用她的舞衣为我改制的白色天鹅裙，在月下令人目眩地旋转，轻盈如飞地跳跃、舞蹈着。那天晚上我跳得特别好，舞蹈老师们最感到惊奇的是，我把天鹅内心的孤独、恐惧和对爱情的憧憬，通过优美柔弱的舞蹈动作展露出来，非常难得。他们报以热烈的掌声。大院的大人们和小孩子们也给了我许多掌声。后来邻居都叫我白天鹅奥杰塔。

　　遗憾的是，舞蹈学校的老师本来打算通过这次演出，选芭蕾苗子。他们都看上了我，不料，当他们用软尺从头到脚丈量我的身体各部分比例时，发现我其他都基本符合条件，从五官外形，到身体的比例、协调性、气质、乐感，都不错，但唯一不足的是，发现我的脚背不够好，没能成窝形。芭蕾是脚尖的舞蹈，如果脚背先天不足，将会影响跳舞。舞蹈学校老师很遗憾地离开了。

我想成为芭蕾舞蹈演员的梦破碎了。像一部美丽的童话，刚刚打开，就在眼前幻灭了。

光阴如水，转眼我十七岁了，又是一个做梦的金色季。

无独有偶，学校组织我们观看舞剧《天鹅湖》。天鹅公主的舞鞋再次唤起了我儿时的梦。但十七岁的我，已不再天真地梦想当舞蹈家。我开始偷偷地做着爱情的梦，幻想着我像美丽的天鹅公主一样，有一位王子出现在我的身旁，发誓永远爱我。

记得我走出剧场的时候，那晚也有皎洁的月光，也有一弯像舞鞋的月亮。我不知道，月亮是不是总与梦有关呢？总之，我情窦初开的少女时代就在那场优美经典的舞剧中，在那梦幻的月色里来临。可我的王子并没有出现。

多年过去了。儿时的梦和少女的梦早已远去。虽然我没有成为舞蹈家，终没有穿上那双梦寐以求的芭蕾舞鞋。不过，我曾经是月亮下面穿着舞鞋的小女孩，曾经拥有过美丽的童话。

此刻，朋友与我坐在有月光的阳台上，微笑地倾听我光阴里的故事。

当年坐在月亮里的小女孩，穿着月亮一样的舞鞋，在月下起舞，做着一个又一个的梦。但总有一个很美的梦，如愿以偿，并继续着，我的梦。

长发不剪

J 绕到我的身后夸张地赞叹:"哇,你的长发好漂亮!"然后,他看着我,故意正色道,"待你长发及腰,我来娶你可好?"这是他用网络爆红的一句原创造句。

我福至心灵,回应道:"待我长发及腰,我就一刀剪掉。"他连忙道:"千万别,多美的长发,剪掉好可惜!"

虽然是一次玩笑话,但令我想起曾经剪掉长发的痛苦经历。

在我成长的岁月里,我一直保留着那一头飘逸的长发,随光阴流转。黑而顺直的秀发披在肩上,在风中飘动,像河畔的垂柳随风飘拂,掠过人面。长发飘飘,使女人增添了一种温情,一种柔美,一种飘逸与灵动。一个长发飘飘的女人的背影,总是让人期待她回眸一笑的美好。当她经过人们身边,发丝间散发的一缕香气,会让人情不自禁深吸一口,为之着迷。

我从小对长发情有独钟,喜欢穿上适合一肩长发的长裙,伫立微细的雨里,长发与白色裙裾在风中翻飞,整个人飘飘欲仙,仿佛分沾了一点仙气。

刚到杂志社工作时,有人赞我像琼瑶《窗外》的女主,长发飘飘，很纯情的样子。我也有虚荣心，暗暗高兴。走在路上，微风轻轻吹拂我的长发，撩拨我悸动的心弦，感觉真好。

随后，一股潮流逆袭，大街上许多女性一夜间剪掉了披肩秀发，流行起干练的短发、时尚的卷发。我也禁不住蠢蠢欲动，不想被 out。我做了一个重大而艰难的决定：剪掉傲娇的长发，不做温柔安静的淑女了。

我决定剪掉长发的那天，是一个阳光灿烂的午后，也许是天气很好，也许是我心血来潮，或许是鬼迷心窍。总之，我毫不迟疑，悲壮而豪迈地走进美发店。

度过备受煎熬的几个小时后，当我走出美发店时，我已不再是那个披着长发、沉静安娴的我，而是剪着一头爆炸式的齐耳卷发（当时流行的发式），自认为青春活泼很时尚的成都女孩。我对自己的华丽转身是很满意的。

第二天一大早，我最先走进编辑部，阳光洒满西窗，我心情很好地坐下来。翻翻本期刚出刊的杂志，浏览一下我优美的卷首语，脑子里想象着自己这一头卡哇伊的发型，颠覆性的变化，将要面对同事一双双惊奇的眼睛，无数的赞叹，心里不禁暗暗得意。

同事陆续来上班了。很奇怪，他们看见我，愣了一下，盯了几秒，然后走开了，开始忙着编辑稿子。最多有人坐在桌边淡淡地问一句："剪发啦？"便再也没有更多的反应。

怎么没有反应？难道不好看吗？我的心情从云端跌落到地上。

跟着，杂志社的头儿走进编辑部，我忙恭敬地打招呼。他看着我，呆了一呆，欲言又止，最后严肃地说了一句："大家过来开编辑会。"然后，转身走了。

整个一天我感到很难过。心里一直在想，是不是我这头发丑死了？

晚上，J约我吃饭。他见到我，那个反应像见到外星怪物一般，目瞪口呆，半天没有说出话来。

"我就剪个头发，你的反应也太夸张了吧。"我不满地瞪了他一眼。

他直直地盯着我，嘴角浮起一抹捉摸不定的笑意。

"我很纳闷，你怎么想起把好端端的长发剪掉？"

他倒直言不讳。不过，我有点生气，理直气壮地说："怎么？不好吗？我就是要改变形象，重塑自己。"

他大笑起来，笑得瘫倒在椅子上。好容易他才收住笑，正经对我说：

"其实，你原来的长发很好看，很适合你。温柔飘逸，又清新脱俗。你就是你，独一无二。你没有必要改变自己，去追赶流行，反而失去原来的你。"

他还告诉我，第一眼看见我的时候，我穿着白衣长裙，披着一肩长发，微笑地站在他的面前，皎洁的月光刚好打在我的身上，他觉得眼前忽然一亮，好像我的到来也把月色带来了。在我离去之后，风带起我的长发，留给他一个长发飘动的背影，淡淡的发香，给他的印象很深。

他说，如果当时他没有就要谈婚论嫁的女朋友的话，他一定追我了。

"你是不是后悔死了？"我笑道。

"对啊，就像你现在把长发剪掉，不也后悔吗？"

确然，我开始后悔剪掉了自己一头飘逸的长发。他说得对，我就是我，为什么我要改变自己呢？为什么把独一无二的我，变成大众的样子？

我后悔万分，剪掉的发要什么时候才能长发及腰？要什么时候才能恢复我原来的样子？我每天对着镜子看了又看，越看越惨不忍睹。镜中的那个女子一头卷卷的、短短的蓬发，像菊花一样爆炸开来，本来一张小脸，更显得面庞很小，十分不协调。最让我难过的是，镜中的我找不到一丝清纯，反倒显得俗气。为什么我要把自己变成这样子呢？我生自己的气。

从这以后，我几乎天天一回家就洗发，恨不能一夜之间洗成又柔又顺的直发。那时候，感觉自己好像患了洗发强迫症。可是任我如何努力，仍然没有用，头发依然是卷卷的，像乱云，也不见长。

每当走在成都街头，偶然看见有女孩甩着一头黑而柔美的长发，从我的身旁擦肩而过，我真是羡慕万分，又更加懊恼不已。

几年过后，我的短发终于长成及腰的长发，又可以在风中飘动了。时常，我走在下班必经的河畔，当长发随风飘起，心底总是涌生一种温软如水的感觉，好像人生也变得温柔起来。

某个午后，J又约我到锦江边喝茶。见到我长发飘飘的样子，他情不自禁地赞叹："长发飘飘，才是你的样子。"

"你的长发像水草一样美。"他又说。

我注视着河边的水草，在清澈的清流里温柔地游动，恍若长发拂在水面。

我心念一动，双眸放亮，告诉他，我要取个笔名，就叫"水湄"。"所谓伊人，在水之湄"，这是《诗经》上说的。水湄又是指多丰茂柔媚的水草的水边。如何？

"好啊，'水湄'的名字很诗意，也好听。"J赞成道。

我取此笔名，并不认为自己就是《诗经》里那位在水之湄的佳人，而是，我实在喜欢这个句子，喜欢那样温润柔软的意境，喜欢我像水草一样的长发。

唯愿自己柔情似水，长发不剪。等待某一个人，为我盘起长发。

女人饮酒的景色

女人饮酒是一道美丽的风景，而我们常常忽略这片景色。

只是因为，在我们的传统文化里，女人饮酒被世俗地认为有失淑女本色，就连女性自己也认同这种观念。也不知从何时开始，香鬓丽影的女人在觥筹交错的饮宴中表现了特有的含蓄和沉默，把美酒让给了男人，也把景色送给了男人。

美酒英雄自古长相随。谈到酒，自然要谈到酒与诗，酒与英雄。就会让我们不禁想起横槊赋诗、对酒当歌的曹操，想起月下独酌、举杯邀明月的李白，想起把酒问青天、一樽还酹江月的苏轼，想起醉里挑灯看剑的辛弃疾。我们还会联想到金庸武侠书里酒入酣肠长啸而去的白衣剑侠。酒气、剑气、豪气，成就了英雄的本色，也成就了诗人的胸怀。

美酒与英雄相随，也陪伴女人。我们似乎忘记了古代也有善饮的女性。饮酒最优雅、最清新别致、最出名的，非李清照莫属。据说，她有十六次醉酒的经历。"常记溪亭日暮，沉醉不知归路。兴尽晚回舟，误入藕花深处。争渡，争渡……"少女时代的李清照饮宴后，乘着一叶小舟，醉得连回家的路都无法辨别，误入了荷塘深处，结果"惊起一滩鸥鹭"，而她自己竟没有掉到水里，可见正是半酣。整首词把少年才女活泼、率真的天性与游兴未尽的欢愉展露无遗，日暮、醉酒、荷池丛中荡舟，营造出清新别致的意境。而她亡夫后写的那一次醉酒，却是另一番心境。"三杯两盏淡酒，怎敌他晚来风急？"在亡国、亡夫的打击下，她孤零零的一个人，举杯消愁，可是，饮进愁肠的几杯薄酒，怎么能抵御阵阵秋风的寒意？她醉了，或许喝迷了吧，竟错把飞过头顶的大雁当成自己的旧知己。但如今夫君已去，书信无处凭寄，她更感到伤心。醉得凄切哀怨，醉得令人心疼。在李清照的词中，写饮酒、醉酒有多处。或优雅，或娇媚，或缠绵多愁，酒意诗情，夺人心魄。女人醉酒的情态，还有谁比得上李清照？

在古代女性中，醉得最美的，还是中国古代四大美人之一的杨贵妃。她醉步扬扇走在花丛，千古爱恨，举杯对月，只为君王醉一回。霓裳羽衣，好似彩蝶飞于百花丛中，盼能为君王舞一回。无奈曲终人散，不见李二郎，只有"半墙残月摇花影"。她醉得雍容华贵，千娇百媚，醉得凄楚悲伤、哀怨断肠，也才有马嵬坡下魂断红颜的"此恨绵绵"。

我特别佩服曹雪芹，他笔下的十二金钗几乎都善饮酒。便连体弱多病、多愁善感的林黛玉也要喝酒。《红楼梦》第三十八回描写林黛玉多愁善感，身体较弱，因吃了点螃蟹，觉得心口微微地痛，自斟了半盏酒，见是黄酒不肯饮，便说须得热热地吃口烧酒，宝玉忙道："有烧酒。"便命丫鬟将那合欢花浸的酒烫一壶来。林黛玉吃酒，有一点小醉，一点迷离，所以她写出来的诗才那么真切，才情横溢。

而史湘云的醉卧花丛更是描写得细腻动人。众姐妹给贾宝玉过生日，发现史湘云不见了。原来她"卧于山石僻处一个石凳子上，业经香梦沉酣，四面芍花飞了一身，满头脸衣襟上皆是红香散乱。手中的扇子在地下，也半被落花埋了，一群蜜蜂蝴蝶闹嚷嚷地围着。又用鲛帕包了一包芍药瓣枕着。其醉态之美，呼之欲出，让人产生无数美妙的遐想，如一道绚丽的风景。

无论是李清照、杨贵妃，还是《红楼梦》的十二金钗，她们应该是古代封建社会的另类女性吧？

令人欣喜的是，现代社会中，越来越多的女性冲破传统的观念，与男人们一起饮酒，平分杯中月色，营造了另一片景色。

这片景色是属于诗意的。男人饮酒大多喝烈酒、浓酒，如读苏东坡，令人想到"关西大汉，铜琵琶，铁棹板，唱'大江东去'"。女人饮酒则多喝红酒、淡酒，如读柳永，令人想到"十七八女郎，执红牙板，歌'杨柳岸，晓风残月'"。如读李清照，令人感受"三杯两盏淡酒，怎敌他晚来风急?"的意绪，而回味悠长。

女人饮酒和男人饮酒风格不同。男人饮酒豪放，女人饮酒婉约。男人饮酒像江海湖泊，汪洋恣肆，跌宕起伏，却一览无余；女人饮酒则像随风潜入夜的春雨，静静地，细细地，慢慢地浸润，而又意态朦胧迷离，如隔雾看花，又是另一番景色。

喝酒，要喝得有情调，有境界。林清玄说，温一壶月光下酒，这是非常有意境的。但我觉得女人如花，不一定用月光下酒，用花来下酒，最适宜女人的浪漫气质。所以我们在帘卷西风的时候，面对满地黄花，何不"东篱把酒黄昏后"？花开的时候，在海棠花间，在杜鹃花丛，花间一壶酒，与有情的人对饮，该有多沉醉！下雪的时候，可以学高人隐士，在山中的木屋里围炉煮酒，用雪下酒，用梅下酒。有人开门进来，上前笑问："晚来天欲雪，能饮一杯无？"这样的情调和境界，应是女人饮酒的最佳景色。

饮酒难免有醉酒的经历，但也是一种风景。我不善饮酒，但并不排斥它。记忆中的一次醉酒是在赤水河畔。因为茅台酒的主人殷勤相劝，又难得眼前如此好山好水，不觉中多饮了几杯。饮宴后，与朋友乘醉出去，看见月亮照在静静的赤水河上，满天都是繁星。低头看着泛着粼粼波光的赤水河，发现月亮和繁星怎么掉在了水里？我的心好像也落在了似酒的水中，醉了，碎了。我一会儿哭，一会儿笑。那晚我和朋友就这样站在赤水河边，饮了一夜的月光和星光，也笑了一夜，哭了一夜。我发现醉中的世界变得美而凄伤，变得遥远而又亲近。醉中的我们可以大哭大笑，可以毫不掩饰我们的真性情。醉中的世界原来是那样的虚幻和真实，而生命的美丽不就在于虚幻和真实之间？

女人醉酒，有几种原因。一种因快乐而醉，一种为情所醉，借酒消愁。情到深处多生苦，"何以解忧，唯有杜康"。然而，酒阑人散后的那份疼痛，又岂是酒能够治疗和愈合的？

虽然饮酒的现代女性越来越多，但可惜的是，浮躁的现实，使我们少了那种饮酒的情致和性灵。如果我们能够多一些芬芳的心情，多一些优雅的情调，这片景色就会像月色一样悠远和空灵，像夏日的七里香一样，令人回味和沉醉。

存在，跟随自己的内心

一个清凉的午后，我与 L 坐在幽静的茶屋，聊着一个沉重的话题。

L 说，他在看一本书，书上提到乔布斯一句著名的话："记住你将死去。"

这是乔布斯得知自己患了癌症后对人生的思考。L 告诉我，我们无法知道自己哪一天会死去，但我们每一个人都在逃避"死亡"这个痛苦而冷冰冰的字眼，仿佛死亡很遥远。乔布斯的这句话让他很震撼，自己也开始思考，人来到这个世上该如何面对生死，活着的意义是为了什么。

我告诉他，从生到死有多远，早在两千多年前，中国的庄子就参破了生死这道人类哲学命题。他说："死生，命也，其有夜旦之常，天也。"超然的庄子认为，生与死，就像白天与黑夜的交替一样，自然地发生着。死是每一个人无法相逆的命运，是生生死死的自然规律。

死亡是无常的，生死在旦夕之间。虽然没有人愿意死，也不愿意想到死，"但是死亡是我们每个人共同的终点"。所有的荣誉和尊贵，以及所有得到的一切，都将在死亡面前消失，什么也带不走。

L表示同意，只有当明白了死，才能知道活着的意义是为了什么。接近死亡的感受让乔布斯体会到什么才是生命最重要的。"你有时候会思考你将会失去某些东西，'记住你即将死去'是我知道的避免这些想法的最好办法。你已经赤身裸体了，你没有理由不去跟随自己的心一起跳动。"

L得出他思考的结论，"记住你将死去"，才会更加珍惜当下，珍惜身边的人，爱自己，顺从自己的内心。活着，有多好！

他的话让我想起"5·12"汶川大地震中一个感人的画面：一位年轻的女孩躺在废墟之下，男友两天两夜守在她的身旁。当女孩从冰冷黑暗的死寂中被救了出来，她说的第一句话是——今晚的月亮真圆。

一句看似很浪漫的话，在那个时刻却震撼了无数的心灵。这是对生命的感慨，对内心需要的感知。原来活着多好，原来幸福就是能够抬头仰望月亮，原来置身在这个地球上是多么美好的一件事。

在物质世界中，我们以为自己想要的，就是得到名誉与富贵，有令人仰视的高贵身份，过着养尊处优的生活。我们以为自己想要的，就是上班开着自己的小车，下班回到带花园的采光充足的房子休息，每月领着令人羡慕的薪水。当夜晚来临，与朋友去星巴克，在浓香的咖啡中消磨时光，或者去飘着蓝调的酒吧，在暗哑的声线和摇曳的身影中自我沉醉。我们以为自己想要的，就是物质的富足，成功的成就感……

于是，我们拼命地跟随日益膨胀的欲望和野心，追逐着永远无法满足的东西。为了这一切，我们以此励志整日地忙碌着而疲惫不堪。我们的健康开始逐日下降，心变得浮躁、空虚和焦虑，对现有的幸福越来越不满意，甚至对这世界产生敌意和对抗，陷入庸常，而失去了对生活的感激之情。窗前的栀子花开了又凋谢，却没有一缕香气在我们的心头萦绕。

我们的心很累，因为从来没有照顾到自己内心想要的东西。是的，我们阻挡了心灵的真正需求，忽略了周围一切存在中的美好事物，抛弃了大自然给我们的礼物——太阳、月亮、星星、山川、大地。

我们紧闭着双眼活在地面上，就连我们天天经过的街道都未真正看过，更懒得朝天上看一看，好像生怕星星掉下来砸到自己。我们似乎得到了追求的东西，却更加茫然失措，不知道自己爱什么、要什么。

你我的存在是最伟大的奇迹，是上天赐予的祝福。那一场突如其来的人类灾难，让我们重新审视生命的价值。无论是经历或没有经历地震的人，都有一个共同的感受，活着即是幸福。"今晚的月亮真圆"，地震中醒来的女孩的第一句话诠释了活着的意义，我们内在真正的渴望，其实就是——还能站在地面仰望星空。而所有那些名利等，都是梦幻泡影，一片烟花。

我们无法挽回逝去的生命，但应该庆幸存在，学会感知内心的声音，并顺从它一起跳动。

放慢脚步，让我们在夜晚来到户外，看一看满天的繁星；让我们在雨天走到窗前，听听雨落在树枝上的声音；让我们用带着爱意的眼神去抚摸一棵满布岁月年轮的老树；让我们把头埋在花束里深深吸一口芬芳，感觉馥郁的爱情；让我们腾出片刻的时间，静静地坐在水边，看夕阳缓缓沉去。

置身在温柔的时刻，你会感到心灵平静、宁和，存在中的一切都那么亲切可人，我们不必刻意追求幸福，它已经在那里了。英国作家爱德华兹说："在这一时刻，我们返回原初状态，完全放松，只是简单地'存在'片刻，通过这种方式，我们使自我的本性得以重建。"

邀请自己的灵魂，去享受大自然给你的宁静；邀请自己的心灵，去爱这世界及丰饶的人生；邀请自己的爱情，倾身发现大地万物的生长，爱上宇宙大化给予我们的一切。台湾女作家张晓风在书中有一句话："树在，山在，大地在，岁月在，我在。你还要怎样更好的世界？"

存在展现生命的内涵，赐予一切。我们"在"的时候，应当首先去爱你第一个遇到的人——你自己。然后用你的爱填满整个宇宙，爱当下，爱世上所有的美好与善良，爱你所爱的人，爱你内心真正渴望的一切。

"记住你将死去"，就是告诉你，好好地活着，你必须爱自己，爱自己的身体，爱自己的灵魂，向着生命意义的方向朝内走。存在，跟随自己的内心，才能找到活着的真正意义。这也是乔布斯用生命离世的代价，给世人最好的忠告。

第二章　塞上，我的远方

静静的城，静静地等你来

静遂宁

每一个人的内心，都需要一处宁静的所在，那是我们心灵疲倦的时候，隐秘的安慰。

它不在市声沸天、市尘弥地的城，不在灯红酒绿微醺的午夜街头，不在我们想逃离却放不下的都市中。

我总以为，那个可以度我的静静的彼岸，离我很遥远，就是一个梦。

来到遂宁之后，蓦然发现，其实不需要像梭罗一样，拿一把斧头，到远离尘嚣的瓦尔登湖畔建筑一座木屋，在原始森林寻找那久违而美好的宁静。它就在身边，静静地等我来。

它就在身边，离成都很近的川中，一个并不遥远的梦。

这是一座让你静下来的城，静静的，极静极静的城，像一个安静的古典女子，让你怦然心动。无论外面有多少喧闹与纷扰，还是有多少无法抗拒的诱惑，她只是静静如莲。

如莲般静静的遂宁，仿佛时光在桨声四起的波光里停留，一切喧嚣在袅绕的香火与晨钟暮鼓里，归于寂静。似乎岁月不曾惊扰过这座城。那样静，那样安详。到了这里，你会放下放不下的执着，舍得舍不得的有情过往，所有浮躁不安的心动，都沉静了下来。

青瓦红墙下，长长窄窄的古道，一眼便望穿那段久远的历史。自东晋大将桓温收复蜀地后，路过歌舞升平的此地，勒马站在城下，发出"天遂人愿，息乱人宁"的慨叹，"遂宁"这个吉祥的名字便一直伴随着它。这座古城，从一千多年前就是安静的模样。

她一直在那里，静静地等我，静静地等你。

等我们静静地走来，穿过千年的月光。

宋 瓷

隔着冰凉的玻璃，抚摸宋朝的青瓷，似冰如玉晕染上天青色的瓷器，静静地陈列着，散发久远而依旧晶莹夺目的光芒，遗世独立。

不知是谁将它散落于此？不知是谁将它从宋的西子湖畔，从烟雨的江南，从遥遥的路途，带到了这里？

雨后的天青色，渲染出一种淡淡的宁静与雅致。没有着墨，没有刻意的勾勒，连简单的一笔也没有，仿佛一个怀着春愁的女子，从烟雨中静静走来，便沾染上了江南的烟雨，千峰的翠色。那难以释怀的韵意与古典的爱情，只属于青瓷，只属于天青的墨色，只属于婉约的宋。

荷叶盖罐，一片亭亭青叶，浮于瓷上，像一朵带露的莲花静静地绽放，透着一种超凡出尘的神韵与清澈明净之美。据说，它来自宋朝的巴山。是否它沾染上了那一场旷古美丽的巴山夜雨？只有在宋朝的年代，只有那样飘逸宁静的心，也才有这样如莲的传世青瓷。

还有梅瓶，看见它，令我想象往瓶中斜插几枝梅花的宋朝女子，在烟雨的日子，守着小窗，是否在等待一个人呢？

转水，转水，每一件青瓷，笼罩着宋朝烟雨，散逸到遂宁这座不被凡世惊扰的城，与你相见。

古　寺

到遂宁，我首先要去的地方，或者，最想去的地方，是两座寺庙：广德寺与灵泉寺。

或许因为它是观音道场，或许因为它有着千年美丽的传说，如那首民谣的和声，屡屡歌着："观音菩萨三姊妹，大姐修在广德寺，二姐修在灵泉寺。唯有三姐修得远，修在南海普陀寺。"

每一次我就想去这里。

我只想去走一趟那幽静而超尘非凡的皇家禅林，想去闻听古刹清玄的钟声，沉静的梵音，想去菩提树下。

想去广德寺的大悲殿，在斜斜映进来的一抹夕阳里，点燃一炷香，求观音的慈航，度我到彼岸。

观自在，观一切声音，度我们的苦厄，度有情的众生。慈悲的观世音，以安静的超越世间的力量，让我们在佛前找到内心的平静与超然。

想去灵泉寺，掬一捧清泉，清洗心灵的尘。在般若的智慧中，静心无染，如月映千江，如日处虚空。

无论是漫不经心的游客，还是虔诚向佛的善众，只要脚步涉过佛门，浮在尘世的心便会侵袭那清净的佛烟，在檀香袅袅中找到一种自在安详。

寺庙大多在山水之间，遂宁的寺庙却隐在闹市中，如那位离开皇宫在此出家的克幽禅师，禅定自如，从容地面对风云变幻、世事沧桑，从容地看淡人生离合悲欢，从容地迎送来来去去的过客。只是明月清风，就像这里的涪江一样，水波不生，没有惊涛骇浪，也没有多少刀光剑影的沉浮，一直就是那样，安稳而静好。

此刻，你会有所顿悟与欣喜，在喧嚣的市声里，婆娑世界里，原来还有一种静，还有一座静静的城。

观音湖

临水的遂宁，有一条比西湖更宽阔的江流——观音湖，又称涪江。湖水静静地从城中穿过，望着无边静水，你会突然感觉到，浮躁的心变得安静下来，湛然不动，仿佛湖上开着一朵静静的莲，在你的心田里生长。

在湖上，总让我想起陈子昂，想起他"前不见古人，后不见来者，念天地之悠悠，独怆然而涕下"的绝唱而浮起惆怅。不知面对数千年一直这样静静流动的湖水，他的心是否找到了安慰？

岸边是一座湿地公园，一丛丛芦苇在夕照下随风摇曳。我独自一人走着，恍然置身在《诗经》"蒹葭苍苍"的意境之中。伫立水边，我把自己站成那个等候的佳人，静静地等候，那只天际的归舟。

在水之湄，有一个浪漫而诗意的地方："情人栈道"。想象情侣沿着一条长而曲折的栈道，从苍苍芦苇边牵手走过，幸福的宁静，美好的永恒，便让我深深感动。

我更想坐一趟渡船，在暮色苍茫的观音湖上，或在夜色温柔的桨声灯影里，默默眺望波光粼粼的水面，在静静俯视我的月亮与星子之间，感受月夜潺潺的流水所带来的温情与静美，倾听来自古寺那低沉而又雄长的梵乐，深深地沁入心里。

不要系舟，我更渴望坐一趟渡船，再渡一次，渡我到彼岸。不在恒河沙岸，只要一只渡船。

度我到静静的彼岸。

塞上，我的远方

远方有多远？"永远"那么远吗？我问自己。

在三毛的书里有一段话，是我很喜欢的。她说：

> 远方有多远？请你，请你告诉我，到天涯海角，算不算
> 远？问一问你的心，只要它答应，没有地方，是到不了的那
> 么远。

总以为，远方很远，远到我们视线无法丈量的远，远到一生可能无法到达的永远。三毛说，心有多远，远方有多远。其实，远方安住在心里。你想去远方，心里就有远方。你心里有远方，就能见到远方。三毛的远方在撒哈拉沙漠，我心里的远方在哪里呢？

塞上是我的远方。曾经在大唐的诗篇里翻阅王之涣的黄河白云，翻阅王维的大漠孤烟，翻阅参岑的一川碎石；曾经在千古的风里听过那一管思乡的笛音，伴随边关铁骑杂沓的嘶鸣与月光下幽怨的水声。

塞上于我很远，远到秦时汉时，远到千年万年，远到地老天荒的长寂和广袤无边。只是我不知道，原来我想要去的远方，一

直安住在我的心里。我心即是远方，远方即是我心。只要我想见到远方，就能见到远方。我的心对自己说："这是真的。"

这是真的。当我顶着六月发烫的太阳，站在寂寥无垠的苍穹下，戈壁在左边，草原在右边，黄河在白云之间，我开始相信这不是一个遥远的梦。

我是真的来到了塞上，着一袭白色的长裙，披一肩长发，颈上戴一圈高原牛骨的项链，迎着高原的风，像古代的女子那样，穿行在大漠的千年古风里，圈点诗里的黄河和白云，圈点草原上的羊群和奔马，圈点戈壁上飞扬的黄沙和碎石，圈点贺兰山下睡着的王朝。

这就是我魂牵梦绕的地方，塞上银川，我的远方。

贺兰山下，大夏的太阳沉落了

黄昏，广袤的亘古长天，一抹千百年前某日的斜阳跌入苍茫大地，仿佛一顶至尊的皇冠沉落了，却又无声无息。远处狭长的山体层峦叠嶂，绵延横亘，像一袭龙袍加身的帝王躺在那里，在血红的夕照中，呈现一种逼人的王者之气，却难掩日落的萧索与苍凉。

这就是贺兰山吗？这就是岳飞发誓要踏破的"贺兰山阙"？我不敢置信，曾在岳飞的千千阕歌里反复吟唱的贺兰山，曾在历史上存在两百年又永远消失的西夏王朝，此刻，竟然就在我的眼前！

抬眼望去，在它的东麓是一片荒凉沉寂的大地，布满粗砂和碎石，四处没有一棵草，连散落的羊群都看不见。唯有几处断墙颓垣，几座黄土夯堆裸露在四野，像几本发黄的绝版的史书被夕照晒在此处。如果不了解，我必误以为那不过是亿万万年前地壳运动冲积而成的土包土堆，完全不会联想到那里面埋葬的竟是显赫一时的大夏国的九位帝王。

　　西边，正在进行一场盛大而热闹的演出，而东边的王陵在夕暮里寂寥而又安静，形成强烈的反差。躺在这里的帝王早已经退出历史的舞台，脱去了华丽的龙袍和皇冠，剥去了头顶的光环和紫气，褪去了往昔的至尊与显赫，只剩下荒漠中几堆赤裸裸的黄土，与大地合为一体。曾经雄霸天下而傲娇一世的这些帝王，已经无能为力，无能为力挽留住昨日的江山，就像每日升起的太阳终要落下去，明天又将是新的太阳升起，照耀山河。只是，它不再属于大夏。

　　暮色里，茫茫四野，西夏王陵在斜阳下显得那样孤寂，那样落寞，仿佛被历史遗忘在那里。一种历史的苍凉和悲怆之感袭遍我的全身，那样锥心刺骨，隐隐作痛。即使整个世界都属于你，又怎样呢？

　　赤裸裸地来，赤裸裸地去，即使帝王也毫无例外，终究是自然的子民，最后终归尘土，逃脱不了尘埃落定的宿命。或许，这时的他们才是最真实的原貌。经历荣衰成败之后，他们就像参破世事的隐者退隐在此。不再担心失去王位和江山，不再计较前呼后拥的威仪和风光，心中的块垒与复仇的火焰也被时光磨平了。他们安然地坐在这贺兰山下，无论面前血雨腥风，铁蹄践踏，无论过往繁华热闹，尘嚣飞扬，幡动，心却不动，只是平和地看着岁月沧桑变化，世间几经浩劫。他们就像悟道的老僧，等着世人来坐参生死的妙谛。

迎着斜阳，我向三号陵走去。三号陵是正式立国的一代枭雄李元昊的陵寝。它是整个陵区帝王墓冢中最大的一座，一样被剥去了华贵的外衣，只剩下高而大的土堆，在夕阳的斜晖里泛着金黄的光晕，像埃及的金字塔那样裸露着，无言地在废墟上叹息一部被消失的神秘历史。两百年，放在时间的长河上不过是匆匆一瞬，而对于历史来说，建立一方霸业，巩固一方霸业却并不短暂和容易。然而，李元昊亲自立国的大夏王朝，经历了整整两百年，竟在一夜之间，被大汗天子铁木真的铁蹄一夜踏平，而万劫不复。从此，大夏在历史上销声匿迹，连史书都不曾记载，只留下它神秘的文字，一个神秘的王朝背影，在贺兰山下。

我攀上土坡，站在李元昊的陵旁。这位曾经征战南北立国称帝的大夏君王，有多少人匍匐在他的脚下。如今，不过是一个成为历史的老人。本来中国的历史上不会出现一个大夏，但是历史偏偏出现了一个李元昊。这位雄才大略生性勇毅的党项族首领的儿子，不愿向宋称臣，他要贺兰山，要宽阔的草原＼无边的大漠，要逐水草而居的马背子民，要头顶上属于他的那轮太阳。

李元昊得到了他想要的一切。大宋终没有征服贺兰山麓善骑尚武的民族，岳飞最后也没能踏上这个"远方"。可是，李元昊要得太多，要得太贪心，要去了他儿子心爱的美人，最后把性命断送在亲子的手上。而他所要的疆土，两百年后也不复存在。他自己也成了一抔土丘，一座荒冢。唯有贺兰山还在，草原还在，大漠和黄河还在，无论我们要不要，山河亘古长存在那里，属于昨天和今天的每一个人。

太阳落下去了，沉落在贺兰山下。大夏的帝王结束了他们全部的历史，但毕竟坐拥过昨天的霸业与江山，毕竟有过一场又一场光荣的出征，一次又一次骁勇的激战。残照里，看那贺兰山麓九座帝王的陵冢，静静不语，穆然地见证着那一段湮灭的王朝历史。

一个女人的地老天荒

原来以为贺兰山岩画只在博物馆里陈列着，像祖先的化石那样，被宝贝地珍藏在箧中。当我们走在峡谷中，两旁岩壁千仞，左手是岩画，右手是岩画，才发现那古老神秘的岩画已在贺兰山展览了几千年，一直大大方方地被太阳晒在那里。

清凉的溪水从峡谷间潺潺流出，我提裙汲水而过，踩着远古的碎石，上了山崖。终于能够亲手触摸青色的贺兰山石上原始的岩画，而不会在博物馆里隔着玻璃窗看那些拓片。看着光裸的岩石上一幅幅古朴抽象、粗犷生动的动物和人的画像，那都是远古先民们创作的文化图腾。我惊讶不已。在生命最初的石器时代，没有金属，没有笔，更没有调色板和颜料，湮远年代的人是怎样在岩上画下他们的样子？是怎样描摹动物的追逐和他们围猎的场景？

"他们是用石头刻画的。"解说员说。

"是什么石头呢？为什么那些岩画没有被风化？"我问。

解说员迟疑了一下，摇摇头："这要问在岩上绘画的人了。"或许看见我失望的表情，她又用一种斩钉截铁的语气回答：

"那种石头不是一般的石头。"她是一个年轻的女子，她扑闪的大眼睛似乎在说，那石头是祖先打造的用来绘画的石器。

又是一个千古之谜。我想起清溪里很多奇异的紫色石头，会不会是远古先民用它们磨砺而成的"画笔"？不然，为什么有的岩画至今五彩斑斓，没有褪色？

细看岩石上深凿的一幅幅图案，线条极为简洁而流畅，几笔勾画，一气呵成。虽然看上去很古怪，很夸张，却富有强大的想象力。鸟儿的飞翔，动物的奔跑，男人女人的交欢，都是那么生动鲜活，记载着先民们自然崇拜、图腾崇拜、祖先崇拜、生殖崇拜的文化信仰。这是一方自由的乐园啊。远古的人应该是最杰出的艺术家和哲学家，他们用最简单的线条记刻他们最快乐的生活，告诉我们这些自以为聪明却日益复杂的现代人，生命原本简单，简单才是生命的实相，先天存在的本来面目。复杂让人类进入文明，却让我们有时痛苦不堪。唯有简单，返璞归真，才能得到永恒的快乐，像石头一样不朽。

解说员指着高高的崖壁上的一方岩石，说那只在博物馆里看到的"手"就在上面。

是真的吗？我兴奋起来，不敢相信自己眼前所见到的。那是一只史前女人的手印，是贺兰山岩画中著名的一幅。先前在博物馆参观时，那只手给我留下最深的印象。当我将自己的手贴着冰凉的玻璃和那女人的手印贴在一起的刹那，仿佛时空倒回久远的从前，我好像能够感觉那纤细的手指，手上白皙的皮肤和余温，甚至能够闻到她身上披挂的树叶所散发的清香。

此刻，那只手深深地嵌在岩石上，我仿佛伸手可及。

"她的年龄有多大呢？"抬眼望着岩上的手印，我很好奇。

"可能十七八岁吧。"解说员回答我。

她的手看上去很秀美，我想那应该是十七八岁女子的玉手。那么，这个十七八岁的女子是什么样子呢？我猜想她是一个容貌姣好的美人，有一双像溪水一样清澈的明眸，长长的秀发如瀑布披散下来，随风飞扬。想必她的颈上应该戴着一圈花环，古铜色的小蛮腰系着长长的藤蔓，穿着细草编成的短裙吧？我似乎看见她赤足穿过落英缤纷、杂花生树的草甸，轻盈地走在有如一卷《诗经》的河洲。那某个年代的某位男子已在岸边等候，迎接他的静女。她羞涩地把手给男子牵着，十指紧扣，一起向对岸涉水而去。我恍若看见她小鸟依人的模样，那双冰凉的小手被男人的大手握着、暖着。我忽然明白，千百年前，千百年后，世上幸福的女人，都是这样被爱着、宠着吧？

"为什么她要留下手印呢？"我又忍不住发问。

"她要向心上人证明她的爱永远不变。"这位大眼睛的解说员用不容置疑的口吻说，好像她与那个远古时代的女子心灵相通。也可能她正经历着甜蜜的爱情，所以给了我一个浪漫的解释。

我愿意相信，这是一个最古老也最美丽的解释。

我想，那会是一个有月光的古老的晚上，那个十七八岁的女子踏月而来。没有箫，没有彤管，男子用树上的叶子做笛为她吹奏。深情的笛音悠悠扬扬，伴着峡谷的风，轻轻诉说着男子生生世世的爱恋。就在那月色如水的夜，在屹立了亿万年的贺兰山上，多情的女子在坚硬的岩石上留下了永远的手印，用特别而古老的方式，向心爱的男人表达一个女人地老天荒的爱情。

"永远"是什么？永远就是从地老到天荒，从前世到今生，从刹那到永恒，永远就是几千年、几万年后"永远"还在。十七八岁女子的手印，让我相信世上仍有"永远"的爱情。女子虽已不在，但她把亘古永恒的爱情留在了石上，留给了后来的我们，继续着永远。

我从溪里捡起一块紫色石子，举起右手，贴在亿万年的岩石上，庄重地画下我的手印。我希望也有一个地老天荒的爱情，直到永远。

张贤亮的荒凉

天下美景不能一个人全部占尽，不能贪心。人在旅途，我们随时面临取舍，尽管每一处风景都难以放弃，都想拥有，却必须做出选择。这就像是人生。

在沙湖和西部影城两者之间，我毫不犹豫地选择去西部影城。这意味着我放弃了那片蓝蓝的湖水，那片水上的芦苇丛和翩飞的鸥鹭，而选择了荒凉。

其实，那片大西北上的荒凉，一直在我心中种植了很久很久。在岑参那里，在王昌龄那里，在王之涣那里，我认识了荒凉。从此，那边塞遥远的荒凉成为我心里想去的地方。后来，后来，有一天，一位高而帅的西北汉子在不经意中走进了一片无人的旷野。当他穿过镇北堡北边的树林，两座废墟古堡突然闯入了他的视线。斜阳照在空寂的黄土地上，断垣颓墙上斑斑驳驳的千疮百孔，累累伤痕，呈现一种历史的苍凉和悲壮景象。他被强烈地震撼了。厚厚的黄土，坍塌的废堡，他感到像美国西部影片的场景，却更具有中国西部的韵味，原始而粗犷，古旧而沧桑。他以智慧的眼光发现了这片荒凉，又亲手"制造"了这片荒凉，"出卖"了这片荒凉。《牧马人》《红高粱》《黄河谣》等许多中国电影就从这里走向世界。这就是张贤亮，这位当年震动中国文坛"触电"下海的作家，亲手打造的原汁原味的"荒凉"影像。从他的镇北堡西部影视城，我又认识了被"出卖"的荒凉，也更激起了我对那片荒凉的渴望和向往。

我做出了此行中最不后悔的决定，选择荒凉。

走进镇北堡西部影视城，我能够体会张贤亮发现荒凉的"震撼"，因为我同样被它的荒凉所震撼。这是两座明清兵营废墟上修建的土城堡，被称为土围子。所有的土墙、房屋、院落、作坊都是用土夯筑起来的，屋顶上盖上茅草便成了"茅屋"。远远望去，开阔干裂的荒野，满目苍凉。残墙上的旌旗在阳光下飘动，干枯的树布满沧桑，却顽强地伸向蓝色的长天。龙门客栈外的马车和草料还放在那里，兵营里的刀剑枪戟排列着，仿佛正等着一场出征；"酒神"的酒坊依然放着几大坛"红高粱"，仿佛还散发着浓烈的酒香。我情不自禁地抱起一坛酒，想学学男人们的畅快和豪气。在这里，一切归于原始，归于古朴，归于镇北堡雄浑和粗犷、悲凉和残旧的景象。

残阳斜照，一层层染红了广阔无际的天空，成为古堡最自然的一幅布景。这是一个月亮刚刚上来的傍晚。我攀上一座土坡，来到了"月亮门"。这座用土坯夯筑的"月亮门"，是电影《红高粱》中最美的艺术镜头。姜文曾在这"月亮门"前送过"九儿"巩俐。十八里坡的相送，红高粱地里的欢爱，已成为经典的画面。

妹妹你大胆地往前走

往前走 莫回呀头

通天的大路 九千九百

九千九百九呀

我听见那粗犷沙哑的歌声传来，自十八里坡，月亮门下。我恍若变成了穿大红袄的"九儿"，一直往前走，不觉中走进了"九儿"的洞房。

这是北方的四合农家院落，"九儿"的洞房还是最初的原貌，披红挂彩。墙上大红的喜字仍那样鲜艳，床上大红的棉被依旧充满喜气，仿佛热闹的婚礼还在继续。

洞房里旧式的方桌两旁是两张旧式的木椅，新郎在左，新娘在右。我坐在"九儿"坐过的椅上，仿佛自己就是新娘。当姜文为"九儿"揭开红盖头的瞬间，"九儿"应该是红高粱地最幸福的女人吧？镇北堡成就了"我爷爷"和"我奶奶"，成就了电影《红高粱》，也成就了张艺谋、巩俐和姜文。而那片原汁原味的荒凉，又成就了镇北堡，成就了张贤亮。

转过一道土坎，踏着碎石路，我进了城门。这是一条古旧的长街，仿佛镜头一下子切换到古典的"唐城"和"宋城"。经过古老的街市里巷，看见夕阳晚风中飞扬的酒旗店招，我恍惚走进了古代，走进了金庸的小说，像武侠片中的白衣女侠，去寻找龙门客栈的江湖豪杰。

在一座挂着脸谱的城门前，同行的朋友告诉我，《大话西游》就是在这里拍摄的。他面对我忽然神情严肃地说：

"曾经有一份真诚的爱情摆在我的面前，但是我没有珍惜，等到了失去的时候，才后悔莫及。尘世中最痛苦的事莫过于此。如果可以给我一个机会，再来一次，我会对那个女孩子说，我爱你。如果非要把这份爱加上一个期限，我希望是一万年。"

他让我吓了一跳。怎么突然跟我来一段表白？仔细回味，似乎耳熟。不由哑然失笑。

我想起来了。这是《大话西游》中至尊宝对紫霞仙子说的那句最经典的话。朋友在背诵这段动情的台词。而此刻，晚霞满天，斜倚夕照中的黄土高坡，面对广袤荒凉的旷野，我不禁心生感动。

尘世中最痛苦的是爱情，而最美的也是爱情。经历痛苦之后的爱情，才懂得珍惜，期待永久。爱到天长地久，爱到千年万年，神仙眷侣如此，何况我们尘世中的芸芸众生？

荒凉不是什么都没有，它是天地永恒的烙印，它是生命亘古长存的见证，它是历经沧桑后真爱永在的记刻。

在都督府里，我拜访了"出卖"荒凉的主人——张贤亮。他穿着薄凉的短袖唐装从里间走出来，高而帅气，一脸笑容。尽管脸上已布满岁月的沧桑，像夕照下苍凉的黄土，但仍然能看出他年轻时英俊的模样，感受到他不老的活力和激情。

我对他说:"您出卖荒凉,我来收集荒凉。"

他爽朗地笑了,对我说:"我用四个字阐释荒凉的含义:衰而不败。"

荒凉不是荒芜,荒凉中有着历史的厚重,文化的底蕴,有着生命的粗放和大喜大悲。这强烈的黄土味和苍凉感,应该也是西部所特有的生命力吧。

只是,让人扼腕叹息的是,"出卖"荒凉的主人已经不再,逝者已矣,但那片美丽的荒凉是永恒的,那用土坯夯筑的"月亮门"前,一个作家默默眺望荒凉的身影,在月光中自成一座绝世独立的永恒风景。

大漠有爱

"我们真是到了腾格里沙漠吗?"站在中卫沙坡头高高的沙丘上,仿佛做梦一般,我怀疑地问身旁的朋友。

"当然。我肯定。"他说话的语气斩钉截铁,俨然像来过多少回那样熟悉。其实,他第一次来到这里。

面对蓝天下茫茫万顷的沙海,面对沙海上缓缓行走的骆驼,我开始相信。许多年前曾经来过沙漠的女子,那个曾经赤足在沙上走来走去的我,如今又再次踏沙而行。

沙漠刚下了一场雨,头顶的太阳虽然灿烂,却温柔了许多。

双脚踩在沙上也不觉太烫,头枕着沙仿佛睡在软绵绵有些湿润的沙床上。没有风,听不见鸣沙的钟磬之声,震彻耳鼓;没有风，看不见风沙飞扬卷起一川碎石，满地翻滚。原来大漠不仅仅是粗狂、猛烈，它也有温柔、安静的一面。

阳光将沙漠切割成层次分明线条流畅的波峰浪谷。有波，却不闻波涛击打海岸的节拍；有浪，却不见浪花高卷的激溅；有海，却不望一只帆影。浩瀚的沙海风平浪静，邈远孤绝，仿佛什么也没有发生，什么也没有留下。

但是，亿载之前，若我来到这里，这里该是一望无际的黛蓝的海。我会听见亿万年前波涛阵阵的声音，会感觉浪花翻卷的涌动。而我是什么呢？台湾的张晓风说，她是海底的三叶虫，会溺死于那片黛蓝。我不做三叶虫，不要溺死，就让我做一尾金色的小鱼，在那片黛蓝里，寻找我未来的伴，一起自由地遨游，渡向我们爱的港湾，夜夜喁喁耳语。而亿载之后，海枯了，石烂了，这里已变成了荒凉无垠的沙漠。沙漠埋葬了我前世的爱情。可是，我深信，我的爱还在沙海深处，不会被太阳晒死，不会让黄沙风干。一如我相信死在沙漠的骆驼和其他的动物，它们曾经有过生命的欢鸣和奔狂，死去的只是它们的肉体，它们的爱痕还在，像化石一般凝固。

我忽然明白，为什么三毛痴迷在撒哈拉沙漠捡骆驼的尸骨。因为她拾起的是一具曾经鲜活的生命，曾经有爱的生命，曾经在八荒六合的空间里有过一场情奔。那些动物身上包含着人类的爱情。

总有些什么应该留下来，总有些爱是我们的前世今生吧？

"你是风儿我是沙，缠缠绵绵绕天涯。……"我和朋友们大声唱着琼瑶的歌，在沙坡上打滚，满头满脸都是沙，衣袖也灌满了沙，却满不在乎地望着对方大笑。我们好像全都疯了。在生命应该纵情的时候，就让我们无忧无虑地疯狂一回，回到最初的纯真，最简单的快乐。

沙上嵌着我们深深浅浅的脚印，堆积着我们用庄严的心情砌成的沙堆，那是我们筑起的城堡。我知道，一阵风吹来，所有的脚印、沙堆，还有我们童话里的城堡都会被风沙抹去，了无痕迹。

在我们走后，谁能相信我们曾经来过？曾经有过我们留下的足痕和堆积的梦？就好像谁能相信亿万年前这里曾是一片大海，海底还有两尾找寻对方终于交会的小鱼？

不是什么也留不下，只要有爱，爱就会留下来。大漠已把经过的一切生命的爱痕和欢悦一一珍藏起来。我用手指在沙上庄重地写下四个字："大漠有爱"。即使风沙将会吹散我的字迹，但是曾经在沙漠里经过的人和一切足痕，必然有某种联系吧？

即使，风沙带走了一切，岁月还在，大地还在，我的爱仍然还在寻找那一个"永远"。

我把黄河给你

仅仅是一块石头吗？

"我把黄河给你。"作家陈直起身，把手上的一块石头给我。

他说话的当下，我们正顶着烈日在黄河滩上拣黄河石。

我吓了一跳。他的口气好大。好像黄河是他的，从渺远的太古奔腾至今的黄河是他的。可他这么慷慨地就把黄河给了我。

当然，他所说的黄河其实是一块像黄河的石头。但是，我却相信，它是黄河。因为它不是一块普通的石头，从 160 万年前它就随黄河一路走来，然后一直安静地守在这片黄河滩上。我能辨认它身上细致的水纹是黄河的血脉，那蜿蜒弯曲的姿势是黄河的形态，甚至我能闻到一股挟着泥沙扑入鼻底的水腥味。

我一直相信，石头是有灵性的。一如我相信宝玉的前生是大荒山青峰埂上的那块通灵顽石。一如我相信三生石上附载的精魂，一如我相信天下的美石都承载了天地日月的精华，生命的灵性。

所以，我每到一处地方，只要有水流，有沙滩，我总会要拣一块小石带回去，放在书房的玻璃橱窗里。每每看见它，我就仿佛听见那碧水从石上流动的声音，仿佛闻到岸边的花草香，看见

114

对岸的夕阳青山。我带回一块石头，其实是带回一段河流的记忆。

在这黄河滩上，我仍然期望找到一块美丽的石头，把黄河带回家。而我的期望比任何时候都更强烈。只是因为黄河有中华民族的血脉和历史，有我们承载几千年的的情感。

陈幸运地拣到了黄河石。而我赤脚踏着滚烫的沙滩，在众石之中寻寻觅觅，却一无所获。我不甘心，发誓要找到黄河石。

当很多文人朋友上了筏子去漂流，我却固执地留在沙滩继续寻找。令我沮丧的是，我用了长长的时间，竟找不到一块烙下黄河印记的石头。我开始感到失望。

但是，我万万没有想到陈会把石头送我。当时，我连一点半推半辞的矜持都没有，就惊喜若狂地收下了他送我的黄河。

我是不是太贪心？我要了黄河。我要了轩辕的黄河，要了伏羲和女娲的黄河，要了每一个黄皮肤中国人血液里流淌的黄河。

这么重的礼物，我能载得动吗？

返回成都之际，我把石头留在了西安。黄河仍在那里流淌着。它太重，太重，谁也载不动它。它属于昆仑山，属于黄土高原，属于这片黄色的土地，和每一个炎黄的子孙。

属你，也属我。

谁发现了河图洛书？

"这是乾坤湾。"他平静地说，那语气就像是每天都见到它而处美不惊。"黄河乾坤湾。"他又补充了一句，仍然很高冷的表情。

"黄河乾坤湾！"我站在山巅惊呼起来。

我是一个见山见水就容易激动的女人，何况我面对的是黄河，是伏羲的乾坤湾，又怎么能做到不动声色？

"你看，它像不像河图洛书？"他指给我看。

我极目远望，在沟壑纵横之间，在伏羲出生的叫伏义村的地方，与古道边一个叫河怀的村子之间，黄河到了这里，突然乾坤一转，来了一个 S 形的大转弯。像一条蜿蜒而至的游龙，怀抱了两条"阴阳鱼"，浑若一幅大化而成的太极图。真是啊，是玉帝丢落在黄土高原重峦叠嶂之中的河图洛书。

它一直在那里，从四海八荒的太古，从刀耕火种的旧石器时代，它就在那里，等着世人来参。

是谁发现了河图洛书，参透了宇宙天机？我故意考他。

是伏羲。他不假思索地回答。

传说，在久远久远的以前，太昊伏羲氏统治天下的时候，常常在这黄河古道上徘徊。抬头看天，低头看地。有一天，他登上山巅，俯视奔腾的黄河呈 S 形从他的脚下流过。这时，黄河中浮出龙马，背负"河图"，献给伏羲。他顿悟玉帝丢落在黄河中的"天书图语"，参破其间所蕴藏的"天机"。于是。他按天书图语，演成八卦，创立了黄河文化，开启了中华民族的文明与智慧。自伏羲发现河图后，又差不多过了八百年，大地洪水泛滥。大禹寻找治水良策。相传有一天，他看见洛河中出现一只五彩神龟，背驮"洛书"，背上的纹理如同文字。于是，大禹发现了洛书，依此治水成功，遂划天下为九州。

　　而就在这片大地上，女娲用黄河的水和泥，创造了人类，捏出了泥做的男人，水做的女人，捏出了天地万物。西方人用上帝创世的传说，写下了一部经典传世的《圣经》，而中国人以自己诗意的方式，以自己独有的文化，制造了亘古永久的美丽神话。

　　望着眼前奔来眼底的九曲黄河，我忽然发现，它不是一个偶然的转弯。它是大化赋予给中华民族文明与智慧的命运转弯。

　　中国人需要这样的转弯，历史需要这样的转弯。

黄河之水

　　当我站在黄河岸边，望着浊浪滔天一泻千里的黄河之水，我不禁感慨，那是李白的诗啊。"君不见，黄河之水天上来，奔流到海不复回。"

　　从中学的地理课里，我就知道，黄河是从青藏高原巴颜喀拉山北麓的约古宗列盆地而来。但是，我认识的黄河是从李白的诗里而来，它从天而降，从中国人神话里的银河倾泻而下，飘落九尘，随亘古绵延的山脉奔流，一路蜿蜒而去。我一直相信，它从天上来。

　　黄河的气势，在李白的诗里。而黄河的苍凉却在王之涣的诗里，"黄河远上白云间，一片孤城万仞山。"它也在王维的诗里，"大漠孤烟直，长河落日圆。"荒凉孤寒的边关，黄沙飞扬的戈壁，黄天厚土的高原，似乎总是与黄河相连。

其实，我们眼中的黄河并不只是苍凉的诗句，并不只是浊浪排空的黄色巨浪。它原本是一条清澈的细流，在碧绿的沙洲，有鸟语，有花香。它在挟带软风温香的《诗经》里。

关关雎鸠，

在河之洲。

它也在芳草凄迷的水边，有苍苍的绿草，有居在水湄的佳人。

蒹葭苍苍，

白露为霜。

所谓伊人，

在水之湄。

只是，它到了中游，到了黄土高原，才挟带泥沙，掀起了翻云覆雨的黄色巨浪。黄河到了这里，才成为真正意义上的黄河，成为中国人心目中的黄河。它不再是小家碧玉的美人，而是一位惊天动地的英雄。

黄河是苍凉的。从高耸的昆仑山到浩瀚的太平洋，经草原，越沙漠，它历尽了多少沧桑，见过了多少边关的明月、大漠的风沙。

黄河是厚重的。它孕育了中华民族的始祖，孕育了秦皇汉武、唐宗宋祖无数风流人物。它与长江一样，承载着几千年的华夏文明和历史沧桑。

黄河是黄色的。我骄傲，我的皮肤是它的颜色。

黄河又是碧绿的。我知道，它曾经是一条清澈的河流啊。它是天上之水。我深信并且坚持，终有一天人类会还原它的绿。变绿了，变清了的黄河，仍是我心中那条悠悠万载滚滚东去的大河。

我终于见到了黄河，终于站在了它的岸边。虽然我无法把黄河带回去，但它已经流入了我的生命和血脉，在我的心上流淌。

都江堰，水之怀古

　　站在岸边，面对都江堰滔滔不绝的江水，我从来没有像现在这样被震撼，被征服。

　　我想这里原本该是芳草芊芊的沃野？该是《诗经》里"关关雎鸠"的美丽河洲？不知是什么时候天地洪荒，岷江发怒了，冲过岷山铁豹岭，掀起惊涛骇浪，将这里化为一片恣肆汪洋。那时候，面对泛滥的洪水遍野的哀鸿，先民们却无能为力，只能年复一年长跪岸边拜水，祈求上苍的拯救。这是期待神助的原始祈求，远古的百姓只有把生存的希望寄托给超自然的神力吧？

　　但是，上天并没有理会蒙难的苍生。治水的鲧来了，治水的禹来了，治水的望帝和丛帝来了。洪水退了又来，来了又退。然而，望帝化成的杜鹃依旧在水上哀哀啼血，那血与蜀国的夕阳一起沉落在无边的泽国里。直到后来，大秦的李冰来了，他长锸一挥，在灌县的鱼嘴将岷江一分为二，引水灌溉沃野，从此，使成都平原"水旱从人"成为天府之国。野性的岷江就这样被彻底征服。于是，后世的人们都知道，在这世界上且在中国的成都平原有一个古老而伟大的奇迹，它就是都江堰。

洪水被李冰征服，蜀国的子民被李冰治水的智慧征服。

每一个来到都江堰的人，有谁不被它震撼和征服呢？

水的初恋

人类对水有一种与生俱来的亲近和爱恋。

从我们的祖先开始就对水像神一样崇拜和敬畏。因为水的滋润泽被，迎来风调雨顺五谷丰登；因为水的喜怒无常，又遭遇洪涝干旱庄稼无望。漂河灯，做祭祀，祖先们在长江岸边黄河岸边用一种最原始最虔诚的方式祭拜水神，祈祷上苍带来福祉。中国的长江文化、黄河文化，难道不是水的文化吗？

常常我们会问自己，我是谁？生命从哪里来？谁也参不出这个哲学命题。只有老子解释了生命的本源与终极，那就是"道"。"一生二，二生三，三生万物"，道将无形的世界变为有形的世界，产生了天地万物和人类。或许大多数的人都难以理解，但是，我们至少知道一个常识，在亿万万年前的邈远混沌，地球还只是茫茫一片海洋。一场天崩地裂之后，生命才从水走向了陆地，才开始有了万物，有了人类的文明。所以，传说上帝造人用了两样东西，一样是水，一样是泥。虽然这是富于想象力的人类给自己寻找的解释，却也说明我们的生命离不开陆地，更离不开海洋。

不知道你是否也有这样的体会？我们常会情不自禁地向往大海，向往有水的地方。当你走在一条山路上，依稀听见潺潺的流水声。即使这条山路很难走，有许多丛生的荆棘，你也要坚持走下去直到看见了水。而当你站在了水边，你的心也变得清凉起来。在有水的地方，看什么都好。也许这就是人类天生对水怀有的初恋吧。

这一刻，我走在古堰的分水长堤上，好像走在心中的那片河洲。岸上没有蒹葭，却横着苍苍翠微。那座著名的道教发祥地青城山就在远处，而那份浓浓郁郁深深远远的幽伴着漫卷的云雾，与道观清玄的钟声，却已从四面包围过来，整个人似乎也有了仙风道骨，沾了仙气。

江水从洲心分为两条向不同的方向流去，一条流得很静，仿佛波澜不惊。我走过去，看看能不能从水里采一采水草。但是，水太深，我看不见水草。不过，我相信那柔柔软软的水草一定藏在水的深处，藏在两千年前那首美丽的《诗经》里。而另一条呢？水却流得很急，滚滚滔滔，那样的气势，那样的激越。它让我想起的不是温婉的诗经，却是荡气回肠的千千阕歌："惊涛拍岸，卷起千堆雪。"只是，大江东去，千古风流人物还在吗？李冰还在吗？都不在了，但都江堰还在。

水的征服

不，李冰还在。他峨冠博带，手握铁锸，坐在离堆上，神态自若地指挥着奔腾的狂澜。

看不见刀光剑影，看不见烽火狼烟，也听不到鼓角争鸣、铁骑杂沓，李冰在那里一站，就征服了千军万马，征服了狂奔乱撞泛滥成灾的洪水。虽然那野惯了的急流奔腾着，咆哮着，不甘心，不投降，也不得不乖乖地听从李冰的调遣，流进宝瓶口，去滋润成都平原。

自古英雄常与宝剑联系在一起。辛弃疾"醉里挑灯看剑"，那是多么豪情万丈；周瑜身披铠甲，剑气如虹，那是多么雄姿英发；而项羽乌江一剑自刎，又是多么悲壮的英雄气；再看金庸武侠小说的剑客，衣袂飘飘，挥剑长啸，不知倾倒多少红粉佳人。李冰是英雄，却不系宝剑。也许你看不到他驰骋疆场的凛凛威风，也许你看不到白衣长剑的潇洒身影，但是，只要你来到都江堰，看看滚滚东去的江水，你一定会感受到李冰，你一定会相信，他还在那离堆之上镇守着江水。李冰，他是不佩宝剑却力挽狂澜的英雄，他的名字与都江堰一起名垂宇宙，流芳百世。

不觉中，天飘起了雨。我没有上岸躲雨，仍然在"河洲"。雨不大，细细的，飘在脸上、衣肩，仿佛每一寸肌肤都被清凉的雨润泽。我伸出双手捧着，像远古的蜀国子民那样庄重地接受上苍的恩典。

江水长天，烟雨蒙蒙。朦胧中，我好像看见李冰骑着马从黄尘古道上赶来了。他被大秦派来做蜀的郡守，继续望帝和丛帝未竟的事功，承担治水的伟业。从此，年复一年，日复一日，他踏着松茂古道，沿江逆流而上，又顺流而下，来来回回，四处踏勘。虽然衣带渐宽，铁鞋踏破，但他终于找到了引水分流的最佳位置，那就是今天著名的"鱼嘴""飞沙堰""宝瓶口"。他总结出"深淘滩，低作堰""遇弯截角，逢正抽心"等治水之道，筑堤排沙，将原始而野性十足的江水从江心劈开，一分为二。一条是外江，流向平原的南半壁，免受泽国之苦；一条是内江，流经宝瓶口，流向北半壁，灌溉成都平原。经过四十年的奋战，李冰成功了，桀骜不驯的洪水被彻底征服。四十年，在历史的长河仅仅一瞬，但都江堰由此造福后人，泽惠千秋。

水，是柔情的，又是暴烈的。当她温柔时，潺潺地、汩汩地从你的眼底流过，明明的清流总让人想起美人的秋波；当她撒野时，却可以淹没你，毁灭你，像一位失去理智的暴君。但是，再肆虐再狂野的水也会在人的面前臣服。水，曾经征服了人类，却最终被人类征服。这是人的智慧和伟力，这是都江堰昭示给我们的。

雨仍然飘着，我上了岸，向松茂古道走去。那条路上，李冰曾经走过。

西羌回望

　　当我踏上那片悲伤的土地的那一刻，我突然不知道该怎么办，心里怯怯地问：西羌，你还在那里吗？

　　我担心，最后一片叶子，已被一场毁灭般的大地震带走。沉积的神山只剩下即将消逝的残照；我担心，大自然以最决绝的方式，卷走了所有的一切，抹去亘古的足迹；我担心，月下已不闻羌女的笛声，倾诉断肠缠绵的爱情；我担心，那用亿万年前的石片砌成的碉楼已成一片废墟，无人翻找那苍凉的历史……

　　古老而伤痛的汶川，我还能找到你吗？

　　从车窗里望出去，我不禁肃然。山在，一直就在那里。此刻，尽管它以撕裂的样子呈现在我的眼前，万仞石山仍顽强地站立着。从天地混沌开辟鸿蒙之初，巍然地站立着；从夏王朝之前到大禹之后，它就在那里；从秦时月汉时云从边关的笛声以前，它就在那里。或见或不见，饱受巨大灾难的羌地，如石山一般在那里站立着，一如往日，坚韧，沉默。

　　逆流而上，峡谷如甬道，岷江水依然清澈碧绿。禹穴的清风吹来，那湿湿的余音，是不是那羌女吹奏的笛音呢？那激越的流水声，是不是那羌人强劲的羊皮鼓声呢？

云端里，曾经在地震中倒下的碉楼和萝卜寨，以一种绝美而永恒的姿态重新站立着，在苍茫里，书写着属于古羌民族的历史。

和早春二月的风一起，我到了汶川。西羌，带着一管羌笛，自遥远走来。

禹的背影

“这是禹的铜像。”站在山脚，你指给我看。

“这是禹。”我纠正说。

你好像并没有反对，会意地笑了。对，这不是一尊铜像，他就是禹啊。

禹在那里，在高而空旷的山上，伟岸地站立着。一顶斗笠，一肩蓑衣，他手握铁锸，凝视远方。他征服的江水就在他的脚下奔流，不缓不急。他当然是禹，他一直就在那里，不舍不弃。

水声滔滔不绝，如一管悠远的羌笛，诉说着他的故事。说五千年前，禹出生于西羌。说那一天，禹母看见从云中突然掉下一块雪白的大石头，就在白石触地的那一瞬间，禹出生了。说禹穴沟中，禹母的鲜血染红了那块巨石，羌民把它称为“血石”，供于神山之上。从此，白石记下了一个伟大的名字，华夏始祖黄帝嫡裔鲧的儿子——禹。

禹所出生的称为西羌的地方，是羌、藏、汉交融的聚居之地，在成都平原以西的尽头，深处在重峦叠嶂的岷山山脉中。汹涌澎湃的岷江，汇集着千山万壑的雪水，从拔地而起的群山夹缝中奔泻而下。西羌，是古华夏最重要的丁字形民族走廊的起点，古代氐羌族群是中华各民族形成的重要来源之一。中华民族的共祖炎黄就是由此而东入主中原，并接受了先进的东夷文化而创造了灿烂的中华文明。中国第一个王朝——夏，就是以羌为主体建立的。"华夏"之"夏"，正是出自岷山的大禹之裔。

汶川——西羌，它的名字是如此庄严、伟大，令人肃然起敬。

仰望禹的背影，我似乎看见洪荒的远古，岷江洪水肆虐，如一条孽龙冲过岷山铁豹岭，左奔右突横冲乱撞，将这里化作一片恣肆汪洋，无情地吞噬人畜土地，哀鸿遍野。

治水的鲧来了，却失败了。于是，禹继承父亲未竟的事业，接过铁锸，带领羌民开山导水。就是戴着那顶斗笠，披着那一肩蓑衣，禹在那里一站，铁锸一挥，征服了如千军万马奔涌的惊涛骇浪。

后来，禹的继承者开明氏来了，再后来，大秦的李冰来了，沿着禹王的足迹，继续承担起治水的伟业。于是，天下人都知道，在中国的成都平原，有一个古老而伟大的奇迹——都江堰。

禹治水的十三年，在华夏史册上留下了辉煌一笔，千秋功业。禹因以坚忍不拔的毅力和艰苦卓绝的劳作平复水患而入主中原。禹建立了中国第一个王朝，由此，禹王成了中华历史上最受尊崇的领袖。

感恩的羌民记住了李冰，更记住了伟大的禹。我望向大禹祭坛，仿佛看见羌族百姓带着虔诚的敬意，面向高高的祭坛，向他们心目中的先祖和英雄顶礼膜拜。

我忽然想到，在历史上经历了无数次水患、征战、迁徙和灾难的羌地，甚至在今天遭遇大地震毁灭性打击的汶川，为什么它饱经创伤仍然能够如石山一般屹立着？为什么这个多灾多难的民族能如此坚强？

从禹沉默坚韧的背影里，我读到了羌民族不屈不挠的精神。而我们，又何尝不是炎黄的子孙，禹的子民？我们的身上不也一样流淌着氏羌先祖的血液吗？羌民族的精神，同样是整个中华民族的精神。

拾阶而上，我朝新建的大禹祭坛走去，却忽然停下脚步。就让禹的背影留在我的心里吧。

风吹着，岷江蜿蜒向成都平原奔流而去。那击石岸边的水声，羌管悠悠从寒山冷月传来，流淌成那久远而优美的回忆。

说神山上的那一轮月亮记得，在悠悠的远古，石纽山的对面，有个吹笛的女子。那一天，禹为了治水，翻山越岭，来到涂山上。忽然，一阵婉转的笛音传来。禹循声而去，看见一位美丽的羌女，身着白色裙裾，头顶花帕，站在月光中竖吹着羌笛。女子冲禹莞尔一笑，送给他一张羊皮图。禹借助这张羊皮图，找到三江九水的路线。经过十三年的含辛茹苦，禹治水成功。

后来，禹与吹笛的羌女情投意合，结为夫妻。她，就是传说中九尾白狐化身的涂山氏。

禹至今似乎还在谛听，那一管动人的笛音。

流水呜咽，笛音忽然变得凄怆而悲伤，几丝苍凉掠过苍穹，如泣如诉，仿佛在诉说那场山崩地裂的大地震。如果禹能听见，他还能回转身来给我们一个坚强的眼神吗？

禹屹立的背影给了我答案。

云朵上的山寨

萝卜寨，在与天接近的地方。

我们的车沿着曲折陡峭的山路盘旋而上，仿佛攀着险而高峻的云梯，我们正在接近天空。

天空是人类永恒而遥不可及的梦想。从我们的祖先开始，天空一直是我们自然的祈祷。对天的向往和崇拜，如同我们对水的亲近和依恋，与生俱来。所以，我们会跪拜在水边向上苍祈求福祉，我们会躺在草地上仰望星空。天空于我们是那么遥远，心却接近天空。

我羡慕萝卜寨的羌民族，水蓝的天空，是他们的家。

山顶到了，我们终于下了车。但是，当我的双脚站在那片云朵上的土地时，我把眼睛紧闭了一刹那，一股悲怆袭遍了全身。我知道，那场特大地震已彻底摧毁了那个美丽的羌寨，彻底地摧毁了萝卜寨人的天空。我不知该怎么办，我该如何面对那些坍塌的墙屋，和废墟下归去的灵魂？

夕阳从山顶上掉下去，我的心跌进仓皇的暮色里。萝卜寨呈现在我的眼前。令我震撼的是，它是那样安静，无声无息，就那样纯粹地出现：山顶上一个静寂的村寨，曲曲折折的小巷，夕照下一片断垣残壁的剪影，一幅几千年前某日蔚蓝的长空。仿佛不曾发生过什么，它在，它一直站在天上。我想起仓央嘉措的诗句："你见，或者不见我，我就在那里，不悲不喜；你念，或者不念我，情就在那里，不来不去。"

萝卜寨似乎在安慰着我，任何力量都不可以摧毁人间的天堂。不管它曾经遭受多大的毁灭，它依然在那里，依然站在云朵上，一如既往地美丽着。

我忽然想，萝卜寨人为什么世世代代选择高山而居？不要烦嚣的市声，不要滚滚的红尘，他们似乎什么都不要，只喜欢这原始的宁静，无垠的寂寞。几百年，几千年，一辈子，他们就在那里，从来没有动摇过。一幅长天，真的就足够了吗？

"在蛮荒的年代，羌人为了避乱，来到了山顶。从此，萝卜寨人祖祖辈辈居住在高山上。"你简单地告诉我。

这个饱受苦难的民族，原在高寒而辽阔的青藏高原上以游牧为生，逐水草而居。他们最先驯化了高原的野羊，羌（羊之子或羊人）便从这里称呼。羊成为古代羌人的图腾。恶劣的环境使日益壮大的羌系族群，开始了漫长的迁徙。他们进入了岷山地区，生活在迷雾湿润的高山峡谷，打开了通向农耕文明的大门，转变为氐——低地之羌。五六千年前，羌族领袖炎帝率领羌人入主中原，拉开了华夏历史的序幕。

然而，水患与战争，不断地威胁着羌人的生命和生活环境。顽强的羌人筑起了坚固的碉楼，以御外敌。他们向高山靠近，生息在险峻而无人企及的峰巅。

只是，他们靠山而居，仅仅是为了避乱与防御外敌入侵吗？

在坍塌的废墟上，我发现了许多白石，令我想起藏传佛教中神秘的玛尼堆。羌人尊白石为天神，源于他们早在高原游牧之时对大山巨石的崇拜。牧人垒石祭祀高山、地母和水源，这一风俗正是玛尼堆的前身。

在羌族的史诗中，羌人对白石的崇拜，包含了对上天诸神和先祖（如禹）的崇拜。产生于中国本土的道教，其信仰内容也正是源于上古羌人的自然崇拜、神仙崇拜和祖先崇拜。人类追求道法自然、天人合一的至高境界，也正是老子的《道德经》集古代人类智慧和古羌民族文化思想所散发的独特魅力所在吧。

对自然的崇拜，对天空的向往，这种原始的宗教信仰，我想，这才是萝卜寨人靠山而居的真正动力吧？与天接近，不也是地球上所有人类的梦想吗？

站在废墟的高处，我望见在它旁边已崛起一座新的萝卜寨，那幅长天和夕照，依然是它绝美而永恒的背景。

我在望风景，你在望我。你举起相机，及时地拍下了我和萝卜寨，在震后重建的废墟之上。夕照的山坡。这是一个重生的见证吧？

悠扬抑郁的羌笛声，从拔地而起的寨子那边传来，夹杂几丝苍凉与哀婉，划破静寂的天空，和着山下滔滔不绝的岷江水，静静地流淌，似在追叙伟大古羌往昔辉煌而悲壮的历史，似在倾诉秦时的明月汉时的边关，羌女的离情，征人的乡愁，似在追忆不曾远去的那场惨烈的地震灾难……

苍茫的暮色里，小山上，几棵苍翠的神树，笔直地站立着，像执拗地向天空张开的羌民双臂，那祈祷的姿势，意味着永恒与希望。

映秀的前世今生

前　世

你是我的前世，我是你的轮回。

我们之间恒流着一条莽莽苍苍的岷江，岸的那边是你，岸的这边是我。我们从来没有离开过那条江，那条流淌着我们共同血脉的江水，那条承载着太多太多苦难的江水。我们深深地爱着，那里散发的最纯净的空气，是我们共同的呼吸。

我一直在寻找你，我还知道，你也一直在寻找我。

溯流而上，我来看你。对岸的青草与树木覆盖了你的模样，一抹斜阳，从肃穆的群峰上投下你模糊的影子。我猜测着你的样子，猜测着我们在前世的相遇，猜测着我们曾经拥有的爱情，一起度过的一段清澈美丽的时光。

江水绿着，顽强地裂开暮色，一往无前地奔流着。你从远古向我走来，沿着唐古拉山汲水而来，挟着青藏高原猎猎的风，带着华夏的子民迁徙而来。你的名字，叫羌。

羌，一个饱受苦难的伟大民族。为了避难，从高寒而辽阔的青藏高原开始漫长的迁徙；从游牧为生，逐水草而居，到进入岷山峡谷，打开通向农耕文明的大门，转变为氐——低地之羌；从羌族领袖炎帝率领羌人入主中原，到拉开华夏历史的序幕，羌人在这里写下了一阕气壮山河、辉映千秋的史诗。

顺流而下，走进湿漉漉的渔子溪，我来看你。站在岸边，一位长眉老人指给我看，那个状如莲花的地方。他苍凉的声音如溪水缓缓流过，流淌着湿湿的久远的回忆。

他说亿载之前，那里是莲花心，每隔两千年开一次花。说终于等到最后的两千年，那一天汶川地震了……天崩地裂，莲花死了，每一朵花瓣变成了石头；那时的溪边，有个吹笛的男子，与美丽的羌女约会。他们被掩埋在万千碎石之下，还有无数的死者。

全世界的人都在哭泣，那一天。

那一天，5 月 12 日的午后，莲花开了，我们在充满花香的溪边相遇。只是，我们谁都没有想到，两千年后我惊天动地的绽放，成为你最后的情殇。

那一天，渔子溪很美，岸上低低的垂柳拂过明净的溪水。你吹着那一管悠悠的羌笛，在那里等我。而我，循声向你奔去。我们谁都没有想到，那竟是你完成的最后的绝唱。

亿载之前，你若是那条清澈的长溪，我必是你心田里生长的那一朵莲。可是，为什么令人恐惧的地震选择从莲花心爆发？

亿载之后，你若是那吹笛的男子，我该是涉水而过的那个羌女，来践我们前世的约定。可是，为什么灾难又将我们从此分离？

如果你与我注定有那一场天崩地裂的情劫，就让我们一起来承受所有的苦难，生死相依。

别　离

是的，那条岷江至今还流淌着我们的悲伤，对岸的青山还深埋着我们深爱的人，我们的记忆里依然还有着抹不去的巨大的恐惧与痛楚，在我们的心头挥之不去。

我们还记得，从映秀莲花心沟爆发的地球强大的能量，使一片片"花瓣"变成了千万颗天崩石；我们还记得，从震源牛圈沟发出的来自地底的第一声巨大的轰响，犹在耳畔。轰然坍塌的农房，无数鲜活的生命在废墟里被深深埋葬；我们还记得，百花大桥折断的惨烈，波涛中被吞没的挣扎；我们还记得，到处是山河破碎、残壁断垣的凄凉与绝望。

一刹那间，那些山石下的死者，那些在山撼地摇中幸存的生者，那些素未谋面的受难的人，都成了我们的兄弟姊妹，成了我们的亲人。

我们无法面对那些生命的离去。

我们无法面对那些受难的人的痛苦，我们确切地感受到他们在黑暗中下着大雨的夜里惊恐的战栗，确切地感受到他们失去最珍爱的人的悲恸与哀伤。

我们无法忘记那场巨大的震殇。

我们同他们一起流着泪，痛着他们的痛。

别离，让我们无法承受生命之重。

世上没有人真正愿意离开这世间。哪怕是最彻骨的痛楚，最寂寞的苍凉，最疯狂的愤怒，都一样地不舍放下生命。活着，因为有太多的美好，我们需要拥有；活着，因为有太多的憧憬，我们需要实现。

灾难，总是以最残酷的方式，摧毁我们的愿望。

生命中的大悲，莫过于生死别离。

今　生

今生，我是你的轮回。

我是从你青冢里化身的彩蝶，我是衔香木投身烈火而涅槃重生的凤凰，我是从你的莲花心复活的那朵莲。

你就是我，我就是你。

你已经变成了：从地心迸发的岩浆，白石的碎片，花瓣，落叶，汩汩而淌的清流，山间的云烟，天堂的回声……

你已经变成了：青翠连绵的山峰，蔚蓝的长天，流动的白云，坚韧而绿遍两岸的杨柳，顽强矗立的羌碉……

你把自己站成了岸，站成了挺拔的万仞石山，以不屈的姿势站立着，像禹的身影。

你从这片饱受重创的羌地上重生了。曾经泥沙齐下浑浊汹涌的岷江，已是万顷碧绿的波涛，洗去了被大自然撕裂的伤口；曾经震裂而裸露的岩石，荒芜而沉寂的神山，已长出丰茂的芳草与青青的林木，一一覆盖了那些悲伤的痕迹。

你已经有了一个新的名字，映秀东村。

映秀东村，一个废墟之上新生的世界级旅游小镇，见证了你的重生，我的轮回。

这是广东省东莞市灾后援建的新城区。映秀，东莞，一个濒临岷江的山区小镇，一个连接香江的繁华城市，过去它们相隔如此遥远，如今却紧密相连。

在那里——东莞大道，高而笔直的香樟树，枝叶新绿蕴含生机。宽阔平坦的道路，干净而整洁。在它的两旁，一座座兼具藏羌汉和欧洲建筑风格的花园式别墅，背衬着蓝天与青山，在阳光下展示着灾后的巨变。

在那里——渔子溪缓缓穿城而过，幽静的庭院，摇曳的翠竹下，"小桥流水人家"的景象，呈现在人们惊喜的目光里。一间间富有浓郁羌族特色的商家店铺，吸引着漫步的游客。他们从那一张张曾经挂满泪水的脸，看到了幸福的笑靥。

太阳东升，历经劫难的映秀迎接着日出。你新生的名字，铭记着映秀人的感恩之心，也昭示着映秀人焕然一新的生活与美好的未来。

在寿溪河畔，紧邻映秀东村，一座劫后余生的新羌城——水磨古镇，同样见证了你的奇迹，我的复活。

震后被夷为平地的水磨羌城，只见碎石、瓦砾，如今一条雕梁画栋、古韵悠长的川西老街，展开在山清水秀的水墨画卷里，土黄色石壁，流水飞檐，羊角图腾，一径曲曲折折的青石板路，通向这条藏羌汉文化走廊。古朴厚重的羌寨，高耸入云的碉楼，与山水相映，与翠岭岚烟相接，仿佛到了别样风情的世外桃源。

是的，我们将逐渐淡忘那场劫难，我们将不复记忆那些恐惧，我们将忘却那些留在心头的悲伤与痛楚。

生命中最深的疼痛，莫过于我们无法忘记。生命中最好的纪念，是我们需要忘却。

我们更将记住的，是灾劫之后的阳光，那些温暖的长夜，那些好得无以复加的幸福的日子。一如那块立在映秀东村的碑上的文字：

  我们说废墟和灾难是需要纪念的，但这是一个需要忘却的纪念。

只是因为，我是你的轮回。我将为你重生，为你好好地活下去。

心中那一座山

在我们的心中都有一座山。

或在市声喧嚣、人群熙攘的城市街头，或在异乡的一隅孤独感伤而大悲大痛之际，或在紧张的压力中感到疲惫崩溃时，或在酒红的午夜拼却一醉的痛快之后，我们总会怀念一座山。

从盘古开天辟地之后，山就在诗意的中国人心中一直诗意地矗立，在五千年华丽的诗篇里反复翻阅，百读不厌。

孔子的山，在泰山上，在他发现"天下之小"的眼中。

陶渊明的山，在"不知今夕何夕"的理想国里，在他的梦中。

杜甫的山，在"一览众山小"的绝顶，在他的胸中。

李白的山，在他乡的窗外被月光过滤了的床前。

李商隐的山，在巴山的夜雨里被倾注了情的。

王维的山，在诗里画里入了禅意泼了淡墨的。

每个人的心中都有自己所怀念的山。也许是回头时的那一瞥苍苍的翠微，也许是异乡的月光投下的那一道寂寞的剪影，也许是云雾散尽后那一座妩媚的青山，也许是什么都没有荒凉了亿万年的那一座顽强的岩石。它们在我们的心中被深爱过，圈点过，惊叹过。

山，让我们站在了一样的高度。

山，让我们漫游的脚步有了依靠。

山，让我们丢在红尘的心找到了回归的所在。

我心中的那一座山叫光雾山。

光走了，雾就来了

为什么叫"光雾山"呢？我问车上的诗人刘滨。我想，诗人一定有诗人的解释。

他看向车窗外朗朗一色的青山，说：有山就有雾，有雾就有山。他似乎在责怪我的大惊小怪。

可是，面对这座叫光雾却不见有雾的山，我不能不感到奇怪。哪里有雾？天空蓝得连一片云彩都没有。别说是抓一把雾就会捏出几滴水来，连雾的影子都没见着。

车上那位十七八岁的导游说，光来了，雾就散了；光走了，雾就来了。所以就叫光雾山啦。

我惊喜地发现生活在山中的女孩竟然也脱口成诗。望着眼前掠过的一排闪耀着光亮的青色光影，我开始相信并且同意女孩的解释。转过一个弯，阳光退去，一抬头看见远处的峡谷挑起缥缈的雾纱，刹那间，苍翠而清朗的巴山被漫卷的云雾悄悄地蒙上了眼睛。

山与雾，就像男人和女人的恋爱游戏：你追，我就躲；你跑，我就赶。

有山就有雾，诗人早已经看到躲在山背后的雾。

爱一处风景没有理由

初夏的六月，风轻轻地吹，仿佛有一股清流从城市之外很远的山上宛转而来。我的心却一天天变得不安和焦急，怕好风把这好天气的六月吹走了，而我依然坐在电脑前不安心地敲着文字，失魂落魄。

去年的初夏我就错过了一次远足，今年一定要到山上去吹吹风，看看云岚。

很想去山上，不为什么，就是想去。

有一首歌唱的：

　　　　莫名我就喜欢你，

　　　　深深地爱上你。

　　　　没有理由，没有原因。

爱一个人和爱一处风景，不需要理由和原因。因为纵然有很多喜欢的理由和原因，都无法完全表达我为什么要爱。爱是一种感觉，是一种特别渴望相见的感觉。我只知道，当我所向往的风景与我相遇，就像宝玉初见林妹妹那样：这个妹妹好生面熟。山与我似曾相识，山是我的前世，我是山的轮回。

我要把丢在红尘的心交给山。

终于，这个六月的邀请使我有了一次美丽的旅行。

不是一个人，有很多的人。虽然我更想一个人，一个人占有一座青山，但这仍然使我欢喜，至少我想去山上的愿望可以实现了，我的心也不必再焦急了。

　　光雾山，在大巴山一个叫"桃园"的风景区里。说它是"桃源"更贴切一些，因为它让我们想到陶渊明的理想国，而我们都是一群幸运地闯进桃源的"武陵人"。

　　虽然大巴山就在四川的境内，却因为交通不太便利，我，一个喜欢旅游的女人，喜欢在青山绿水中做梦的女人，竟从来没有去过那里。既然它是桃源，又有多少人进入呢？

　　但是，我知道巴山，像我知道陶渊明的《桃花源记》那样熟悉。从李商隐的诗里，从他的"巴山夜雨涨秋池"诗句里，我就知道了巴山。我一直想去看看夜雨的巴山，看看诗人住过的巴山。巴山，与我神交已久。

　　我们坐的大巴刚一进入广元，朋友打手机告诉我，成都下雨了，很大。我心里不禁暗喜，晚上我们到达时，光雾山也在下雨吧。那样，我就可以走进巴山夜雨中了。

　　我的判断错了，光雾山没有一丝雨。但这并不能挫败我的好心情，没有雨，我可以耐心地等。重要的是，它是巴山，它是我熟悉世界里的巴山，让我回到千年前一个诗人心情里的巴山。

　　有一种风景，不一定曾经来过，但它却在我们的梦里早已辗转神会了。即使我们第一次相见，却对它那么熟悉。

　　光雾山，站在黑夜里凝视我，我们默默相对。有一点晶莹的东西打在睫毛上，是巴山的夜雨飞入我的眼睛吗？

　　没有理由，我真的爱上了那座山。

书　签

汽车在苍翠的大巴山里穿行，过了一山又一山，一路颠簸。当人坐在车里逐渐疲乏后，风景就会在前面出现，闪瞎我们的眼睛。

停车下来，我们走进了一个叫"大小兰沟"的景区。它在大巴山区的米仓山的南麓，是光雾山中的一景。我不明白它为什么叫"大小兰沟"，因为这片自然保护区并不见遍生的兰草，而我更不愿接受人造的传说。对它的名字，我从心里觉得勉强。但是，我却被沟边落叶铺满的小路吸引了。

沿着长长的溪水上行，我们走入了一条林中的小路。很奇怪，这并不是落叶的季节，一径却落满了叶子。踏着松松软软的落叶小径，像走在秋天的树林里，一片又一片金黄的落叶砸在我们的头上，一枚枚散发着草木清香的书签缓缓抛撒下来，一路缤纷。

我拾起一片又一片金黄的落叶，小心地把它夹进笔记本。我要把它带走，这应当是世上最美丽的书签。

想起"红叶题诗"的美丽传说：在很久以前的唐时，有一位才华横溢的宫女因深锁春宫而感伤，便用红叶做成诗笺，题上诗句："流水何太急，深宫尽日闲。殷勤谢红叶，好去到人间。"她把红叶放入宫后的长溪里，随水流出御沟。也许多情的宫女当时并不知道，她做了一件最美丽也最冒险的事——把一生的幸福交给了一枚小小的红叶！但是，奇迹发生了，这枚红叶被一位幸运的书生拾到。书生自此终日思念，也别取红叶，题诗于上："曾闻叶上题红怨，叶上题诗寄阿谁?"红叶又辗转被宫女拾到，成就了一段最诗意的姻缘。

山水是一场惊喜的相逢，爱情是一场惊喜的遇见。

我将手中一片红红的枫叶放入水里，希望有谁能够拾到这世上最美丽的叶子。或把它夹在书里做一枚精致的书签，或用它题成情诗做一次爱的漂流，怎么都好。

谁会捡到我的书签呢?

仙女偷跑了

用了长长的一个下午，我们登上了观景台，终于见到缥缈在雾中的七仙女，只是，她们已化成七座仙峰，被锁在了天庭。我们一行中刚好七个美女，齐刷刷在仙女峰下留下了倩影。

七仙女下凡啦!

那个是我，那个是你。

最小的那座峰是她，找董郎的那个七仙女。

我们这群仙女们叽叽喳喳议论着，对号入座。

女诗人舒婷站在众仙女中，故意板着脸说："我是王母娘娘，你们不准私自下凡哦。"

我悄悄离开人群，趁王母娘娘不注意，溜走了。做了一个偷偷下凡的"七仙女"。

终于，一个人走在山上。

一个人占有这座妩媚的青山，是不是太奢侈？我不是一个贪心的女人，但是，面对所有的风所有的云岚，所有的草树所有从眼前飞过的鸟，我真的想独自享有。如果玉帝站在云端，就请他原谅我的贪心吧。

那些屹立了亿万年的岩石，那些寂寞了千年的大树，孤独了很久很久的草木，此刻，正在弯弯曲曲的山路旁等我经过。

它们在这里，从天崩地裂开辟鸿蒙的最初，一直在这里。也许就是为了在这里等候一个人偶然经过，完成一场千万年或几百万年的约会。

我向每一个顽石点头，向每一株树致意，向每一棵小草、每一朵野花投去深情的一瞥。我叫住云，抓住雾，牵住风，我向每一座山峰问好：噢，你也在这里吗？

它们好像对我说：我们早在这里等你了。

记得不知谁说的：世上有一个女子来临，必然有一个男子在等她。

人和山的恋情必然也是这样，相遇是一种偶然，也是一种必然。我必然要来到光雾山，必然要登上燕子岩，必然要一个人走在山上与山践前世的约会。就像七仙女下凡，必然相遇董郎，必然有一场天上人间的旷世之恋。

走累了，找一块巨大的岩石靠一靠，贴近大山那冰凉的肌肤粗壮的胸膛，慢慢地睡去。梦里，我穿过时光隧道回到石器时代，与我的祖先相遇。我披头散发穿着草裙学祖先的样子，围着火光跳舞。我用打磨的石针串起几颗玉石，做我的钻饰。一只鸟把我吻醒。

起身，继续走在幽幽的山径。

路上，遇见赶来山上的一位诗人，他惊讶地问我："怎么一个人？"他担心我的安全，叫我跟他一起走，还吓唬我："山上有熊瞎子哩。"

我笑道："不怕，它怕我。"

谢了他的好意，我又独自走在山上，像腕挟风雷的侠女，在山林中穿行。山很静，有一种深深的寂。树枝被山风吹得哗啦地响，像有什么动物藏在里面，伺机而出。只有我一个人在这座大山上，我忽然觉得有些害怕，会不会真的遇到熊？会不会冷不丁来一个"熊抱"？当然不会。可我却越想越恐怖，好像从树林里立即会蹿出一只大熊。

我不敢再前行，在一块岩石上坐下，俺这下凡的七仙女等着董郎来找我。

巴山夜雨

去十八月潭的路上，山中飘起了细雨。回到下榻的宾馆已经夜晚了，雨仍然下着。

心里暗喜，雨没有停，我所期盼的就是这场夜雨！

他们都去参加篝火晚会了，我迟迟没有去。只是想感受李商隐的巴山夜雨。很想有一个人与我共剪西窗的红烛，很想有一个人探问我的归期。此刻，我听着窗外淅淅沥沥的雨声，那种寂寞的意绪，伤感的离愁，应该和那位多情而善感的诗人一样吧。

千年前，李商隐就在这巴山，在这雨夜的窗下，一个人捻着飘摇的红烛。他不知道自己的归期，却看见夜雨涨满了秋池，像他涨满了心怀的思念。他那羁旅之愁与不得归去之苦，与夜雨交织，绵绵密密，弥漫了巴山的夜空，也弥漫了三百首唐诗的诗页。

千年之前，千年之后，所有的爱情都是一样的，所有的思念和离愁都没有不同。

闭目，十八月潭浮现在我的脑海。潭水很绿，很清澈，水中的鹅卵石的细纹都看得清清楚楚。没有松间的明月照着，清泉依旧固执地从石上流过。虽然我只去看了一个潭，但是，不管我去不去，在不在，它们都在那里绿，在那里流。细密的雨线会在每一个潭织成雨帘，晶莹的雨珠会在每一个潭溅起小小的水花。

是的，不管我们来不来，不管我们在不在，巴山的夜雨仍然会下着，李商隐的诗仍然在那里弥漫了巴山的夜空。

不管我在哪里，光雾山已经住进了我的心中。这一场巴山夜雨已悄然潜入了我的梦里。

穿越历史的彼岸

此岸，彼岸

一座山有此岸与彼岸，一条河流有此岸与彼岸，我们的心中也有此岸与彼岸。

此岸很近，彼岸很远。彼岸，在佛陀的心中是一方开满莲花的净土，是一条载着智慧的渡船，引领我们，从尘俗的此岸渡到般若的彼岸。

彼岸，在人类心中是未知的世界，是人类苦苦追寻与探索的真理所在。黑暗在此岸，光明在彼岸。穿过茫茫黑夜，人类从此岸走向光明的彼岸。

彼岸，是我们内心寻找的爱情。我在此岸，你在彼岸。隔着一座山，隔着一条河流。我从此岸走向你的彼岸。

彼岸，是我们一生中追求的方向。现实在此岸，理想在彼岸。隔着一滩激流，隔着一湾海峡，我们从现实的此岸走向理想的彼岸。

每一个人都有自己的彼岸。每一个人都需要一条渡船，从此岸到彼岸，从现实到理想，从过去到未来。

无论是我们的人生还是爱情，无论是佛的世界还是真理的国度，包括历史，都需要一条彼岸。

而我们的历史，中国翻天覆地的历史，也正是从此岸到彼岸。

在我的心中有一个彼岸。它在山的那边，水的那边。那是红色的彼岸，从安顺场到夹金山。

那是历史的彼岸，中国人心中引以为豪的彼岸。

夹金山，历史的翻越

或许，历史不会告诉你应该往哪里走，但是，我们明确地知道不能往回走。即便前面是一座山，你必须翻越它。因为，那是你唯一最正确的出路。

车行一路都在翻山，一座又一座。山险而陡，越来越高，高到不可攀，不可越。山色也愈来愈凝重，令我肃然起敬，不由正襟危坐。忽然想起千百年前的那个清晨，李白仗剑来到蜀道，却因比天还难登的山而望而却步，在一张诗笺上留下他衣袂飘飘长吁嗟叹的背影。那么，千百年后，七十六年前的一个夜晚，那支称为工农红军的队伍是如何翻越叠石万千的雪山？是如何在厚重的史册上写下一段光辉的历史？

从雅安到安顺场，从大渡河到夹金山，当年红军走过的这条蜀道，比李白的时代更加艰险。它的艰险，不仅仅是山的高度，更在于史上那场最残酷最艰苦的战争。

148

车子盘旋而升，落日一点点往下掉，金色的夕晖在千年不化的雪峰上流连不去。夹金山以一种亘古不变的姿势站立在那里。它一直在那里站着，仿佛在那里等着我们的翻越。我不知是否有足够的勇气翻越它，但我可以追上去仰望它的历史。

　　风起云涌，硝烟弥漫的岁月仿佛穿过历史的云烟，在我眼前清晰起来。夹金山的皑皑白雪记得，那是一个不同寻常的夜晚，茫茫夜色中，冒着枪林弹雨，红军进行着世界军事史上最伟大的壮举——长征。面对前追后堵的国民党军队，中央红军唯一的出路就是翻越这条艰难的蜀道，翻越夹金山。没有人能相信红军可以翻越它，没有人能相信红军可以迈过雄关，没有人能相信红军敢走这条路。但是，红军走了，走了天下最难走的路，走了天下无人敢走的路。

　　夹金山的云烟记得，从雅安经过，中央红军翻过了泥巴山，翻过了高而陡峭的二郎山，巧过荥经，勇夺天全，夜袭芦山，强渡大渡河，最后，翻过了长征途中第一座大雪山——夹金山。在山的那边，与红四方面军会师，走向胜利的彼岸。

　　夹金山，这是一座世上最难以翻越的雪山。红军却以坚强的意志，以浴血奋战的代价，征服了它。红军创造了把不可能变为可能的奇迹，红军创造了翻越的历史，书写了豪迈悲壮的红色乐章。

　　翻越夹金山，注定是一条艰难的路，也注定是一条将改写中国历史的路。

　　翻越，是一种勇气；翻越，是一种意志；翻越，更是一种信念。翻越一座山，我们就会到达向往的彼岸；翻越黑暗，我们就会走向光明的世界。翻越过去，我们就会拥有美好的未来。

人生需要翻越，才能迈过面前的沟沟坎坎；历史需要翻越，才能战胜阻拦道路的雄关险隘。有了翻越，才能到达我们想去的理想彼岸。

安顺场，那一只渡船

站在岸边，汹涌澎湃的大渡河水从峡谷穿流而过，风随涛声呼啸。那密集的枪声，震天的炮声，仿佛就在昨天。只是，当年的那只渡船，那只载着红军渡过大渡河的那只木船，已经不见了。不知，当年送十七勇士渡河的那四名船工，今在哪里？

在陈列馆，我见到了那只渡船。它静静地安放在宽敞的展室里，陈旧的船身已被风雨侵蚀而褪去了颜色，斑斑驳驳，依稀还见那些历史的碎影流光。那支桨还在，似乎累了，歇息在那里。是的，它已经完成了自己的使命，完成了历史给它的重任。

"这只木船使红军成功地渡过了大渡河，从而翻越夹金山，取得了决定性的胜利。"讲解员说。

我走到船边，想仔细看看，它究竟有什么不同。没有什么不同，它就是一只再普通不过的木船。但，正是这一叶扁舟，在历史的长河中激起了千层浪花。

因为，历史选择了它。历史成就了它的传奇。

而此刻在六月的安顺场，在大渡河边，在满眼绿色的高山脚下，我仿佛看见陈列在博物馆的那只木船，正停泊在湍急的渡口，似乎还在等待那十七勇士。

大渡河依然浪涛汹涌，仿佛要卷走一切，吞噬一切。我想当年那只木船载着红军渡河的时候，那如雷咆哮的涛声必然裹挟着硝烟与战火，必然有怒吼与嘶喊，有属于它的悲壮与辉煌的历史。

在安顺场地区的大渡河，是岷江的最大支流，是最险峻的天险。两岸山崖陡峭插天，河水恶浪翻滚，奔腾咆哮，势若雷霆万钧。就是这里，1863年5月，太平天国翼王石达开率领三万余人的太平军，在安顺场遭清军围追堵截，受困于大渡河，多次抢渡不成而全军覆没。

大渡河滚滚东去，阵阵涛声挟风呼啸，仿佛凄绝的呜咽。我好像看见翼王最心爱的女人投江前挥泪诀别的那最后一次回顾，好像看见七千太平军血战突围，却最终未能逃脱惨死清军刀下的悲惨命运，好像看见翼王陷入项羽当年四面楚歌之境，而走向英雄末路。大渡河犹在耳畔怒号，似乎就在昨天。

这一历史惨剧，却极大地宽慰了一个人。他，就是蒋介石。当年坐镇昆明的蒋介石犯下了一个致命的错误，企图凭借大渡河插翅难飞之天险，歼灭红军，让毛泽东成为石达开第二。于是，在红军渡过金沙江后，蒋介石发现红军北渡大渡河的意向后，策划了南追北堵的大渡河会战。当时，为了阻止红军过河，国民党川康军阀刘文辉曾命令火烧安顺场的所有渡船及安顺场街上的房子。

令蒋介石始料未及的是，一只木船救了红军。那是唯一一只没有被烧毁的木船，似乎它就是为红军北渡而停泊在那里的。或许，这就是天意。

历史重新改写了这一天。

1935年5月25日清晨，安顺场下了一夜的急雨停了。大渡河涛声如雷，浪高水急。对岸的守敌还在睡梦中。黎明的雾气中，四名船工将那条宝贵的小船悄悄推下了河，一场惊心动魄的强渡就此开始了。一叶小舟载着红军先遣队十七勇士朝对岸冲去。从睡梦中惊醒过来的守敌朝河面开枪。迎着密集的枪弹，十七勇士在惊涛骇浪中与守敌展开顽强激战，最终以无一伤亡的奇迹成功登陆。十七勇士强渡大渡河的成功，终于使红军从石达开全军覆灭之地杀出一条血路，打破蒋介石国民党军队的围追堵截，而与红四方面军在彼岸会合。

是的，蒋介石错了，并不是所有的悲剧都有重复的理由，绝对不是必然。红军不是太平军，毛泽东不是石达开。安顺场是翼王的悲剧地，却是红军的胜利场。

一只木船改写了历史。一只木船承载着红军的命运，也承载着中国的命运。

一只木船在万古长流的大渡河上，留下了它的传奇。

蒙顶山，彼岸的月光

雨后，月亮从山后升起来了。今夜，月光很美，很美的月光在蒙顶山上。

我独自走在曲折的山径，踏着月色，仿佛走进一座古老而静谧的山林。仰起脸，月光如水银般直泻下来，映着又黑又浓密的树影。月亮向我发出一种纯净、祥和、清朗的光泽，我整个人浸在月光里，觉得心变得安详起来。

渡过汹涌澎湃的大渡河，翻越夹金山，与夜色一起，我辗转到了蒙顶山。彼岸的月光拥抱了我。

这一刻，山风吹拂，一股极特殊的香气传到我的发尖，灌满了我的衣袖，旋至心里。那是一种极好闻极淡雅的香气，整个空气溢满了怡人的清香，仿佛月光都芬芳起来。

我确信，自己已被茶香包围了。

我看不见茶树，在这黛青色的黑夜里。但我知道，它们就在那里，在那里幽幽地绿着、香着。我不用去找，闭上眼睛也能感应到，它们一直在那里。就像世上的爱情，你看不见，也触摸不到，但你笃信它存在。就像你心里深爱的那个人，你没有看见他，但你自知他就在你身旁。这就是爱了。

当你心里充满热爱的时候，你便会去爱那山，那水，那月光。你看树的目光也会带着温柔的爱意，你会感受到所有的事物都是那么美好，如眼前清清朗朗的月色。

甚至，你相信，这蒙山上每一棵茶树都有它的爱情。你不再认为，那个美丽的蒙茶仙姑只是一个传说。

此刻，在水样的月光里，我深信，蒙茶仙姑还在这座飘满茶香的山上。那间石庐是一个见证。

我沿着悠长而曲折的山径，寻找那间石庐。石庐还在，在四下幽幽的绿色里。月亮穿过茂密的林木，映照着幽深而又古老的石屋。月色似乎还是千年前的月色，清凉如水。风吹来，夹杂着淡淡的茶香，一叶叶，一声声，仿佛轻轻讲述着那一段芬芳的爱情。

传说，很久很久以前，蒙山之麓有一条青衣江，至今仍在。青衣河神的女儿蒙茶仙姑，爱上了一个在蒙山种茶为百姓治病的英俊青年。这个青年就是后来人们尊称的蒙山茶祖师吴理真。两人相爱并结为夫妻。白日，仙姑帮助吴理真采茶；月夜，在石庐与夫君对茗。不久，因仙姑触犯天规，青衣河神奉旨遣她回河宫。仙姑不愿离开心爱的人，便将披纱化作云雾，滋润蒙山茶树，自己则在石庐前化作青峰，与庐中的吴理真隔桥相望。"扬子江心水，蒙顶山上茶。"从此，蒙山茶一直芬芳到现在。

这一刻，月亮静静地照着石庐，四下的林木笼罩着清幽的光晕，把我带到一种幻境里。我恍惚看见，千年前的一个月夜，仙姑在石庐中奉茶伺君。她绿鬓如云，蛾眉淡扫。"鬓翠蛾斜捧金瓯，暗送春山意。"只见她从冒着袅袅茶烟的宝鼎中，斟满一杯明前的甘露，盈盈举步，衣袂飘飘，走过时拂了满室异香。她低低为君斟茶，眉目之间传送无限爱意。

我想吴理真握着暖暖的茶杯，心里也该是暖暖的吧？千年以前的爱情，与千年以后我们的爱情，应该没有不同。月光下的清景，也应该是我们所共同向往的吧？

当我们坐在月下品茗，回味着古老而美丽的传说，其实是在品一种温馨的爱情，回味一种如茶的人生。有山有水，有飘满茶香的月光，有人间的清声，有我们爱着的人，爱着的这个世界。我们的心里植入的是茶香，更是茶香之外的一种佳境啊。彼岸，也在此岸，还要什么呢？

风很大，翻飞着我的白色裙裾，我似乎听见茶树"叶叶起清风"的声音。也许是风使我听错了，我好像听见天盖寺的钟声清玄地响起，在这湿润的含着茶烟的空气里，在这清凉如水的月光下，在这空灵幽远的夜晚，充满着淡淡的禅意，和谐而宁静。

　　彼岸是什么？我们所要的不就是这一片祥和，这一片宁静吗？我们所要的不就是一个有爱的世界吗？

触摸重庆

　　山水的遥远产生距离，时空的变化产生距离，心灵的隔阂产生距离，但是，有一种距离，可以让我们分开，却无法割断我们彼此与生俱来的情结。

　　重庆和成都这两座城市就是这样一种距离，就有这样一种剪不断的千丝万缕的情结。重庆没有直辖以前，在我的感觉上，重庆离成都很近，像天天在一起的恋人；重庆直辖以后，像初恋的情人分了手，距离好像远了。重庆不再属于我，我不再属于重庆。但是，在情感上并没有任何改变，那是因为重庆和成都曾经血脉相连，息息相关；那是因为巴蜀文化的根同属于古老的蜀地，山水和时空也无法把他们分开。也许每一个成都人、每一个重庆人都会有这样的感觉吧，不管我们口里是否承认，我们仍然彼此爱着。

　　每次来重庆，像情人相见，有一种别后的喜悦和复杂的心绪。重庆对我来说，那样熟悉而又亲近，虽然已经有点陌生，但我仍然能够触摸他，触摸他带有江水微腥的空气，触摸他如山一样的城市的轮廓，触摸他用多情的眼睛点亮的每一盏灯火的光芒，让我可以贴着他厚实的胸膛，听他强而有力的呼吸和心跳。

不穿高跟鞋的城市

第一次去重庆前，同行的朋友好心提醒我：别穿高跟鞋。

那时对重庆没有印象，便问朋友：为什么？

他说，重庆是一座山城，我担心你穿着高跟鞋怎么走路。

他的担心其实是多余的。因为我平时在成都就不喜欢穿高跟鞋，虽然成都的道路都是平地，很好走，但我向来喜欢随意舒适，不愿为了增加高度的美丽而虐待我的双脚。当朋友叫我不要穿高跟鞋时，我忽然对重庆有了一种先入为主的印象，并且开始有点喜欢，这是一座不穿高跟鞋的城市。

重庆整座城市无平路，所有的街道总是十坡九坎，走起来很累人，女孩子鲜有穿高跟鞋的。有的路坡度很陡，几乎是垂直站起来的路。所以有人说，重庆是立体的山城，像一个直立的巨人直贴面前。但这样的城市山路对出门就爬坡的重庆人而言并不算什么，走起路来仍旧健步如飞，如履平地，仿佛个个都是轻功非凡的高手。可对于走惯了平路的我来说，却是一种考验。

后来我常到重庆去，对这座不穿高跟鞋的城市有了更多的熟悉。重庆曾经是四川的一部分，是仅次于省会成都的第二大城市。天府之国肥沃的土壤，温润的气候，秀美的山水，平阔的原野，使成都成为一个富足而休闲的城市。而重庆似乎没有这样的好运气，天生"地无三尺平"，只能从陡峭的大山里崛起自己的城市，从奔腾的江流中伫立自己的不凡和雄伟。

当我走进重庆，我不能不惊讶于这座与众不同的城市。这是一座完完全全的山城，连绵的山起伏的城，山上有城，城上有山，山重山，城叠城。有时候，我走着看着，竟分辨不清哪是山，哪是城。远看城是山，近看山是城，又看城不是城，山不是山，再看城还是城，山还是山。看重庆我感觉自己一不小心就进入了禅境。我完全同意"重庆森林"这个奇怪的说法，虽然重庆不见森林，却可见高楼林立。重庆的高楼分割了雾蒙蒙的天空，主宰了半岛的江山，组成了这座别样的"森林"城市。

这"森林"却是岁月的历史留下的一座耐读的"森林"，值得我们去寻找和触摸每一道年轮和痕迹。尽管今天的重庆走出了四川，但与灿烂悠久的蜀文化有着无法分割的联系，而又顽强地秉承着古老淳朴的巴国遗风，彼此相互依存，相映生辉。远古的四川有着不少民族部落，尤以蜀人和巴人部落最为活跃。从3000多年前的夏商周时期起，智慧的蜀人和勇武的巴人创造了巴蜀文化，至今仍然灿烂于历史的星空。

重庆在历史上曾三次建都。一次是公元前11世纪，周武王在巴封姬姓宗族，建都江州。因重庆地处两江交汇，古称江州。我在一本书里看到有关"巴"的有趣说法：长江和嘉陵江交汇于重庆，两江的形状很像古篆"巴"字，因此生活在两江沿岸的"布衣"把自己的部落称为"巴"。又说巴人的祖先起源于湖南北部和洞庭湖一带，后来迁徙到江汉平原，再逆流而上西迁到大巴山和汉水之间，所以有"巴人半楚"的说法。

另一次是元末时期，红巾军首领明玉珍率农民起义军攻占重庆，明玉珍在重庆称帝，建大夏国首都。这段历史像过眼的烟云从重庆人的记忆里早已淡去，并没有给这座山城带来历史上的轰轰烈烈。这座深处崇山峻岭江河之畔的都城依然默默无名。

直到第二次世界大战和抗日战争中，重庆被"钦定"为国民政府的战时首都和"永久陪都"，而吸引了世人的目光，名煊一时。风云变幻惊天动地的陪都时代，给重庆留下了大量的近代史遗迹，也带来了丰富的抗战文化，一批批革命的艺术家、作家走进了不夜的山城。那部英雄的《红岩》小说就这样产生于这片土壤，重庆的名气更大了。人们由此知道了在重庆有个亲爱的同志，名叫江姐；还知道了有个红岩村，有个渣滓洞。

时光飞逝，今天的重庆已成为共和国最年轻的直辖市，成为长江上游一座繁华的大都市。想起一首歌："月亮的脸偷偷地在改变……"重庆这张都市的脸也悄悄地在改变，变得有些陌生，却更加让人眼前一亮。尽管如此，走在大街小巷的高楼缝隙间，依然能从弯弯曲曲层层叠叠的道路上，感觉到昔时的面貌；依然能从旧时的城垣码头，看见他历经沧桑的表情还那么令人心动；依然能从穿梭于时尚的人群中的山城"棒棒军"身上，找到巴人吃苦耐劳的影子。虽然看上去似乎格格不入，但看见他们一根棒棒挑着大包小包艰难地在坡路上爬上爬下，我不能不产生敬畏。夜幕降临，到街边的火锅店坐下，一边品尝热气腾腾的麻辣烫，一边听着邻座的重庆人聊天，依然能从男人们的大嗓门和女人们辣味十足的语调里，感受到那份巴人的粗犷和爽直，我这温柔的成都妹子也情不自禁地受到感染。

重庆的诗人杰说要带我去磁器口，说那是重庆城内保存最完好的古镇,紧依嘉陵江。那里每一块青石板,每一段山坡,每一座吊脚楼,甚至每一扇古朴的门扉,都可能是一段历史,一段古老的故事。遗憾的是,这次到重庆的时间仓促,没有去成。杰很惋惜,我赶紧安慰他,下次我专程而来。重庆是看不够的,就像情人一样,永远保持着一种神秘,吸引你去探寻。

这几天几乎逛遍了重庆城,虽然穿着一双轻巧的白色平底鞋,仍然累坏了我的双脚。如果在成都走一两条街根本不算什么,照样胜似闲庭信步,像风一样地轻盈飘过。可在重庆就完全没那么轻松,走不了几十步,我轻盈的脚步越来越沉重,几乎迈不动了。若我穿上高跟鞋,那只有谁来背我了。但是,我惊讶地发现竟然有些重庆女孩子,蹬着很时尚的细高跟鞋,很悠闲地走在街头,如履平地。也许她们长期生活在这座山城里,爬坡上坎已经习惯。不过,这样的女孩虽然很少,我仍然敬佩她们的耐力,敬佩她们为了美丽可以忍受高跟鞋的折磨和痛苦。

若我再到重庆,我仍然不会穿高跟鞋。因为我还是喜欢不穿高跟鞋的城市,它让我放松、自在、随性。

诗意的栖居

"人,诗意地栖居在大地上",很喜欢海德格尔对德国诗人荷尔德林原诗的阐发。它使我们栖居的地方具有了神性和诗意的光芒。既然是诗意的,必是有山有水,有山岚烟波,可供栖居。重庆依山而立,靠水而居,诗意地栖居在山水之间。

对性格风风火火的重庆人来说，他们对自己栖居在诗意的地方可能浑然不觉，也许还因为他们长期生活在山水间才视而不见，作为成都人的我却很羡慕他们与水与山为伴的诗意日子。

站在朝天门码头，帅气的杰对我说，重庆的形状有一个贴切的比喻，像一艘巨轮。因为这座城市构筑在华蓥山脉直抵长江与嘉陵江汇合处的半岛尖端，就像一艘巨轮驶进江心。

江风很大，翻卷着我的裙裾，飞扬着我的长发，也飞扬着我的思绪。我看见两条汇聚于此的大江正滚滚而去，流向三峡，流向洞庭湖，流向扬州去了。江面帆樯如林，船只来来往往，客货轮沿江顺列，停泊码头。这一幅"城浮水上"的壮丽景象，让我激动不已。不知哪条客船能载我追上李白的轻舟？

这次在重庆见到诗人李钢，他对我讲，他最早受影响的就是李白写三峡的那首诗："朝辞白帝彩云间，千里江陵一日还。两岸猿声啼不住，轻舟已过万重山。"因为李白的诗，三峡"折磨"了他很多年。后来，他也成了诗人。

其实，李白的诗影响的不只是诗人，也影响了一代代的中国人。在梦里，在心里，我不知多少次走进三峡。当我真站在这江岸时，真想顺流而下，去看看壮丽的长江三峡，坐上李白的轻舟，挥别朝云暮雨的白帝城，过千重万重山，去听听它两岸的猿声。

曾经因为"告别三峡游"的喧喧嚷嚷，我也挤上了"告别"的游轮。后来觉得十分可笑，三峡真的能够告别吗？纵横开阖的江流开凿出的壁立万仞的峡谷，要经过多少万年漫长的孕育，怎么可能在一夜之间向我们告别昔时的壮丽？在我们的心灵深处，怎么可以告别白帝城，告别刘备的战马和李白的轻舟？怎么可以告别巫山的神女，香溪的昭君？

在我心中，白帝城还在，神女还在，我还可以坐上李白的轻舟，谛听神女夜雨归来时的环佩声响。

我和杰坐在朝天门码头的岸边，有很多人在这里玩水。我看见他们将手里折成的纸船放在水上，随水而飘。我兴趣盎然，也想折一只船，折一只李白的轻舟。杰教我折船，可是我怎么折也未折成，后来总算勉强折成了船，但肯定不是李白的轻舟，杰大笑，说我折的是运沙船。我不服气，发誓回到成都要"做"一只像模像样的李白的轻舟，朝辞锦江水，暮抵白帝城。

此时暮色渐合，虽然才近初秋，薄雾在江面上慢慢升起，远处的山水笼罩在淡淡的烟云轻雾中，像一幅淡淡的水墨山水画，画里的重庆在山水之中，在诗意的雾里，时隐时现，透出几分神秘，几分安静。滔滔的急流仿佛被雾遮盖，喧闹的市声仿佛因雾而静了下来，拥挤不堪的高楼也仿佛因雾而不再障眼，倒像一座座雾中的仙山，变得生动起来，缥缈起来。

雾是重庆的另一种风景。也许因为重庆处在长江边上，雾因水而生。每到初秋，重庆的雾便最先登场，成为整个秋冬最铺张的布景。有时候出现的是薄雾轻雾，在山上水面，高楼树间，缠缠绕绕，忽而散开，忽而轻拢，像俏皮的少女；有时候则是浓雾迷雾，江面白雾茫茫，烟波浩渺，整个城市也被大雾弥漫，不要说看不清远山秋水，便连近处的楼房道路，还有匆匆的行路人都无法辨清。"雾重庆"的说法一点也不夸张。隔着雾看重庆，像雾里看花，山非山，水非水，雾非雾，有一种朦胧的美丽。雾中的重庆为他阳刚的外表增添了几许温情和柔美。

关于雾，关于重庆，我拜访了作家黄济人，我很喜欢他那番很诗意的描述。他说："雾打在少女的眼睫毛上。这就是重庆，我的重庆呵。"真是绝妙而形象，一刹那间，重庆在我眼前鲜活了，诗意了。

我想，雾打在了少女的眼睫毛上，这个"少女"一定有一双动人而明亮的眼睛吧。这眼睛该是山城的灯火？

夜色来临，我们离开朝天门码头，去看灯火。

灯火是山城最亮丽的夜景。重庆观夜景最佳的去处是枇杷山的红星亭，再就是鹅岭公园的两江楼。据说新近崛起的南山一棵树观景台更是后来者居上，占尽了地势的风光。

我们选择了就近的鹅岭公园。登上两江楼，我感觉自己一下子被灯火包围了。虽然我不止一次来过看过，但是，我仍然，仍然被一盏又一盏明亮的灯火感动着。

夜风点亮了山城的灯火，也点亮了天边的星光。地上的灯火一盏盏一层层捧到了天上，变成了天上的星星；天上的星星落在了地上，又变成了地上的街灯。满地的星辰，满天的街灯，刹那间迷乱了我的眼睛。绚丽的灯火倒映在江中，随波光流动，真的像天街上的牛郎和织女提着灯笼在走啊。

山城还有一个风雅的别称："字水宵灯"。因为两江的形状像"巴"的篆字，而不灭的灯火又成为山城最美的夜色。

我开始相信并且肯定，少女的眼睛是山城的灯火。夜色中，林立的高楼隐去了，就连白日上演《水调歌头》的东去大江也悄然落幕，只有两江沿岸的灯光明亮地闪烁着，极像黑夜中少女的盈盈明眸，扑闪着，楚楚动人。依稀中，我好似看见那少女的眉黛像青青的秋山，她的眼波泛着长江和嘉陵江的水光，闪动着足以点亮我们心灵的灯火。

此刻，雾轻轻涌来，沾在了少女的睫毛上。

楼台上的风很大，有些冷，不胜寒意。想起苏轼的词"又恐琼楼玉宇，高处不胜寒"，真是如此。在阑珊的灯火中，我们离去了。

我也很快将告别这座山城，回到我的成都。但是，我会记得，曾经在这山水之间来过，诗意地栖居过。

风沙抹不去爱痕

很想回头问你，这骑着骆驼，走在沙漠的南方女子，真是我吗？虽然不敢置信，却终于没有说出。

邈远荒凉的沙漠，仿佛是一个遥远的梦境，遥远到亿万年前的天地混沌，鸿蒙初辟。我怎么也无法把自己和这骑骆驼的女子联系起来。

当风沙吹动我的长发，我才开始相信，此刻我真是在鄂尔多斯草原的那一片大漠中，和你一起慢慢地骑着骆驼，慢慢地并肩而行。一切真实得让我产生怀疑，一切又分明不是梦里。

原来生命里一直期待很久的情景，忽然出现在旅途的刹那，都是如此恍如梦中，又如梦中所愿。在刹那之间，生命的途中已传送了交会的惊喜和由此开始的一段尘缘。

我从驼背上跳下来，大声地呼唤，大声地告诉你，我走过沙漠了！我走过了！

可是，你，风沙使你聋了吗？为什么不回答我？风沙真是可以阻挡我们？阻挡一切？

沙漠的风好像疯了，漫天飞扬，卷起黄沙，卷走了一切。想起岑参的诗句"平沙莽莽黄入天"，真是这样的景况。只是不知道，千年前的那位军旅诗人来过这里吗？但是，这里一定走过古代戍边的征人，他们一定在这大漠留下了思乡的笛音吧。而我此时什么也听不见，呼啸的风声早已淹没了历史的征尘和岁月。

一阵风猛烈地吹来，我的满头满脸，我的薄薄衣袖和翻卷的裤管都灌满了细沙。沙落在我的眼里，很痛。如果流泪就好了，泪水可把沙子冲洗出来。可是，我怎么也无法流泪。很奇怪，平日爱哭的我，此刻，想流泪却一点办法也没有。

风沙仍然吹着，我想起那首叫《哭砂》的很忧伤的歌：

风吹来的砂，

落在悲伤的眼里，

谁都知道我在等你。

风吹来的砂，

堆积在心里，

是谁也擦不去的痕迹。

以前哼这首歌时，常情不自禁流下泪来。现在，我的眼里却无法充满悲伤。真是啊，能够有一个同伴与我一起看大漠的落日，一起踏沙而行，我怎么有泪呢？

你取笑我："不让你哭，你哭得稀里哗啦；现在让你哭，你一滴眼泪都掉不下来。"

我问自己，在人生的旅程上，我能够像现在这样轻松地说走过沙漠吗？在风沙吹来的时候，也能够像现在这样不哭吗？

风沙阵阵呼卷而来，越来越猛烈，吹得我单薄的身子歪歪斜斜，有些站立不住。我开始领略到沙漠的威力和肃杀。想这堆积眼前的无垠沙丘，每当沙暴袭来，不知埋葬了多少瘦死的骆驼和生命。这沙下的生命一定有几百几万几亿年的爱！

你告诉我，这片库布其沙漠，又叫响沙湾。在很久很久以前，这里曾经有一座寺庙，住着许多伴着青灯黄卷的喇嘛。后来，一场狂大的风暴卷没了这座庙子，也埋葬了沙漠上念经的僧人。因而，每当天晴，风沙吹来，便会听见沙子发出的声音，好像沙下喇嘛的呼唤。

我们来的时候，遇上雨后，虽然落日照在大漠上，沙子仍有些湿重，遗憾听不见响沙了。

可是，当风沙从耳边灌来，我分明听见低低的呼啸声。我告诉你，我听见了响沙。你不信，笑着漫不经心地应付我。可我是真的听见了。

一声声，仿佛呜咽，仿佛压抑很久的呼唤。粗糙的沙音，一声比一声强烈，一声比一声凄厉，我的心震撼了。我好像看见在风沙袭来的时候，那些喇嘛在生与死的边缘苦苦挣扎，仿佛听见他们的呼唤。我渐渐地明白并且相信，纵是尘缘已绝，万念俱消，纵是被埋葬沙下，却无法埋葬对红尘共同的依恋，对生命的渴望和强烈的呼唤。谁能说风沙能够埋葬生命的爱？

我跪在沙上堆沙。均匀纤细的沙从我的手上慢慢泻落，再慢慢堆积起来。忽然觉得，我不是在堆沙，而是在堆积着满怀的爱，堆积着生命的庄严。然后，我用手指在沙上认真地写着。在来来去去的红尘中，在走过以后，总该留下值得珍惜的生命的痕迹吧。

当我起身向前走去，却在转瞬之间，在我回头的时候，很可惜地看见沙堆已被风沙掩去，沙上的字痕也一笔一笔被风沙擦掉，而先前在沙上奔跑的一串串深深浅浅的脚印也消失了踪迹。落日的余晖只投下我长长的长长的影子。

生命真是这样转瞬即逝吗？我有些伤感。

但我固执地相信，任风沙多大，它怎么也抹不去我曾经在这沙漠走过的痕迹，曾经在沙上堆沙、写字，曾经在这茫茫大漠倾听生命的呼唤。只要我们爱过哭过，只要我们用生命爱着眼前的自然，爱着这万丈红尘，这万丈红尘中我们爱着的所有，岁月的风沙怎么可以淹没和阻挡呢？生命的爱痕怎么可以被风沙抹去呢？

眼前无边空旷的沙漠，堆积着几百几万几亿年的生命，忍耐着几百几万几亿年的寂寞，而我们能不能为着爱的来临而忍耐呢？

生命中的爱痕是用许多寂寞和忍耐留下的，是用艰辛而执着的脚印深深印下的，是用强烈的热爱和追逐牢牢刻进岁月里的，它永远不会被风沙抹去，永远不会。

在我们的一生中，也许会遇到风沙吹来的时候，也许会有许多深重的寂寞和无奈，一如大漠的孤烟，长河的落日。也许我们会走得很辛苦，也会流泪。但是，我始终这样坚持，我能好好走过生命中最难走的一段，并愿意学着不哭。在生命的沿途，我愿意留下深深的深深的爱痕，永远无悔。

在生命里，爱就是如此，就是如此不惧一切。你说是不是？

鸟约在林

我在哪里？走进这片好大的鸟语林，我忽然感到迷乱了。

似在黄莺乱啼蝴蝶翻扑的山谷，似在芦苇丛生惊起一滩鸥鹭的水泽，似在苍鹰回旋大雁南飞的原野，似在月落乌啼寒蝉凄切的林间。

当一声声鸟音从树林里，从水面上，从山那边，极妩媚极婉转地传过来，我开始相信，我在林，鸟在林。

这是五月的成都塔子山，一块新辟的很大的林地。许多的鸟纷纷来了。天鹅来了，孔雀来了，雨燕来了，白鹭和黄鹂来了，连沙漠里的骆驼也赶来了。它们是来都市的林地参加一个盛大的宴会吧？而我也来了，为践前世的相约。

前世一定有个约定。不然，那美丽的雎鸠怎么从《诗经》里飞出，停在这里的汀洲呢？那只失伴的孤雁怎么从万里关山飞来，寻找它的旧侣呢？而那水上一对对鸳鸯，谁说不是来续接千年旧盟的？

而我是谁？也许我曾是那只和鸣的鸟，也许我曾是那只孤雁失落的伴，也许我曾是那只有过旧盟的鸳侣，也许我曾是被白衣少年救起的那只受伤的白鸟。若不，我怎么会有一种旧时相识的感觉呢？

喧嚣的城市早已没有鸟儿的家，鸟儿都成了无家的漂泊者。常常我只能在诗里寻找翩飞的乳燕，想象一对鸳鸯在水面浴着红衣。我只能捡起地上的枯枝，望着茫茫的天际，怀想一行雁阵。

但是，真的没有想到，在这红尘纷扰的都市里，竟营造了这样一片鸟语林，竟把天空中流浪的鸟接回了家。是谁发的帖子？所有的鸟都如约而至，来赴前世今生的约。

鸳　鸯

来赴前世今生的约，鸳鸯也是一对佳偶。

穿过飞鸟喧闹的树林，一径来到鸳鸯湖。鹦鹉在枝上热情地唤着，好像在说："林妹妹来了，林妹妹来了。"

这鹦鹉很面熟，在哪里见过？是林黛玉潇湘馆里的那只吧？

湖面上已有许多红翼，仿佛刚从天的一涯、海的一角相约飞来，在这水的一方重逢。它们成双成对，拍打着灵巧的翅膀，挨着身，擦着肩，在水面上温柔地游过。我发现其中一对鸳鸯很美，它们全身是棕红色的羽毛，水灵灵的。一只雄，一只雌。雄的那只特别美，头顶和羽翼有一缕孔雀蓝，很好看。雌的那只虽没有雄的那只漂亮，但情意缱绻，在它的伴侣身旁，依着，绕着，缠着。它们时而身子相对，嘴对嘴轻啄着对方；时而一起扎入水里，沐浴爱河；时而耳鬓厮磨，相依相偎，像一对亲密的夫妻。或许，它们本来就是那前世的鸳侣，今生的旧伴，约好要在这爱河一蹚的。

在这世上，不知道有多少痴男怨女羡慕它们啊。"得成比目何辞死，愿作鸳鸯不羡仙。"其实林黛玉不该做那株阆苑仙葩，宝玉也不该做那"劳什子"的美玉，还不如做一对生死鸳鸯，一生一世，恩爱相随。

鸳鸯不单飞，总是双飞双宿。"合昏尚知时，鸳鸯不独宿。"所以古人把鸳鸯作为恩爱夫妻的象征。据说，一对鸳鸯永不分离，如果一方死了，另一方也会郁郁而终。想起"梧桐相持老，鸳鸯会双死"的诗句，那份终老相守的亲爱，那份生死相许的鸳盟，我的心中就会划过一波一波的柔情，有一种感动，又有一些疼痛。心如一池春水，不是被风吹拂，却被鸳鸯弄绉了。

我看见那对鸳鸯泊在岸边，轻轻耳语，像是在诉说它们前世的鸳盟。想象它们立下爱誓时，一定很庄严很神圣吧。世上的爱情不也是有许多"鸳盟"吗？

可是，鸳盟仍在，爱还是原来的爱吗？

雨 燕

经历风雨之后，爱还是原来的爱。那双双雨燕难道不是？

此刻，天色已近黄昏，雨不觉飘落下来。我不由一阵暗喜。最喜欢下雨的感觉，何况是在如此诗意的黄昏，漫游在飞鸟来去的青青林中。

风轻轻吹过来，雨细细的，斜斜的，在林间织起细密的雨帘。一群灰黑色的小鸟穿过花雨，穿过雨帘，从我的眼前低低掠过。雨燕！我惊呼了一声。我认得那剪剪黑色的燕尾，认得那轻巧灵动的翻飞。

记得我还是小女孩的时候，每到下雨天，常坐在外婆家的门槛上等雨燕飞回，一直看到一对雨燕从烟雨中低低地飞来，在我家檐下落巢，才回到屋里。一早起来，雨已停，急急地打开门，看雨燕还在不在。有时运气好，刚好看到雨燕振翅双飞，离巢而去。我曾经问过外婆："为什么雨燕总是双双飞呢？"

外婆微笑说："蓉蓉，将来长大了，你也会像燕子一样双双飞。"

我抬头问："那和我一起飞的是谁呢？"外婆含笑不语。我满脑子的问题直到长大后，才知道了答案。

"多情帘燕独徘徊，依旧满身花雨，又归来。"望着下雨的天空，我想，不知道这雨中的千只飞燕，哪只曾是佳人帘前的归燕？哪一对曾是外婆家檐下的雨燕？

在城市里很少看见雨燕，每次读到"落花人独立，微雨燕双飞"的诗句时，常常情不自禁地被带到诗里凄美的意境中去。总爱想象，细雨微风里，曾经有一位美丽而忧伤的女子，独立在花树下。花瓣纷纷飘落。如雨，湿了她的衣肩。一对雨燕从她的眼前飞过。她低低叹息，叹自己和归人不如雨燕，不能双双飞还巢。可她依然固执地等候，她有理由相信，即使重山万里，雨幕隔阻，她的归人终会回来，像那对雨燕一样，一起经营新巢。

想那雨燕在苍茫中双飞，一路要经受多少凄风苦雨？要经受多少羁绊负重？可是，它们仍然爱得那样坚贞，那样同心，仍然勇敢地一起并肩风雨。哪怕路再远，再长，再难行，也要飞回爱巢。

只是因为，爱在雨的那边。

归 雁

我明白，因为爱在雨的那边，所以每到春来，北雁就要飞回故乡。

雨仍在下着，细细的雨线，像一行行诗。在林间的一处水泽，我见到了雁，仍然是形影相随的一对。它们忽然张开翅膀，一纵而起，从我的头顶飞过，它们想回家了吗？

雁总使人想起边关，想起乡愁，想起离情。"长风萧萧渡水来，归雁连连映天没。"谁说那对归雁不曾从古代征人的头上飞过？"人归落雁后，思发在花前。"从千百年来，一直到千百年后，游子眼中思乡的雁，谁说不是一样的呢？而在李清照眼里，雁却是她久别的离人。"雁过也，正伤心，却是旧时相识。"雁过不见归人，那写词的妇人怎不伤心垂泪？

雁是一种候鸟，也是一种爱鸟。当秋冬来临，雁由北方飞往温暖的南方；到了第二年的春天，再度返回北方筑巢繁殖。迁徙是雁一生中最漫长的穿越。雁在迁徙的途中，总是相约在一起，成群结队排成巨大的"人"字飞行。就这样，雁在长空飞过，从明月关山飞过，从唐诗宋词里飞过，从我们的心上飞过。

迁徙也是雁一生中最冒险最艰苦的旅途。当风暴来临，也许会有一只离群掉队，成为孤鸿；当浓雾袭来，也许会有一两只看不清方向，撞在岩上而葬身悬崖。在飞行中还会有许多不可预料的事发生。也许会有一只不幸被猎枪射中，而折断了翅膀，落入芦苇丛。

　　失群的孤雁，会发出阵阵哀鸣。那声音令人闻之心碎，闻之动容。"失群落雁声可怜，夜半单飞在月边。"孤雁找不到同飞的伴，便会极度哀伤，不饮不啄不眠，"拣尽寒枝不肯栖，寂寞沙洲冷"，"孤雁不饮啄，飞鸣声念群。谁怜一片影，相失万重云？"落雁最后伤心而死，再也不能返回故乡。

　　群雁把孤雁的心带走了，它们仍然不屈不挠地向北飞还，因为它们的故乡在山的那边，在云的那边，在雨的那边，在明月的那边。那边，是它们永远的森林，是它们最初和最终的爱约。

　　然而，为什么要飞越那样长的旅途，要等那样久的岁月，才能飞回故乡？所有的爱是不是也一定要经过长而艰难的跋涉？

174

穿过月光的桂花香

朋友打电话给我，说他刚从广元的元坝回来，满城开遍了桂花，连山水都有一股花香。

他给我描述的时候，像在写诗。

我是一个喜欢花的女人，尽管走过了许多山水，看过许多的花，但是，一听说哪里有花，我仍然禁不住慌乱，仍然不能做到"闻美不惊"，何况满城都是桂花！

在他给我描述的时候，隔着长长的电话线，我已然闻到一股幽幽的花香从电话那端传来。

隔着嘉陵江，隔着明月峡，隔着剑门关，我已经闻到了花香，看到了花影里浮动的月光。其实，不一定要在那里才可闻到花香。即使我没有去，仍然能从电话里感觉到那一缕缕花香穿过月光向我袭来，似乎我已置身在花气之中。

不必在，桂子就在我的眼前香着。传说嫦娥到了月宫便成了精，是不是她把魂魄附在了桂树上，让桂树也成了花精？不然，隔着那么远我还能够闻到那种天际香？

桂树是最具诗意最富联想的一种花树。只要你说，桂花开了。即使身旁没有桂树，我们顿会感觉到它的花香，而情不自禁地仰望天上那一轮圆月，联想到那个美丽的神话，想象嫦娥背着后羿偷吃灵药奔向广寒宫的情景。

桂树是诗意的，与月亮同在。桂花伴着月圆而开，随着月缺而残。所以，那位多情的女诗人朱淑真写道："月待圆时花正好，花将残后月还亏。须知天上人间物，同禀清秋在一时。"

隔着重山重水，我仍能闻到花香。这就是桂花的魔力，它使我相信并且坚持，真的有神话中的花精花魄呢。

我一定要去看看那座香城。

驱车往北而去，到达广元的元坝已是夜晚了。

这是一个有月亮的晚上，且是月亮最圆的中秋。走在月光下的长街上，我顿时被花香包围。两旁密密种植的桂树散发着幽幽的花香，我不禁屏息，深吸了一口，这是一种馥郁的香气，带有一种酒似的微熏，顺着喉咙滑落下去，仿佛心也醉了。

广袤的夜空中一轮皎洁的圆月泻下淡淡的清辉，我好像看见月中桂子的天香穿过月光，飘散在这座山水的城市里。长滩河穿城而过，粼粼的波光仿佛流动着湿润的暗香。远处，月光给黛青的山峦投下起伏的剪影，晚风吹过，仿佛那山峦都充满了香气飘送过来。

岂止山水有一股花香？我更认为，这里的月光都有一股桂花的香味。月光穿过桂树的千层密叶披洒下来，我的发，我的唇，我的月白的衣衫全沾满了香，我分辨不出是月光的香气，还是桂花的香气，或许皆有。

或许因为桂树原本是天上的花树，种在嫦娥的月宫，所以，当我们在清秋的时节，仰望天上的明月，便会感觉那月光仿佛也带有一缕桂花的天香吧？而这天香穿过长长的月光散逸在了人间，散逸在了这山水的城市。

也许，寂寞的嫦娥也感觉到人间的寂寞，把桂花种在凡尘，人间才有醇酒般的花香？

透过花影里的月光，皇泽寺在望。那位君临天下的女人不仅是至尊的红颜，也是一个爱花的女人。传说，她曾经下令全城的百花在一夜之间开放。我相信，那飘着天香的桂花也在那一夜开放了。那天晚上的月光也像此刻一样暗香浮动吧。

置身在满城的花香之中，抬头望月，感觉月中那株桂树似乎有些孤单。想起白居易的诗："遥知天上桂花孤，试问嫦娥更要无。月宫幸有闲田地，何不中央种两株。"

我真想将这城市的桂树移植几株到天上去，那遥遥的银河必飘满了人间的花香吧。

黄果树瀑布

一

在生命的旅途上，我不能不相信奇迹而且充满了感激。那种不曾意料的奇特的景象，都让我幸运地遇见。也许在我的一生中是仅有的一次，仅有一次的遇见。而我总是那个有缘的女子。

即使错过以后，上苍都还能再给我一次机会相遇和拥有，而我所有美丽的愿望都能够在后来的日子里慢慢实现。幸运的我，如何不充满感谢的心情？

在四月闷热的初夏天气，在阳光白云的贵阳。我以为能够看见黄果树大瀑布，以为那个久远的梦很快就要变为真实，而在我身旁反复出现的不再只是一幅挂在墙上的画，我的心隐隐有一种兴奋的感觉。

不曾料到，贵阳的朋友抱歉地说，现在不是雨季，不能看到大瀑布了，除非有一场雨。可是，这样艳阳高照的天气，怎么会无端地下雨呢？这话，不啻使我狂热的心骤然冷却。

难道我真是来得不是时候吗？难道我真是错过了一个雨季吗？难道在这世间我总是来得这样迟，总是要错过生命中属于我的聚合，而与你擦肩而过？

我相信，即使擦肩而过，在缓缓交错的人流中，在你蓦然回首之际，你会发现在你梦中等待了许多年的那个年轻女子，就是你一直在寻找的我。一切都不算迟，一切都还来得及重新爱过和拥有。如果此生有缘，属于你我的遇合不会被错过。

那么，我是不是也能看到那条瀑布壮观的景象呢？虽然我知道人生的遇合与自然的遇合没有必然的关联，可是，我却依然相信，自然和人生没有什么不同，人生中应有的遇合，在自然中也应该有吧。

竟然会是真的！那晚，我们一行八九个人驱车从天星桥返回黄果树宾馆的途中，一场猝不及防的大暴雨夹杂着特大的冰雹从天而降！是上天知道我的心意，而为我降下的雨吗？夜很黑很暗，好像世界就要毁灭一般。一刹那间，天风山雨，电闪雷鸣，罕见的大冰雹密集地砸了下来，砸得车顶砰砰作响。汽车被迫停在路边。车上的人都感到惊惶，我却在黑夜中不禁微笑和喜悦。一场暴雨下来，意味着明日我将看到不是干枯的瀑布，而是奔流直下三千尺的大瀑布！这不就是我期待的吗？的梦也将成为现实。我不由得感激上苍的恩典和垂怜，真想向你，向所有的人和这个世界说出我感谢的心情。

只要坚信，一切美丽的愿望都可以实现，一切无法预料不可能出现的奇迹都可以在生命的途中发生。

二

而从此，生命中的爱是不是也会像那条雨后的瀑流一发而不可遏止？

爱一旦在生命的途中发生，更经过风雨的侵袭之后，没有任何一种力量可以阻止它向前。好像眼前一纵千里的瀑布，经历昨夜的骤雨冰雹，一场电光石火的惊心动魄之后，那一种不可阻挡的气势，谁又能够操纵它？

曾经看过许多瀑布，都是细细的，长长的，很轻软很缓慢地从山岩上流下来。却从来没有看见过这样一条又大又急的瀑布，一条激越雄浑气势宏大的瀑布。它仿佛从九天之上奔流而下，仿佛一条银河倾泻到大地。那不可阻挡的纵情，那奔腾千里的气魄，那一股震撼的力量，是绝不可以用"柔情似水"这样柔软的字眼来形容的。

站在一幕瀑布下，因为瀑布形成的很大一片水雾，好像置身在蒙蒙的烟雨中，仿佛站在王维的画里，站在李白的诗里，带着诗情画意清凉地湿润了我的心。在这个原已错过的时刻，还能让我看到"飞流直下三千尺"的壮观，我怎能不珍惜人生所遇见的风景而心怀感激？

我喜欢飞瀑，喜欢它溅起的细雨飞花，喜欢如长发一样飘逸的感觉，而我眼前喜欢的，又岂仅是这些温柔？

眼前的瀑布迅疾直下，水势很猛，连一点停留也不可能，不容逆转，一心地奔腾向前和放纵。因此，我更喜欢和热爱的，是它永不重回的决心，它的冲破一切的自由和纵情。

可是，什么时候我也会像那条瀑流自由地纵情向前呢？

在这清凉的水帘下，我想轻轻说给你听。在生命的途中，我愿意是那条纵情的永不重回的瀑流，愿意是那条自由的无法阻挡的瀑流，甚至愿意是，那条瀑流溅起的无悔的细雨和飞花。我更愿意相信，我的爱会像那条瀑流一样自由地纵情向前。

其实，我所追寻和坚持想要看到的，并不真是那条瀑流，而是瀑流之外我所追寻和拥有的那种爱情。而我一直所充满感激的，是因为我所盼望和追寻的爱，在生命的沿途我都拥满心怀。真的啊，我感谢我能来到世上，感谢这世界、这自然给予我的一切的一切。

伊在水湄，你是否微笑地倾听我一心的感激？是否和我一样也充满感谢的心？

第三章　月亮的鞭子

在最美的月色遇见花香

在这世间，还有什么花香胜过充满月光和爱情的香气？还有什么遇见胜过最美的邂逅？

今夜，浅秋的晚风里，我走在杨升庵的桂湖。月亮慢慢地出现，投影到静静的澄明的湖上。我被一种袭人而温柔的香氛所包围，不必寻找，也不必回头，它就在那里香着。

是的，闭上眼睛，就算黑夜将我包围，我也能辨认出那熟悉的桂香。它就在那里。五百年前，五百年后，它一直在那里，幽幽地香着。

若水的月光下，整个空气浮动着清澈而甜醉的香气，仿佛千万花蕊从树上跌落在幽径、湖畔，步步踏着花香。而我从发丝到飘飞的裙裾，乃至脚尖的指甲都感受到一缕缕花香。好像呼吸也是香的。

在极远极远的夜空，一轮明月正挂在天心。我登上月影斑驳的古城墙，抚摸千百年的城砖，似乎那冰凉的肌理也浸润着古老的芬芳，落在我的掌心。

我忽然想到，那些花香不是从桂树的枝头落下的，而是从月亮之上？晚风拂过，又从树间跌落到地上、草丛、荷塘、亭榭、城垣……不然，为什么月光也满含香气？

只是，蜀中才子杨慎已不在，写诗的妇人也已不在。但桂湖还在，桂湖的月光还在。"雁飞曾不度衡阳，锦字何由寄永昌？"黄娥凄美深情的诗句还在，我仿佛仍听见那一弦如泣如诉的心音，在月光里流淌，反复地来，反复地去。"曰归曰归愁岁暮，其雨其雨怨朝阳。"

明月衣肩，我从湖畔的桂树下静静地走过。风来水面，一枝金蕊悄然落在我的发鬓。恍惚之中，我惊见杨升庵站在月光里，从树上摘下一枝金桂花，插在黄娥犹如墨染的青丝上。多情的才子凝视着心爱的美人，目光里流露着无限爱意。他随口吟道："开成金栗枝枝重，插上乌云朵朵香。"想见当时，那个像花蕊一样的女子必是娇羞地低下头去，温柔地回眸一笑。

我忽然想起，也是在有月亮的晚上，也是一样清朗明净的月色，在午夜的街角，我从花树下经过。一阵风起，花瓣落了一地，在馥郁的夜色拂过。抬起头来，我轻轻惊呼，满树银白如月光浮动的花蕊，是不可置信的袭人的芳香。

你走在我的身旁，忽然停步，轻轻抬手为我摘下一朵，插在我的发上。馥郁的夜色里，我含羞地低下头来，花香盈怀。那带着爱恋的花香，在我的心头久久萦绕，抵达我的灵魂。我才知道，在你抬手之际，为我摘下初开的那朵，在那个静夜，慌乱的刹那，最美的爱就这样来临，猝不及防。

千百年前，那一段浸润着桂香与月光的风华绝代的爱情，仍然还在。而千百年后，我们今天的爱情，与那时候也没有不同。

仍然还在，还在一样的月光里散发着清澈而久远的幽香。

我笃信，世间一切命定的安排。杨升庵遇见黄娥，而黄娥遇见杨升庵，在最美的桂湖，在最美的月色里。

有些花香，只为月光而存在。有些爱，必然在最美的时光遇见。

月亮的鞭子

送行的晚上，窗外有月。

那个男子对我说："一个人不要去看月亮，月光是月亮的鞭子。"

"月亮怎么会有鞭子？"我无法理解。

"你这么感性，我怕你看见它会痛。"他了解地看着我说。

"我不信。偏要去看月亮。"我一脸任性。

要我不去看月亮，这不能够。我明白他的意思，一个人在他乡的日子，望见月亮会产生思念之情，容易伤了自己。像我这样因花落也会流泪的小女子，更不堪月光一鞭。我也明白，他还想说，明月的怜照下，便是七尺男儿也难自禁。李白豪情万丈，仍然最怕床前的月光，惊起乡愁；柳永看淡浮名，仍然最怕酒醒后，残月犹在。

我不怕，我不是游子。我仅仅是离开故乡成都的一次远足，一次短暂的离别，月亮不致伤我。何况，身在隔绝尘寰的山中，明月依肩，陪我相随，怎可以无视它给我旅途的关怀？如果月光真是月亮的鞭子，宁愿被她打在身上。我努力地想说服眼前的男子，请他相信。

男子微笑地说，你上了庐山会同意我的话。

我会同意吗？

在庐山的那些天，晚上都是和朋友一起出来散步。仍然有月，我们在树林间慢慢地走着，谈着散文，谈着人生，谈着庐山曾经的历史风云，却谁也没有谈到那月，那在夜空满含期待的月。也许我们都在小心地回避，也许越来越严肃的话题不适宜有关月亮的话题。有时，我也一边谈话，一边忍不住将目光迎向那明月，在黑暗里向她微笑，却什么感觉也没有。同伴的连连问话不容我分神。每晚的明月便在我们的清谈中渐渐忘记。但是，我仍然惦念着，我要一个人去看月亮。

我终于一个人去看月亮，是在山中无人的晚上。因为怕路上遇着朋友，打破计划，所以等到夜深，许多朋友都已晚归，我才慢慢地步出宾馆。这感觉像是与情人幽会一般。

庐山的夜很清寂，一片静谧，可以听到风的声音，听见一片叶子落在地上的声音。虽然是炎夏，山下很热，山中仍然很清凉。我换上很仙气的白色裙子，披上白色的纱衣，像山林中的女仙，来到月下散步。轻盈地走在曲折的山路上，风翻动我及地的裙裾，拂过沿途蔓生的杂草，发出轻微的声音。我知道，月亮就在那片树林后，在那座高而幽深的山上，谛听着我的脚步。只是月亮的脸被云的衣袖掩住，我看不见她，但四射的清光已泄露了所有的秘密。我不能自已地被吸引了去，慢慢地走向明月落足的山冈，想要看清她的容颜。转到两旁长满灌木的高处，我站立住，知道可以望见明月，却依然不敢抬头，心里涌起莫名的不安和紧张。

山风很大，忽然吹落我身上披着的纱衣，忙着去拾。就在我俯下身来的一刹那，我看见满地月光！我的身上好像着了一鞭，想逃都来不及了。缓缓抬起头，逼见月亮那张清丽而饱满的脸，此刻，她已挥去衣袖，露出多情的明眸，在迢遥的夜空默默注视我，有些忧愁，有些喜悦，好像等了我很久很久。明月如我，也离开了她的故乡吗？月光投下长长的影子，我的心感到一阵鞭痛，眼里缓缓涌出泪水，想起明月那边的故乡，想起分别已久的那个男子，和他对我说过的话。

今夜月明，一位白衣女子就这样情怯地走进月光，走进月光里的故乡，和月光里的唐宋诗篇，反复想起。

千年以前的大唐，有位叫白居易的诗人曾经贬谪此地，就在山下的浔阳江畔，在冷而美的月夜，遇见那位弹琵琶的美人，写下那首如泣如诉的《琵琶行》。明月窥见了这一幕伤心的别情，至今仍在谛听吗？

翻过大唐的诗篇，隔了许多年，在一个宋朝的月夜，月光倒入了苏轼的酒杯。诗人醉了，他举起杯，悲怆地问月："不应有恨，何事长向别时圆？"自此，这一问，被一代一代问下去，一直问到现在，依然无解，明月始终不肯说出答案。

但是，我开始同意那个男子的话，月光是一根长长的鞭子，无论时空的距离或远或近，月光会轻轻鞭打着我们的心，鞭打着相思和愁怀，使我们内心痛楚，却又心甘情愿接受一鞭，以至无悔。

这是因为最深的爱，才让我们感觉到痛；这是因为我们一生的最爱，在明月那边。

　　所以，我愿意那个男子举起月亮的鞭子，轻轻地打在我的身上，鞭我回家。

月亮的诱惑

在每个月色如水的温柔的夜里，有谁不感到生命的一种美丽诱惑？有谁能够无视生命的虚幻和真实在我们心中产生的强烈诱惑？

月在山中，走在月光洒满的山路上，缓缓踏月归去，那一份超脱尘外的虚幻，谁说不是一种诱惑？月在窗外，灯灭而坐，满屋如水的月光，浸着长发披肩长裙及地的白衣女子，那一份真实的空灵，谁说是虚幻的梦境？谁说不是一种诱惑？谁说不是呢？

我喜欢有月亮的夜，喜欢那份温柔如水的感觉，喜欢那份恍若梦中，又好像从梦中醒来般似真似幻的感觉。月下幽幽的山林，满地花荫，窗前依稀的一剪梅影，和水边月色里静坐相依的你我，一切都如梦中那样温软朦胧，那样完美得令我无法置信。而四周的一切都被月光照得清清朗朗，清晰地照见月下微笑的你，使我不能不相信这一切竟然都是真的，生命竟然是这样的丰盈和美丽。

在融融的月光下，温柔的夜里，一切人和事仿佛已经远去又仿佛正悄悄近来，一切白日里被尘封的思绪和回忆都可以慢慢开启，一切如水的乡愁，含泪的思念。一切心灵深处的柔情都可以交付给月光送去。面对静美的月，月下变得安静的世界，所有红尘中艰辛的跋涉，所有付出的眼泪和代价，都得到了慰安而了无遗憾。在这个充满诱惑的月色里，我无法阻止那份悄悄袭入生命里最温柔的情愫，无法收藏眼里那份明亮、那份淡淡的轻愁，更无法来得及阻止一个女子在这月夜里流下悲喜不分的热泪。

明月高悬的夜空下，有谁能够抵挡伴随月光而来的相思乡愁？站在江畔望月，依然好像回到那个春江花月夜的古时。一首唐诗的绝唱，反复吟唱了千百年，一直到现在，依然充满诱惑。而当杨柳岸晓风残月的秋夜，那种凄美的意境，让人想起"今宵酒醒何处"的离情。客居异乡，那床前明月光里无眠的旅人，岂仅是"低头思故乡"的李白？那渐渐袭来的乡愁，又岂仅是今夜你我的悲怀？

今宵，明月温柔地遍我的窗前。暗夜里，窗外绿影横斜在水样的月光里，我独自拥有一片月光，心中唤起一种月光般的柔情。可是，月在中天，月亮离我终是如此遥远，纵是月光遍我的身上，月亮也进不了我的屋子。这是虚幻，还是真实呢？这是远，还是近呢？明月圆了又缺，缺了还圆，这是圆满，还是残缺呢？

依窗久久地凝望着夜空的皓月，我渐渐地明白，生命的美丽就在于虚幻和真实之间，在于我们的前面始终隔着一段若即还远的距离，在于圆与缺永远相随的遗憾。因为虚幻，我们寻求真实；因为距离，我们渴望走近；因为残缺，我们便有一份追求完美的心愿。如果生命没有虚幻，没有悲欢离合和阴晴圆缺，我们已不需要求真实求完美，还有什么能够引起我们心中强烈的诱惑？还有什么等待和盼望，以及心灵中照临的光芒呢？

月亮给我们的诱惑，其实是生命给我们的美丽的诱惑。生命中有许多的胜败得失，许多的欢笑和哭泣，许多的矛盾和挣扎，可是我们始终不愿意放弃追寻，一直诱惑着我们前去，也是这份充满诱惑的生命。

在每个月色如水的温柔的夜里，我愿意走向明月，愿意一次一次地向明月求证生命的美丽。

月亮躲在雨的背后

　　不是每一个中秋都能如我所愿，如我所愿地看见那一轮皎洁的圆月。月亮有时也会躲在雨的背后，让我无缘与它相见。

　　那年中秋，我和朋友相约到桂湖看月亮。黄昏，我们上了西楼，依窗而坐。窗前正好是一株株高而繁郁的桂树，正好拥花香入怀。远处是淡淡的秋光，淡淡的湖水。如果月亮升起来了，这里该是赏月的佳处。不知道当年苏轼把酒醉月的地方，也有这一丛桂树，这一泓秋水吗？是谁陪他呢？是"小轩窗正梳妆"的王弗，还是红颜知己朝云？

　　我们在桌上摆了月饼，摆了美酒，还为月光留了一席之地。我们谈着月亮的话题，等候着月光慢慢斟入我们的杯子。那时候，不知道为什么，我担心月亮不会出场，担心看不见那张象征圆满的月亮的脸。月亮的阴晴圆缺，就像世间悲欢离合的爱情。我不知道，我会不会与所爱的人有真正相聚的那一天？我看不到，也无法预知我的未来，就好像我不能提前知道，今夜的中秋是不是能看见月亮？有个圆满的故事？月亮是不是会为我上演一出美丽的结局呢？因为期待，所以在乎。此时此刻，我比任何时候都更渴望，月亮为我登场！

可是，我失望了。

月亮没有等来，却等来了一场雨。

起初并没有注意到天色的转变，直到有几丝雨倾进杯中，心里才顿然一惊。紧接着，一阵风起，雨密密下了起来，竟然就这样毫不客气地抢先登场了。我不知道该生气、失望还是愤怒，这几种情绪我都有。早也不来，迟也不来，却偏偏在十五的时候来。一年只有一次中秋，只有一次最圆的月亮。一次月圆就足以照亮一生一世。今夜不见月圆，难道注定我的爱情没有结果不能圆满？不该到来的雨，为什么要阻止月亮的出现？我把幸福寄托在十五的月亮上，如宗教般地祈祷着。

朋友看出我的眼里浸满了忧伤和失落，安慰我说：

"十五的月亮十六才圆，明天的月亮才是最圆的。"

真的，我为什么没有想到呢？在成都，每到中秋总会是下雨天。常常我们在十六的时候，才看见天上那轮又大又圆又亮的明月。也许是月亮矫情，故意不肯出来，预先给我们安排一些风雨。风雨之后，怎会不见云开月出？如果爱情没有经历那些风雨的日子，如果没有冲破一切阻挡的坚定与考验，就不会等来明天的圆满。我开始深信，明天，我也会有一个圆满的故事。

这样一想，满怀释然，我不由得喜欢上眼前的雨。夜色里，花影中，丝丝缕缕的雨，如银色的丝线，闪着晶莹的光，如一张千丝网，织起一片水雾般的月光。月色如水，我何妨把这雨看成月光？雨如月光无所不在，浸入西楼，浸入我们的衣袖和怀中，也悄然地浸入我的心底。我和朋友举起杯，斟上桂花香，为月光一样的雨水干杯。

恍若沐浴在盈盈的月光中，我深深地感动了，热泪冲出了眼眶。其实，月亮来或不来，并不要紧，只要我的心里有一片月光，月亮哪怕躲在雨的背后，始终仍在。

兴之所至，我讲起小时候的一个中秋。那天，妈妈哄我说，晚上看见月亮，就可以吃月饼了。还告诉我，月饼是天上的嫦娥仙子做的。我为了吃嫦娥亲手做的月饼，天色刚晚，便穿着白色裙子，早早地趴在窗前等月亮。月亮就像今天一样没有等来，却待来了雨。妈妈还是让我吃了月饼，我却嚼着月饼睡去了，把雨睡成了月光。醒来，妈妈微笑着说，我像睡在月光里的小仙女。我好开心，月光里的小仙女一定是很美丽的吧？

朋友微笑地听着。我想，月亮也许正躲在雨的背后，偷听着。

今夜中秋，仍是那雨，仍不见月。所不同的是月光里的小女孩已经长大。望着雨幕，想见明日月亮的清辉披照着我们，我的心里充满无限的感恩和期待。

第二天晚上，我们仍留在桂湖，等十六的月亮上来。雨停了，凉云散了，月亮终于从雨的身后姗姗地走来。广袤的无垠的夜空，挂着一轮皎洁的圆月，洒下一片清辉。今夜的月亮是一年中最美的唯一，今夜的光芒穿过所有的黑暗，使一切心灵有了光明与希望。

一簇桂蕊从树枝上飘落在我的发间，仿佛是月光掉落的花瓣，从头发到衣袖弥漫着一缕缕幽香，抵达心里。便连脚尖的指甲都能感受到它清凉的甜蜜的芬芳。今夜的月亮格外静美而眩目，澄澈的光明使整个桂湖都清清楚楚地照亮起来。这该是月亮最美的时刻吧？

我恍然明白，为什么月亮迟迟才肯登场，原来十五的那场雨是月亮的序幕，十六才是她最美的亮相。人间每一个人都在仰望，仿佛在参与一场天上人间最美的婚礼。望着夜空闪烁的小星星，我忽发奇想，这些美丽的小星星是月亮的伴娘吗？新郎是射日的后羿吗？他一定在银河的那一端迎接自己的新娘，偷吃灵药的嫦娥。

此刻，清凉的月光遍洒在我们的楼栏，如花雨，有一种凉凉柔柔的感觉。晚风吹来，我闻到桂花馥郁的香气，衣袖轻举，顿觉暗香盈怀。月光如花雨，花雨如月光，我沉浸在花雨般的月色里，感动着，喜悦着。终于等来了圆月，终于接受到月光为我恩赐的花雨。我好像看见一个男子牵着我的手，一起缓缓凌过满地桂花走在红毯上，花雨从我们的头上纷纷而下。我好像听见月亮的声音，在为我们祝福。

十五的月亮，十六才见，生命中的爱情也是如此。在应该出现的时候，那个人没有来临，却总会迟迟地来到你的面前。只迟来一步，也许就要错过许多年，甚至一生。也许你就要为此付出很多的痛苦和代价，经过千折百回，风风雨雨，而一切将变得不同。但我深信，要来的，终究会到来。一如月亮，十五不圆，十六也圆。一切都不必失望，一切都有希望。

有些爱情注定是要迟来的，月亮只是暂时躲在雨的背后。

有月亮的海边

那是有海的晚上，一个有月亮的海边。

我喜欢水，是因为对海的爱，那是一种无法诉说难以道清的情结。每次，有朋友谈起海，我总是显得莫名的兴奋。说不出为什么那么喜欢海，也许是海的浩渺，也许是海的遥不可及，也许是海的一望无际的辽远与宽广，也许没有理由没有原因。因为爱海的缘故，我喜欢江流婉转的芳甸，喜欢在水湄的青山，喜欢在小桥流水的人家。凡是有水的地方，我都喜欢。世上的爱情是不是也这样？因为爱，爱及生命，爱及所有的人和事，爱及与之深切关联的世界？

这一刻，明月中天，梦中的海就伸展在我的面前！我不敢置信，这是我日夜思念的海吗？这是我长长等待久久盼望的海吗？浩瀚无垠的大海，迎面吹来的海风，海上点点的渔火，和夜空中的一轮孤月，使我相信在海边，是在海的涯岸！我按捺不住狂喜和激动，在松软的沙滩上兴奋地奔跑。我大声呼唤，伸出双臂让海拥抱我。在大海的面前，在我们爱着的时候，谁都会理解这种纵情和疯狂。

过了一会儿，我又安静下来，静静地看海，努力地记住这个美丽的时刻。明月将清辉洒向静谧的海上，微波粼粼，泛着清凉的光晕，有一种感人心怀的静美和璀璨。只有在海上，明月不需转朱阁，低绮户，而明明地朗照海上的渔舟，和海边无眠的旅人。在我的眼前，海是那么平静如镜，那么温柔多情，没有想象中惊涛拍岸、海风呼啸的壮景。可是，却能真切地感受到风浪的刻刻在顷，感受到海的一种令人心折的气魄和力量。我终于明白，海让我倾慕和感动，就在于海使我体验到溪流湖泊所没有的深沉，在于海的没有遮拦的宽阔和无拘无束，在于海的包容一切蕴藏一切的博大和深远，在于海的不惧一切的无畏和勇毅。我所要追求的，所最爱的，就是大海一样的人生。在这个冬季的南国之夜，我终于找寻到梦中的海，终于来到大海的身旁。人生最大的幸福和快乐，就是拥有了你所追求的最爱。

这时候，一片喧闹声传递过来，朋友们被远处绮丽多变的梦幻喷泉吸引走了。这沙滩上只剩下我和一位爱海的同行，还固执地守着海上的明月和渔火，守着夜色迢遥的海面。

海风轻柔地吹着，海不扬波，只偶尔听见海浪轻拍沙滩的涛声，自平静的水面传来，好像在轻声呼唤我，由远至近，那么熟悉而又那么陌生，仿佛在我的梦中反复听见过。也许就是这样一种呼唤把我带到了海边吧？海涛声中，明月温柔地照我，我的眼里闪着晶莹的泪光，含着爱和感动。

朋友们在远处唤我们离去。我不舍抛下这银色的沙滩，这一肩月色，这茫茫万顷的大海，禁不住频频回首。海于我是那么难分难舍，不知什么时候我再来这样的海边呢？还有一样的沙滩，一样的月光，一样爱海的人吗？

　　在我们此去的沿途，有许多无法预料的美景在等待我们去发现和拥有，而每一次发现和拥有也绝不会相同。所以，在我们已经拥有的时候，一定要珍惜，一定要努力地记住，今夜的月色和海如何感动我们的心。那么，纵然时光不能回复，一切不能回到昨日，而爱却能永恒。

　　因此，我依然相信，在有海的晚上，在有月亮的海边，世上许多人不能拥有的海上清风与明月，我已真正拥有。

月满西楼

那天晚上，住在明月村，但没有月亮。

饮了一点薄酒的我，从歌榭里出来，独自走在小径上，微醺中，我把阑外的灯光看成了月光。

住在如此诗意的环境里，住在李白曾经邀月的地方，繁星可以不要，却不能少了月光和酒。

走在曲廊楼台、庭院花树间，我好像看见明月当空，月满西楼。我开始相信，月下起舞的清影仍在，花间举杯独酌的诗人仍在。

李白在四川江油长大，李白纪念馆便是当地的人为纪念他临水而建的。"明月村"是这馆内供文人雅士下榻的地方。据说，李白纪念馆建在涪水边，是因为李白留在这里的遗迹很多，那么，"明月村"中的楼台花间，会不会是李白曾经把酒邀月的地方呢？

明月与酒伴随着李白一生，李白的诗大多与明月、与酒有关。想到李白，不能不想到月光，想到月光与诗人，月光与酒。佛家说，境由心造。以前总是不解，"境"是客观存在的，怎么可以凭心空造呢？此情此景，我有些参悟，心里有什么，你就会看见什么。我们可以把灯火幻想成明月，把高楼幻想成松林。因此，那阑外的灯光，为什么不可以把它当作诗人"长留一片月，挂在东溪松"呢？

恍惚之间，我好像看见那个大唐的诗人，衣袂飘飘，拎一壶酒，步入花间，一杯一杯复一杯，渐渐有些醉了。于是他宽解博带，离座而起，举杯邀月。一首千古绝唱由此产生，从此被人们反复吟唱了千百年。而当时的诗人却非常孤寂，没有人为他持酒，没有人与他同醉，只有他一个人向月。浪漫的李白没有被现实的孤寂和失意所击倒，他大胆地邀来明月，把明月和他月下的影子，连自己在内，看成三人。月下，他狂歌起吟，一舞清影，那种豪情，那种超越痛苦的旷达，和不为现实所羁的狂放，岂止是一个浪漫的诗人？李白不愧是一个真正的伟男！报国无门，仕途失意，几乎是封建时代众多文人的命运悲剧。李白纵然豪情万丈，也难逃一劫。即使他因一首奉诏而做的新乐章写尽了杨妃的国色天香而深得唐玄宗的赞赏，仍挽不回龙颜一怒。然而，诗人的不凡，就在于深感悲愤难平，内心孤独，却勇敢地走出孤独，冲出孤独，寻找一种乐观而理想的境界。于是，明月便成了李白的寄托，美酒便成了诗人的宣泄，明月与美酒把诗人连在一起。假如没有明月，成就不了李白，仅是一个借酒解愁的醉汉；假如没有美酒，也成就不了李白，何来那份诗中的豪情与浪漫，而仅是一个"对景难排"的哀伤的诗人。

水声訇响，吸引着我走向涪江。真想驾一叶扁舟，顺流而下，驶向茫茫万顷的江面。那里是窦团山下的武都水库，此水挹取涪江，灌溉千里良田，形成天府第二堰。李白当年曾在铁索横飞的窦团山，"出入画屏中"。那时，纵然李白有超人的想象力，喝酒也邀到了天上去，可是，他肯定没有想到，在他少年留下足迹的地方，千百年后，已是江水滔滔，纵横沃野。如果李白还在，此时面对明月下滚滚不尽的江水，他会不会乘月驾舟而去？会不会再一次长醉水中月呢？

夜有些深了，酒意微醒。虽然留恋江边的清景，我还是折向明月村。灯火依旧照着，我却信是月光，照满西楼。

与你踏雪而行

总是喜欢在下雪的日子，踏雪而行。

不愿意守着西窗，在大唐的诗中翻找"窗含西岭千秋雪，门泊东吴万里船"；不愿意学那白发的老翁，戴一顶斗笠，披一件蓑衣，坐在孤船边，钓一江寒雪，钓一世苍凉；也不愿意围炉煮酒，壮谈之间，生怕煮掉一夜风雪，而忘记出门踏雪。

出门踏雪，最好有伴同行。这伴要是情趣相投的佳侣，不一定是恩爱的夫妻，也不一定是缠绵的恋人，有可能是懂你的知己。陪我走在雪中的人，一定是你。只因那年，我们在雪地上留下偕行的脚印，生命的途中，从此同行，从此雪印于心。

遗憾的是，在成都，不冷不暖的天很少下雪，即使遇上大寒，上苍普度众生，分一羹雪，也只是稀稀落落地飘一阵子，转瞬无影无踪，任你骑上快马也无力追上。而当大雪突然从天而降，在房屋上、地上堆起一层积雪，那一种突如其来的惊喜，真会让人慌乱无措，你我又怎么不想去踏雪呢？

这个冬天一直不冷，有点暖冬的迹象。年前连一点雪的影子都找不到，我也不再奢望。没有期待，就不会失望。始料不及，大年初三的春夜，雪飘然而至。开门探望，我竟然不敢相信眼睛所见到的！

你拂了满身雪花站在门口，不容我回过神来，一把拉着我冰凉的小手，把我拽出了门。"走，踏雪去。"你说。

真的下雪了吗？我半信半疑地跟着你跑了出去。夜色中，满天满街飘舞着飞雪，白茫茫好大一片。我开始相信这是真的，真是和你一起走在雪夜。有伴同行，风雪之中，还有什么理由感觉到痛？有伴同行，风雪之后，还有什么理由不相信天长地久？

我们都被感动了。一朵一朵，一片一片，晶莹而洁白的雪，如梨花散落在地，散落在我们的衣肩，"谁将平地万堆雪，剪刻作此连天花？"我捧手齐额，展开的掌心如莲花绽放，接受上苍降临的福祉。

雪越下越大，越下越急，转身之间，覆盖了黑夜中的楼房、高树和街巷，地上堆起一层厚厚的积雪，铺出一个白色的世界。所有白天不愿看见的高楼大厦，所有白天不愿看见的拥塞和尘封的角落，都被夜雪一一覆盖。抬眼望去，这个寂静而莹白的世界，正沐浴着月光，把我们也包围了进去。天地好像回到最初，我爱这永恒的纯净，原始的光芒，人类的爱情应该就是这样的吧？

我呆呆地出神，你忽然抓起一把冰冷的雪团塞进我的脖子，我惊得尖叫，你得意地坏笑。我乘你不防，也从地上抓起一把雪团，朝你张开的笑口掷去，莹白而宁静的夜色里留下我们的笑声。然后，我们互相追逐，在地上玩起雪仗，像两个小孩子。我跑到大雪覆盖的树下，用力摇撼树干，摇得白雪从树枝上纷纷飘落，我的衣肩都是狂乱的雪花，拂了一身还满。你走过来，与我一起摇树，我真想就这样摇呀摇，摇到快乐的童年，摇到无忧的时光。真想就这样摇呀摇，摇到地老天荒，摇到海枯石烂。

雪地上，夜色茫茫，我们忘记了人事的羁绊和负重，忘记了历经的风雨和痛苦，忘记了一切，我们好像疯了。如果回到白天，我们还会有如此放纵和疯狂吗？至少我们会有些顾虑，有些约束。人生的现实中有许多事和愿望是我们无能为力的。但是，我仍然感谢这个迟来的雪夜，让我们重回无拘无束的美好时光，让我们在滚滚红尘中，不曾失去热爱自然的心情。

你与我并肩走在月光下的雪地，我喜欢与你踏雪而行的感觉，喜欢踩着柔柔软软的雪地，慢慢地走进一个玲珑而纯白的世界，把街巷踩成山中的弯弯雪径，把高楼看成万丈雪峰，把街树看成山中挂满冰雪的千树。我们踏雪而歌，踏雪而行。其实，不必真的要到山中踏雪，才有诗意和浪漫，只要我们保有一种美丽的心情，即使身在纷扰的尘寰，也会看到山中的雪景，甚至可以把窗外看成西岭千秋雪，把门前看成东吴万里船，用这样的心情再回过头看身边的人和事，就会产生无限热爱。你会相信这世间一定有永恒的东西，一定有最干净的爱情，也一定有神仙眷侣。一如雪的来临，你不能不相信，心里的风景早已种植在爱里。

回首走过的雪地，留下两行深深的脚印，那是我们经过的痕迹。雪终会消融，但由此滋养着大地，也滋养着我们心中渴望的爱情。一起踏过风雪之后，人生的长路会变得越来越好走。

雪仍在飘落，我们继续踏雪而行。

雨中看荷的女孩

　　如果生命注定了聚散离合，那么，请你一定要告诉我，我该用怎样的心情迎接欢聚过后日夜不断袭来的别离的忧伤？该如何面对生命中一刹那的盛放和转瞬飘零的真呢？

　　当秋风轻轻吹开我的窗帘，在我们刚用满怀的喜悦一起分享秋天的凉意的时候，你又在梧桐细雨中离我远行。而我唯一能够做的，就只能是望着你转身的背影，藏起离情。

　　窗外，桂蕊在雨中有些忧伤地零落，飘来一种极轻又仿佛散着淡淡哀愁的花香。我就坐在细雨绵绵的窗前，望着帘外的烟雨想你，想起夏天的雨荷，想起夏天雨中湖边看荷的心情。

　　那是一个仲夏，我特意选择了飘着细雨的日子去公园看荷。

　　那时候，我很着迷琼瑶的小说，其中有一部小说名叫《穿紫衣的女人》。故事讲述的是一个多情、美丽的女人，她有一个粗暴、凶戾的丈夫。在偶然中，邂逅了一个英俊的作家，两人坠入爱河。但为了不伤害对方的家庭，女人终于决定退出这场没有结果的爱情，冲进茫茫的雨雾中……女人始终穿着紫色的衣服，深深浅浅的紫衣，把她衬托得像一朵雨雾中的紫色的睡莲，忧伤而美丽。这个穿紫衣的幽怨凄楚的女人进入了我的心中，我仿佛就是她。

那一天，我穿着一袭浅紫的衣裙，撑一把紫色的雨伞，在蒙蒙细雨中向公园慢慢走去。细细密密的雨丝在我的伞前织成一张无边无际的网，仿佛也织进了我细密无边的思念，心中有一种疼痛的感觉。但想到很快会看到公园中满满盛开的荷，那种隐隐的疼痛又含着隐隐的兴奋。

走进公园，一眼望见远处湖边碧绿的片片荷叶，虽然不见一朵盛开的荷，但这一刹那间，我情不自禁地含泪微笑。

穿过一片斜打着雨丝的垂柳，我转到湖边。湖上连天碧叶，亭亭华盖。雨丝丝柔柔地飘洒着，满湖的翠色，满湖的烟雨，满眼的迷蒙，我的心飘进了清凉的绿意，不禁想起那句"最是那一低头的温柔，像一朵水莲花不胜凉风的娇羞"。若你在我的面前，必是眼中充满了爱怜和柔情吧？

我原来以为应该会看到满湖盛开的荷，然而，众荷之中竟然不见一朵绽放的莲。只是因为，我来晚一步，在莲已凋落的时候，我才到来。但我并没有放弃希望，我坚持而且相信，会寻找到一朵盛开的莲，一定会有一朵，在众荷纷纷飘零的时候还坚持等待迟来的我，一如我相信在这迟来的世间，既然有迟来的人，就必定有另一个迟来的生命在等候她，也就会有一个人用他后来的岁月无怨无悔地等候我的来临。

在众荷之中，我真的找到那朵迟开的却开得非常美丽的莲。

虽然找得很辛苦，非常不容易，我是把所有的莲叶，连同莲叶下的碧水都仔细看遍才找到的，我是用了一个悠长的下午，但我还是终于找到了。而生命中的爱，有些人用了长长一生的时间，一辈子都没有能够找到。

我是幸运的，我找到了那朵等我很久的莲。

撑着一把紫伞，一个穿紫衣的小女人，静静地伫立在烟雨中，含泪地低头注视众荷之中仅有一朵盛开的莲。

那是一朵开得温温雅雅、娇娇柔柔的雨荷，在雨雾中弥漫着芬芳的香气。绽放的花瓣上带着晶莹的雨珠，仿佛含着幽怨的清泪，如迟暮的美人。她是否如我一样，也这样深信：在这个飘着细雨的夏日，会有人来寻她，看她，会有一个迟来的人需要她，思念她，她一定有这样的坚持和认定，因此才开得这样迟，这样无悔吧？

下雨的时候，来公园看荷的人很少，而像我这样一个特意选择下雨天看荷的女孩，也许就只有我一个吧。

那么，在这夏日细雨中，一个穿着紫衣紫裙的女孩，打着紫色的雨伞，静静地站在雨中的荷前，她不也是那朵迟开的含泪的莲吗？

在海边的你，是否也看见了盛开的莲，是否知道一个女孩在雨中的荷畔想你，等你，盼你归来，而把自己站成了那为你绽放的，一朵莲。

而今天，坐在这细雨秋窗前想你的，依然是那个在夏日的细雨中在湖边看荷的女孩，依然是我，依然是我啊。只是季节和花已经不同，而那朵紫色的雨荷呢？那朵夏日中为你盛开的莲呢？想必已被秋风吹落了吧。我只知道，不管生命的季节如何转换，不管夏日雨中盛开的莲如何凋零，生命中不能更改的是我如荷般清澈、芬芳的爱情。

其实，生命中的离散和凋零，虽然会给我们的心灵时时袭来阵阵痛楚，却给我们一份铭心刻骨的思念。思念是一种甜蜜又忧伤的情绪，一种缱缱绻绻的爱怜与幽情，一种渴切的期盼、恒久的等待与坚持。如果没有这份思念，也许我就会错过一个看荷的雨天，也许会错过一个迟来的生命的盛放，甚至要错过一生中属于我的一次美丽的聚合。

你想要告诉我的，也会是这些吧？

紫色回忆

这是一个飘着细雨的春天午后，薄凉的天气。

我穿着一袭紫衣紫裙，很安闲地在窗前翻着书页。淡紫的窗帘低低垂着，几上摆放着紫色花在我的面前悠悠地开着。花香吸引了我的目光，不由放了书望着那束我喜爱的紫色花微笑起来。窗外，雨丝探进我的屋子，我就这样心情喜悦地沉浸在春雨花香里，沉浸在满屋紫色的回忆中。

喜欢紫色是那年夏至。那是一个蔚蓝的天，很美的夕暮，我们一行在北国的白桦林中漫步。夕阳穿过一片森林斜斜地投射在草地上，我惊喜地发现原来林中开满了紫色花！那是一种淡淡雅雅的紫色花，星星点点布满在深深浅浅的草丛里，开得很雅致，很温柔。我对同行的辰说，紫色的花开在草丛里最美。

辰脸上露出一抹笑意，注视着一袭紫衣的我："你就像紫色花一样淡雅。"

我有些羞涩，笑着跑开了。站在一株白桦树下，金色的阳光洒在树叶上，黄灿灿一片，令我目眩。回头，看见辰向我大步走来，我发现他手里多了一束紫色花。不知道为什么，我忽然有一种预感，一定有些事情要发生了。内心不知是欢喜，还是情怯。

他走到我的面前，微笑着将一捧紫色花送到我的手上。就在接花的一刹那，我感觉他的手如电流通过，一种让我猝不及防的爱情，就在这一瞬间发生了。

多年以后，我仍然会清楚地记得那个情景，在那个斜阳晚风里，北方的白桦林中，在那开满紫色花的草树间，一位富有诗人气质的中年男子，为我采了一大束紫色花。他将花送给我的时候，我看见他的眼里充满爱怜，像要对我说些什么。我将头低低埋进花里，花香充溢了我的眼，我的心底涌起一种幸福感。我了解并且能够体会，他送花给我，是在向我传送一种芬芳而浓郁的爱情，一个大男人对一个小女子的无声告白。

只是，一切来得那样迟，那样晚，在我来临到这个世界时，他已经比我早到许多年。但是，要来的终是来了，不管我想不想，该不该，爱就是这样不讲道理，不顾一切地来了。我不知道，这是不是我等待的爱情？这是不是我的一种幻觉？如果是幻觉，为什么它来得那样迟呢？为什么总要走过许多的路，犯下幼稚的错误和经受许多的痛苦，然后相爱的两个人才能走到一起呢？在我来临到这世间之后，为什么没有人肯告诉我，面前贻我花香的男子已经在这个世上等了许多年？不然，我一定会早早地跑到世上寻他，而不至于相见恨晚。一切无法假设，也许每个人的因缘是上苍的安排，也许爱情就得让我们每个人学会等待。

也许它只是我的幻觉。

紫卉在握，花香满怀。尽管有些迟，我的心里仍然充满感激，毕竟我所期待的爱情，终于在紫色花盛开的季节里绽放于我生命的旅途。而最重要的是，从此我拥有了充满淡淡花香的紫色爱情。

也就是从那时起，我开始喜欢紫色花，无论是紫蓝的勿忘我，紫红的风信子，淡紫的紫云英，只要是紫色的花，我都非常喜爱。因为喜欢紫色花，我着迷似的偏爱有关紫色的一切。比如，喜欢的窗帘是紫色的，喜欢的衣裙是紫色的。虽然我那件淡紫的宽衣、那条淡紫的长裙式样有些过时，但我仍然喜欢穿它们。

记得北国夏天后的另一个夏日，一个烟雨蒙蒙的天气，辰远行去了。我就穿着那件淡紫的衣，一袭淡紫的裙，打着一把紫红的雨伞，一个人去公园看荷，雨丝斜斜地飘在我的脸上，也飘在我湿湿的心上，别后的思念像眼前的雨丝织成细密的网，将我织在了网中，任我挣扎也逃不出网中，而我不再想逃。

可是，我仍然来迟了，湖上的荷早已凋谢。我有些忧伤，为什么我总是来迟一步呢？但是，我固执地相信，我一定会找到一朵盛开的荷，就像我相信他终会出现在我的生命中一样。于是，我用了整个下午在湖边寻荷，而我真的找到了一朵还在盛开的荷。那是一朵带雨的紫荷，好像在那里等我很久了，而且，我肯定这朵紫荷就是为我开的。我有些庆幸，如果我没有来，或者我没有坚持，我一定会错过这朵等我的紫荷。人生的爱情不也是这样吗？晚来一步，迟来一步，并不是很要紧，重要的是你是否愿意寻找，愿意等。

就在看荷的那个雨夜，辰从远地回来，给我带回一朵紫色的花。我好喜欢，小心地把它夹进书页。我要让每一张书页收藏一朵紫色花，一页页都是我们爱情的书签。

　　此时，雨仍在窗外飘着，但我的心情没有那时看荷的忧伤。雨下在我的眼中，带着丝丝喜悦，像我的心情。

　　坐在紫色的屋子，透过低垂的紫幕，仿佛窗外的雨也变成了紫雨，变成了每一丝甜蜜而美丽的紫色回忆。

　　许多年以后，我已很少穿紫衣，那个久远而充满紫色的夏天，留在了记忆里。

我不要哭泣

微寒的春夜，我孤独地走在弥漫着淡淡雾气的成都街头。热泪在我的眼里滚动，却始终没有让它冲出。

在这个春天的夜里，我不要哭泣。

夜色茫茫的天上没有星，也没有月。这都不在乎，我还能够平静地面对。因为我知道，或许明日，或许后日，在我的前方，晚星将现，春月又会遍临我的窗前。我可以肯定，再长再暗的黑夜也将会被白日替代，夜雾也终将慢慢退去。可是，我却无法知道人生的黑夜什么时候才会结束，无法预料多年以后在长夜的我是否孤独依旧。

夹道的树影很暗很幽深，偶尔都市的霓虹从树缝间闪过孤独的繁华，路便在我的脚下忽明忽暗地向前延伸。其实，今夜我完全可以不用独自走在寂寞的春夜，我可以走向灯火辉煌的人群，甚至可以走向另一条有人同行的不再孤独的路。也许我就不会有今夜想要哭泣却不能哭泣的心情，也许所有的痛苦和快乐均已不再，均已不再。

可是，如果我真的走过去，我害怕重新选择一条许多人都走的路，只要我走过去，我害怕那些爱恋，那些充满快乐的日子都不会回来，不会回来。

我如何肯舍弃生命中属于我的阳光和白云，属于我的最亲爱的名字？

那春夜烟雨蒙蒙中含泪的柔情，那彩霞满天江水做证的一生的承诺和相守，那有月亮的海边一起看潮起潮落的感动，那花影朦胧的窗前微醺的酒意诗情，那些曾经走过还将继续珍惜和伴随一生的足迹，我怎么可以从生命中抹去和放弃呢？怎么承担得起伴随而来的一生的遗憾和悔恨？

可是，为什么当夜来临，我一定要守着两千年就已定下的戒律，而不能纵容自己？为什么在这世间我总是冲不出久困的樊笼？为什么我的爱是这样不受约束，不顾一切，却又充满挣扎的痛苦？

仅仅因为我一直想拥有这世界的美丽和丰盈，我就必须付出代价吗？就必须退让、牺牲，必须承受不去伤害别人却伤害自己的痛苦？必须将心灵的挫伤和快乐一同埋葬，还要让自己在受伤后学着不哭泣吗？

或许，我仅仅是一个叛逆的女子，而去挑战世俗？我真的是爱上一个人，还是喜欢离经叛道？

在这春夜的街头，我不停地走，不停地问自己。

难道真有条路我必须独自走下去吗？难道我选择了生命中的阳光和白云，选择了你，就一定要走过孤独的黑夜？那条安排好了的命定的人生我真的别无选择吗？

我真的别无选择。在那个夏天的午后，有阳光，有白云，有你等候的路上，当我向你走来的时候，才发现一切都是命运的安排。曾经交错而过的时空，曾经有过许多幼稚的错误，都只是为了这途中的相遇。从此，在这条有你同行的路上，你牵引着我，带我走进一个从未来过的丰美的世界。那里有轻柔的风，有沿途萋萋的芳草，有窗前温柔如水的月色，还有如诗的细雨，自在的飞花，有转瞬的愁云，以及雨后的阳光和白云。有我生命中无法舍弃也无法替代的一切！我没有别的选择，一点选择也没有。

生命原是这样的甜美而忧伤，精彩而又无奈。看似不完美却又真正丰盈就是这充满矛盾和诱惑的人生，就是这大悲大痛的爱情吧。

夜色逐渐深了，天上依然没有灿烂的星，温柔的月，只有地上灯火依然闪烁，我加快脚步向前走去。

今夜投身在寂寞都市中的年轻女子，也许是我，也许不是；也许是你，也许不是。

但是，我想对自己说，也对你说：我不要哭泣。

不知道，许多年以后，我还会哭泣吗？

一路上有你

是云淡风轻的秋天，在有阳光穿过林中的九龙沟，因为我的来迟，你没有等着我，便和几位朋友上山去了。

后来，当我出来追寻你时，你已随众走了很远。青青的山林挡住了我，我看不见你。

我穿着那件平日喜欢穿的宽袖紫衣，那条长长的系着飘带的紫裙，披着一肩我喜欢的随风飘动的长发。就这样一个人走在有风吹送的山中，寻找着你。

一条长长的涧水从六顶山上软软而下，水边茂密的树枝低低拂过清纯的水流，好像你宽大的手轻抚我软软的长发。我忽然想起"秋水伊人"的句子，千百年前，会不会有位女子在这山中含泪望穿了秋水？千百年后，我寻你前来，会不会也是那含泪的女子呢？

可是，千百年前，千百年后，不该再重复一样的忧伤吧？不该再有一个女子含泪风中吧？

而此时此刻踏山前来的我，是怎样一个充满爱情充满快乐的女子。我的眼里已无清泪，已无细雨，是一地阳光，一山花香。

只因为你在山中，只因为生命的沿途有你。

自从那年，也是和眼前一样的阳光，一样淡淡的白云，一样好风轻起的日子，在你早已等候的落英缤纷的路上，当迟来的我与你惊喜初遇，从此，在这条我一直盼望的充满阳光和落英的路上，与你同行。

从那年开始，我终于知道，你是我生命的途中等候我的那个人。

因此，虽然眼前的青山遮住了我的视线，我看不见你挺拔的身影，可我相信，你会等我，你会出现，你会在远远的山道上迎接我。

密密的树林和高高的青山永不能把你藏起，使我看不见你，一如山涧的流水无法也不能阻挡。

因为你在山中，因为一路上有你，我的心里没有惧怕和忧伤，可以安安闲闲、自在地走在无人的山路上，享受一个人拥有的这份奢侈的闲情。

淡淡的云，苍郁的山林，和一路奔泻而下伴我而行的秋水，还有空气中弥漫着花草的清香，令我充满了狂喜的感觉。

山中的风涨满了我的长袖，心情像风一样自由。我不禁挥袖轻舞，如水中映照的一舞惊鸿。我自歌自笑，蓬头乱发地跳跃着，去攀摘山岩上械树的红叶，又将一片一片红叶放入水中任它飘，想做一回千年前那位题诗的唐朝宫女，希望有人拾到我的红叶；我走过山涧潺潺流过的木桥，爬上长满灌木的山坡，披开丛生的棘刺，采下一大束金黄的野菊，悠悠地走下山坡，感觉"采菊东篱下"的飘逸和悠然。

幽幽的山林透出一种深深的寂。我铺开长裙，安静地坐在龙女浣纱池边，听风怎样在林中唱出婉转的秋歌，看淡淡的白云怎样在对面像龙头的青山上忽隐忽现，思量一条条瀑布又是怎样从"龙"的口里飞出来。想起这里关于龙的美丽传说，如果亿万年前这里曾经是龙的世界，那么，亿万年后我坐在这里，是不是那水边的小龙女呢？细碎的阳光穿过密林温柔地覆盖着我，只我一个人，感受着这份造物的神秘和心灵的快乐无忧。

坐久了，衣裙沾着湿润的凉意，起身向山上走去。

树上的叶轻轻飘落在我的身上，又轻轻飘落在此去的沿途。走在这样一个充满秋风的山中，走在这样一个有阳光、有流水、有你同行的山中，真想一直走下去，如果我一直走下去永远也无法走尽多好。

如果生命的沿途也一直是这样该有多好。

不知走了多远，也不知走了多久。走进静寂的大峡谷，我仿佛听见你的呼唤，寻找着你的声音走去，发现你急得满头大汗四处张望，你以为我迷了路。看到你紧张的样子，我感到不安了。

可是，我很想告诉你，很想你能够知道。

只因你在山中，我才这样从容，这样地保有一份美丽的心情。

只因生命的沿途有你，这世界因此阳光灿烂，好风如歌。

一路上有你，我的眼里没有畏惧和悲伤，再长再远的路，我都愿意走下去。

一路上有你，即使棘刺丛生，也愿意和你一起穿越横挡在面前的棘刺；即使生命中会有深重的寂寞，当泪流的时候，我心依旧。

只因有你，只因有眼前的高山流水，使我始终不变地热爱着与你共有的万丈红尘，热爱着生命中的每一个沿途。

在生命的途中，每一段路，都会有人陪着你。我无法预料未来的路会不会有你，但我相信，在我此去的路上有你。

一剪花香

　　每隔三五天，我总要到花市买些花回家。也许女人天生爱花，花与女人有一种无法诠释的神秘连接。

　　仍是一个春天的黄昏，有风穿过花街，散发着淡淡的花香。一个人心情很好地来回看花，真想把花香打包回家。

　　几天没有关心花事，发现原来主宰初春的蜡梅、红梅已然退场，登台亮相的是那些艳丽而缤纷的百花。几乎一夜之间，忽然开出这么多的鲜花，让人无法置信。站在花前，我有些目眩，芳心大乱，竟不知该选哪束为好，是紫色的三色堇呢，还是金色的郁金香？就在我拿不定主意时，瞥见远处一个花架上插着一剪盛开的红梅。这个时节还有红梅？我被吸引过去。

　　日落黄昏，暮色朦胧。这一剪梅像穿旗袍的红衣女子，孑然一身，孤单地伫立着。似乎因为花期已到尽头，没有人要她，显得有些寂寞，有些幽怨。这无人过问的梅花，何以承受如此零落的凄凉？我动了心，实在不忍她无主地开着。或许她站在这里，就是为我而来？

　　花农看出我买定的心思，竟要价很高。我没有和他讨价，付了钱，抱花而去。

回家的路上，碰到女友。她大惊小呼地为我不值："你疯了？梅花都过季了，还买这开不了两天的梅花。不值啊！"

我笑笑，摇摇头。她不会明白，有些东西你不去珍惜它，拥有它，哪怕很短暂，你就会从此与它错过。如果我没有抱走这一剪梅，也许在我转身之后，会被别人拿走，甚至再也没有人要它，被丢在风中。而我这一个季节就再也寻不到梅的踪迹了。最重要的是，我所感受到的，不是失去一剪梅、千瓣花，而是错过一场美丽的相遇。

回到家，我把花插在几上。淡紫的窗帘低垂着，衬着一剪红梅，如一帘幽梦。我就这样坐在窗前的椅上，欣赏这个春天最后的一剪梅。虽然花香不及蜡梅馥郁，我倒喜欢这种淡淡的香气，若有若无，让人回味悠长。

记得前年的春天，也是有阳光的日子，风温柔地吹着。辰敲开我的门，捧着一束梅站在我眼前，微笑着。我惊喜地接过他送给我的花，顿觉温馨满怀。

我知道他岂仅是送我花香，他是把爱连同花香一起送给了我。可是，我真的能够拥有这一剪梅吗？真的能够拥有他给我的爱情吗？觉得自己无力承受。想起陆游《咏梅》词里的句子："驿外断桥边，寂寞开无主。"眼前的梅好像我自己，花香带给我淡淡的喜悦，又带给我淡淡的哀愁。

我知道，花终会谢。当我的窗前已不见梅影，但我仍然会想起这束梅花，想起淡淡的暗香。因为在花香之外，有一段美丽而痛苦的追忆，一段不惧一切的纯真。花香之外，还有我们携手走过的充满风雨也充满芬芳的时光。

其实，女人爱花，并不仅仅因为花的美丽，花的芬芳，而是花香之外所传递的心情，和那些充溢花香的时光。

贻我红叶

那天，在我们走进满山红叶的九寨沟，与辰一起走在红枫飘落的山路，我就开始满怀期待，想有人摘一片红叶给我。

可是，辰和我说着、笑着，却始终没有伸手摘一片叶子。是你粗心地不知道我想要什么，还是故意在逗我？

云雾无法遮掩满山满树金黄的叶、霜染的红，遮掩不住我眼里明明的惊喜和期待。

我为眼前一株枫叶的颜色惊呆了。我无法说出那种颜色，那种用绝美的画笔和空灵的文字都无法渲染的颜色。细密的叶仿佛被海子的水浸润过，红得那样纯净，那样疯狂而又成熟。好像黄昏的霞色，有一种日暮的惊艳，一种令人眩晕的亮丽。而薄雾中山林的秋色因为这恣意纵情的红叶更深更浓了。

好爱枫叶的红，是因为爱上秋天。在四季轮回中，秋天最辉煌最成熟。人生的季节不也是这样吗？花季固然美丽，但我更向往人生的秋季，向往那份辉煌和成熟。因此，走在花季的我，很想也是一片红叶，和秋天一起成熟，一起辉煌，甚至一起飘落。

几片红叶静静地躺在海子上，有种飘落的静美。我的心中起了深深的感动。不问飘落，不问寂寞，即使叶落之后，生命只有一季辉煌，也要成为秋天最美的，一片叶子。

在叶落之后，在你生命的秋季，我会不会是你最美的叶子呢？

山风带起我红红的披风，我傍立那株红枫下，树后是一色深蓝的海子，远岸是灌木丛生红黄相间的高高山林，缭绕着淡淡的轻云薄雾。我为置身这片浓浓的秋色中而惊喜，想把自己也站成了那株美丽的红枫，那一红。

回头看辰，他微笑地站在我身旁。高而魁伟的身躯透出深沉和成熟，我忽然想告诉他，我愿意是一片最美的叶子。

但我没有说出来，依然怀着期待，想他亲手贻我红叶，而他始终不肯给我，我的心中不免有些失落。

为什么你不肯为我摘一片红叶呢？你就不能有点情调吗？我心里暗想。

后来，在我们前去的山路上，我终于忍不住求他："你给我摘片红叶嘛。"

辰回头看着我，大笑。我不知所措，最后也和他笑在一起。笑完以后，辰把手中不知什么时候摘的红叶给我。我不由一阵惊喜，眼前一亮，那是一片薄薄如绢的红叶，像被海子浸润过，清澈、明净，红得好美。我像个孩子般开心地笑了。

忽然明白，我依然是我，依然是走在花季的那个女孩，我不能是一株红枫、一片红叶，随意地提前长在秋季。但是，我拥有了他送给我的红叶，整个秋天。

我从来舍不得摘一花一草，但在我的书桌玻板下却压着许多花草标本，都是辰在他乡水湄、花间为我采撷的。每当辰远行的时候，我便想他忽然出现在我的面前，想他会采来一朵小花贻我。可是，他总是忙得忘了。

辰，我想告诉你，不是因为浪漫，实在喜欢你贻我美惠，我将它捧在手中的感觉。那种感觉是拥满心怀的快乐和幸福，是超乎俗欲之上，来自心灵的慰藉和感动。你送我的红叶，使我想起两千多年前《诗经》里的静女"贻我彤管"的美丽心情，好像和此刻手里握住的那片你贻我的红叶，传送的是一样散着淡淡清香的久远爱情。

从此，在我人生的花季里，多了一片秋天的红叶，我把它郑重地放在了心版上。我会含笑地想起，想起你贻我的那一片，红红的叶子。

一片叶子的灿烂

初冬，有阳光的午后，去锦绣巷看银杏。

这是位于市区跳伞塔附近并不惹眼的一条巷子，幽而偏僻。如果不是因为那里遍满的银杏树，我竟不知道成都有一个锦绣巷。

只是因为银杏，我与它相遇。

只是因为银杏，我邂逅了一条寻常巷陌不寻常的美。

下车来，刚步行到巷口，一棵高而茂密的银杏树，以耀眼的金黄冲击到我的眼前，像从天边撕下来的云锦，却没有收势，两旁密密的银杏树一直延伸而去，枝叶交错，以一种优雅的姿势，铺天盖地压了下来，整个巷子一片灿黄，我被眼前的美震住。

几乎看不到天空，太阳的光屑从枝丫间细细地筛了下来，堆满黄叶的地上，斑驳的光晕，像金线编织的锦绣，落了一地。我慢慢地朝巷子深处走去，仿佛穿行在洪荒年代的金色纪。

银杏是第四纪冰川运动幸存下来的物种奇迹，我国植物界的"活化石"。在亿载之前的洪荒，它就存在着。我想象那场天崩地裂之后，许多和恐龙同时代的生灵和树种都灭绝了，它何以在中国的大地上顽强地生存下来？

历经亿万年漫长的旅程，从枯萎、重生、灿烂，然后到轮回。当银杏与人类相遇的刹那，或许是为了提醒我们，生命存在的本质与永恒。

从我站的巷子尽头望出去，是一条较为宽阔的锦绣街，两旁是同样的银杏树，很浓很湛然的格调，像阳光的颜色。

在我们的印象中，冬天是萧索的，像冷色的白。但因为一片叶子，冬季不可描摹地灿烂着、写意着。在很冷很冷的凋落中，也可以钦仰生命的诗意与美丽。

银杏又是世界上最浪漫的树。因为它雌雄异体，中国古代文人把并生的银杏称为"夫妻树"。仿佛是为爱而生，它因此步入唐宋诗词的殿堂，走进有情的心灵。"谁叫并蒂连理摘，醉后明皇倚太真。"想见宋朝的阳光是否也像这一个午后？女词人李清照站在树下，吟哦着她和丈夫像眼前并蒂银杏一样的至深爱情。

千百年前，千百年后，其实我们的爱没有什么不同，也没有改变，一如这坚贞的树木亘古永久。

风起，一片片银杏突然飘落到我的面前，恍若阳光的碎金屑从树上纷纷掉下来，铺满地。我站在树下，阳光照着，整个人笼罩在金色的光芒里，我忽然分不清是银杏还是阳光。难道，银杏是阳光的幻影，阳光是银杏的前身吗？在每个秋冬，它可以美得冠绝一切树木，即便坠落也那么灿烂，也可以美得如此安静而优雅。

因为银杏，喧嚣的都市里也有一种宁静之美。因为银杏，这诗意而明朗的金色季，让我深深爱上了这座城市的表达。

此刻的我，仿佛是，树上刚刚落下来的，一片叶子，想把自己的灿烂，绚丽整个世界。

花下心事

　　一直不明白，那样一种恣意开放的浓艳的花，那样一种悄然散着淡淡香气，开遍南国深圳繁华街头的花树，竟没有人说得出它的名字。

　　始终想不通，怎么可以没有人知道它的名字？怎么可以没有人关心它的盛放和零落？怎么可以呢？

　　忘不了那个冬日的午后，我走在高楼林立的深圳街头，虽然时令已是初冬，可是这座南国海滨城市，夏天似乎对它百般宠爱。一路走去，阳光热情地照着，海风轻柔地吹着，拂过我微热的面颊，满眼的明亮和清新。转过一个弯口，我不由得一声惊呼。街旁绿茸茸的草坪前，一树树喧闹着的火红的花铺天盖地地迎面而来。很早就听说南国多花，行前便有看花的心思，按道理看见这些花不应太感意外，可那是一种纵情而任性的花树，几乎每片绿叶就有一朵花。细密的枝丫因着开满繁花，被压得倾斜下来，低低覆盖人头。那些花仿佛毫不在意，在阳光下疯狂地盛开，沿街红艳了一路。

　　走在花下，一股淡淡的花香袭来，感觉温馨满怀，我不由得惊喜。在初冬的内地，除了可见几瓣将谢未落的瘦菊，几树欲放还藏的寒梅，决然看不到这样一大片令人怜爱的红艳。固然它们没有菊的那种遗世独立的脱俗，也没有梅的那种冰清玉洁的高贵，可是，它们却有着梅菊不及的无拘无束。不需要娇弱地斜倚东篱，也不需要束缚虬枝顾影自怜。它们长在街边路旁，与城市相亲，与海风相戏，开得自由自在，热烈而多情。望着满树的繁花，我不禁想，在生命途中，我们心底的爱，也能像这样的花勇敢绽放吗？

这样一种美丽的花，应该有个美丽的名字吧？

于是，我问一个深圳朋友，这是什么花。他抱歉地笑笑说不清楚。我问另一位住深圳已几年的朋友，原以为他会不假思索地告诉我，不料他也感到抱歉。也许深圳快节奏的生活，使他们忙碌得无暇关心花事。我又去问过路的阿婆，从她饱经海风的慈爱的脸上，猜她应该会知道，谁知她也是一脸歉意。我感到惊讶和疑惑，这么艳丽而普遍的花，竟会无人知晓？

我看见一位南方模样的女孩正站在花下，仿佛在等待心爱的人，眼里流露出隐隐的喜悦和期待。想她和我一样的年龄，正是充满诗意的季节，她一定会知道的。

我走过去，满怀希望地问她："你知道这花叫什么名字吗？"

问她的时候，我的心有些紧张，因为我把全部希望寄托给这位花下的女孩，期待能从她的口里知道花的名字。

然而，她摇着头，好歉意地笑着。在这一刹那间，我有种备受打击的失落，可是仍然不甘心。忍不住又问了好几位路过花下的行人，然而，匆匆的步履和不解的眼光，又使我失望……同行的朋友开始催我，我不便太久停留，不然，我会在这个温馨的午后，问遍所有路过的人，直到我知道它的名字。

我下榻的酒店正好离这些花树不远，晚上我和一位朋友出来散步，走在松软的草坪上，在一株花树下的长椅上坐了下来。

又是一个有月亮的晚上，月色朦胧。远处高楼霓虹闪烁，浓浓的花影在黑夜中仿佛锁着深愁。我忽然觉得白日里热闹的花树，竟然有着这么深重的寂寞。想寂寞开无主的，又岂止"驿外断桥边"的一剪寒梅？这样美丽芬芳的花树，却没有人知道它。难道生活在快节奏的现代化城市中的深圳人，没有时间去关心花事吗？没有看花的心情吗？而我如此不惜时间去探问花的名字，是不是一件很幼稚的事？此刻，明月从云层中出现，像一位"半羞还半喜，欲去又依依"的多情美人。在明月的清辉下，暗影里的花树和散着清香的草坪，笼罩着清凉的暗绿的光晕，我被眼前的情景所触动，体会着花前月下的诗意和浪漫，感觉云破月来花弄影的意境。我真想感谢这浓浓的花树，给了我一份美丽的心情。我渐渐相信，探寻花事不是一种过错，不是一种对时光的虚掷。而正是要记住那些清丽的时光，在快节奏的生活中所给予我们的一份值得珍惜的心情。

明月不知什么时候悄悄隐去。风起了，吹乱了我的头发，寒意阵阵袭来。我预感今夜有雨，隐隐不安，担心明日花落。

果然，第二天清晨，我的担心变成了事实。只见雨后湿湿的草坪和沿街，满地落红，树上的花朵一瓣一瓣地飘落，整个城市尽是残红。曾经读"夜来风雨声，花落知多少"诗句的时候，觉得很美。此刻，在落花满地的树下忆起那首诗，却使我感到疼惜。我还不知道它的名字的时候，它便在夜来风雨声中，被一大片一大片摧残掉了。

在这海风吹拂的清晨，在经雨后的草坪上，我傍立一树花下，低头看着满地的落红，感到一种无能为力。我难以忘怀第一眼看见那种花树的惊喜，更无力挽留它短暂的绽放所带来的心灵的挫伤。

低头看着一地落红，心里不禁有些遗憾。在每个深圳的晨昏，花开花落，竟然有很多人不知道它的名字，而我在将离去的时候，也依然不知道它的名字。

可是，我依然坚持，它一定有个很美的名字，只是无人知晓。我依然相信，当我再来深圳的时候，走在这样的花下，一定有很多人知道它的名字。

我知道，花的名字就像人的名字一样，只是一个符号。我固执地探究它，只是想让我们浮躁的心灵仍有一片花树，可以记住它。

红尘依然可爱

一定有些爱要在多年以后才能够懂。

曾经总是百般不解，为什么会有那些年轻的女子看破红尘，在山水的岁月老去红颜？为什么便是那在滚滚红尘中笑过哭过爱着撒哈拉沙漠的三毛，也最终，最终绝红尘而去？

后来渐渐地有些了解，在生命飞扬的红尘之中，不仅仅充满盛放的玫瑰和欢笑，还有许许多多丛生在我们面前的棘刺和那些悲伤的哭泣，还有多少人世间反复重演的悲欢离合、生离死别的凄艳故事，还有多少压在心上的重负和欲爱不能的痛苦心事。

也许，她们只是想解脱内心的悲苦，而逃避红尘？

其实，在每一个人的心里，无论我们够坚强、够乐观，难道真的没有想过吗？哪怕是一闪之念，如风吹过？投身人海茫茫的红尘中的我们，有时候也会觉得累，感到迷茫和虚空。偶尔也想"逃避"一次红尘，和一位可以同游的朋友在无人的林中散步，或一起走向开满繁花的山冈，让静静的月光抚慰不胜重负的心，重新回到原来单纯的自己，回到属于我们的自由的天空。

于是，帘卷西风的时候，我背起旅行包，"逃离都市"，和一位朋友相约在山城的枇杷山上，我们做了"红尘外"两个最幸福的人。

那是一个落木萧萧的夕暮，我们走在曲折回旋的枇杷山上。依然是秋风清冷的天气，依然是斜阳草树的山坡，和蒹葭苍苍的长江之滨，依然是，依然是这曲折幽径上相携漫游的我们。那座我们曾经在月色里坐过很久的凉亭依旧还在，那条千转百回的山路曾经留下的我们深深的爱恋依然还在。一切都那么熟悉，一切都和两年前来过的情景那么相似和真实，真实得令我不敢相信，恍若梦中。原来一切都没有改变。不变的不只是江水月色，和不老的青山吧？红尘中一样有不变的情怀，永恒的爱。

山风很大，吹乱了我一肩飘飞的长发。我们就坐在面对长江的山坡看风中摇摆的树。那些树好像疯了，随着蓬蓬吹来的山风一直不停地摇，一直摇弯了腰，摇落了树上的黄叶。它们像在舞蹈，又像在甩着长发，很奔放。我从来没有看见过这样疯狂，这样自由舒展的树，常常看见的却是都市中的树，它们被林立的高楼遮挡，秋风掠过已显得娇弱无力，因而它们只能在风里拘束地摇曳着。我喜欢山上的树，那一种无遮无拦无拘无束，那一份自由和潇洒令我好生羡慕。也许人的天性便向往自由，不然，我们怎会作别热闹的红尘，不顾旅途的劳顿，要"躲"到这清静的山中来？

我们静静地坐着，从夕阳落山时坐到月亮升起，才起身向红星亭走去。在红星亭可以观看山城万家灯火的夜景，因此夜晚来这里的人便多了起来。

这时候，夜幕还未低垂，晚霞还在天际留恋不去。我们仰望着天上的残月，俯视被晚霞映红的茫茫大江，谈着关于月亮和太阳、白昼和黑夜的话题，沉醉着。渐渐夜色朦胧，山树朦胧，人亦朦胧，我把目光投向山下的灯火。一盏、两盏、三盏……所有的灯盏在夜色无边的山城点亮了。高楼在黑夜里隐去，白日喧嚣的山城徐徐退去，而天上那一弯亮亮的月牙也仿佛暗淡无光，眼下那一条古老悠长曾淘尽千古风流的大江也被夜色淹没，四周曾经如何张狂的树木此刻已安静地笼罩在夜色中，只有山下茫茫黑夜里无数盏闪亮的灯明明照耀着这世界，还在向山上的我们昭示着人间的烟火。

我的眼前被照亮起来，眼里有一份明亮和喜悦。常居都市之中，常常忽略街市的灯光，总嫌它太挤太耀眼。如今站在树木森森的幽寂的山上，看山下万家灯火，忽然觉得那个我们曾经想要躲避的红尘也竟然那么繁华，那么辉煌和可爱。此情此景，所有红尘中的恩怨得失，痛苦羁绊都已消失在夜色灯火中，心中升起一种温暖，一种亲近，一种对红尘的深切依恋和回归。

山风冷冷地吹来，我紧了紧衣裙，高处不胜寒。我们的周围已站了许多人，他们也正俯视着山下如繁星的灯火。和所有的人一样，我们从拥挤的红尘中来到这清静的山上，只想休息一下疲惫的心，解脱人事的牵挂羁绊。可是，我们最终回首和热爱的，依然是我们久住的红尘！虽然人生会有阴晴圆缺、悲欢离合，可是，滚滚红尘中仍然有我们放不下的爱，舍不得的情。如果我们从红尘中来又回到红尘中去，是上苍的安排；如果我们在红尘中经历的痛苦和奋斗的艰辛，最后换得的是对红尘的爱和肯定，那么，我们的来回该是值得的，我愿意接受上天的安排并心怀感恩。

想那《红楼梦》中清高脱俗的妙玉也曾动了思凡的春心。那么，那些山寺中年轻的女子真的不留恋红尘？如果三毛知道红尘还有可爱之处，她还会不会回来？

她会不会回来呢？她的爱还来得及吗？

紫薇花开了

你知道我爱花。

知道我会为芳草丛中迎风摇曳的点点野花而惊喜万分，知道我会为每一株花树，甚至窗前的一朵玫瑰而芳心大乱；你还知道我会在落花的时候像林黛玉一样多愁善感。你懂得我爱花的心情。

那天，一个夏日的午后，你从 A 城回来，顾不得放下旅行包，一头汗水、一脸风尘就急着访我。看见望着窗外的柔柯出神的我，你第一句话就说："A 城的紫薇花开遍了！"

真的吗？我的内心止不住一阵惊喜，仿佛看见一树树紫薇盛开在 A 城的六月，在长长的水湄，青青的山坡，在街头巷尾，路旁桥边；仿佛看见你悠闲地漫步在紫薇花下，摘取花枝细看，探究它是不是天上的紫微星坠落在人间？

我心生羡慕，蓉城的紫薇花还没有开，而你已看遍了！如果那时我在 A 城，一定也和你一样看遍了开花的紫薇。为什么我没有能够遇上呢？为什么我没能够和你一起走在早开的紫薇树下呢？也许有的花只等候一些人，只为一些人盛开，看花也讲有缘

239

无缘吧。人生的命运不也如此？有的人先来一步，有的人后来一步，命运总是在先后之间便千般不同。于是，就有了错过的遗憾，有了灯火阑珊处蓦然回首的惊喜，有了种种千折百回的悲欢离合，而人生因此有了深刻的丰富。

你还没有来得及等到蓉城的紫薇花开，又背上行囊，匆匆踏上旅程。我不想远行，我要守候在这里，等待紫薇花开。我已错过一次早开的花季，又怎能再一次错过呢？有些花固然可遇不可求，但只要等待和坚持，相信会有千朵万朵在你的生命中盛开。

终于那么一天，在蓉城绿荫夹道的大街上，我匆匆而过的时候，忽然眼里飞入一两点紫红，我忙回头一看，原来紫薇花开了！一种惊异和欢愉在我的心中激荡，眼里盛满了无法说出的喜悦。我想告诉天上的云雀，想告诉路旁的高树，想告诉城市里所有的人：紫薇花开了。

可是，我最想告诉的人，是你。我远行的朋友，你知道吗？这里的紫薇花开了。

那是一簇簇、一束束紫红的花，像女人笑意微漾的嘴角绽开的红唇。紫薇俗名搔痒树。小时候住在成都的一条小街，听大人讲，只要用手指轻轻搔它的树身，它就会轻轻摇动，像在笑。每次紫薇花盛开的时候，我总要调皮地搔它的痒，它就会笑得花枝乱颤，仿佛率性的少女，想笑就笑，不矫情，不掩饰；而它娴静时，花枝微微低垂倾斜，宛如娇花照水的静女。活泼中含着宁静，热烈中带着温柔，是一种撩人情思令人含笑的花。这种会笑的花一直伴随我长大，我一直忘怀不了。

生活中的我，也常常爱笑。有时候，走在街上，发现天空如此蔚蓝，绿荫如此清凉，鲜花如此美丽。我都会投以微笑。当你的心里有蓝蓝的白云天，青青的芳草地，有花，有诗和远方，就有心灵的舒展，就有情感的悸动。

我的朋友，当你在 A 城看见盛开的紫薇花时，你必是拈花一笑。我真的希望在你的途中，在你长长的岁月里，即使在风雨多变的人生，永远保持你的笑，一如盛夏里微笑的紫薇。

我慢慢地走在街头，欣赏着沿途红艳的紫薇，像红云万朵，又似芳心千重。我发现，有的花树已盛开了，有点花树依然还是花蕾。我真想看见一大片一大片红红的紫薇，可是，假若一齐盛放，必然一齐零落；假如秋天的菊花、冬天的蜡梅、夏天的紫薇都在春天一齐开放，那么，秋天里你还能有采菊东篱下的那份悠然吗？在冬天你还能闻到疏影横斜浮动的暗香吗？在这个夏天你还能看见千朵万朵的紫薇吗？也许花的先开与后开，便是不断地给你惊喜，让你永远有希望，永远不失望。

每一种花开与迟开，都有它的意义，一如我们的人生。

我的爱像柳杉

在生命里，有些爱是我们必须割舍和放弃的，有些爱是值得我们用一生去追求和付出的。可是，当我们明白的时候，却发现暮色来临，飞鸟归巢。苍白的月光照着逐渐老去的山林，栀子花开始无声地飘零。

你说，有些爱会不会太迟呢？

这是一个多雨的夏季。窗外，细雨绵绵，你已在另一座遥远的城市。我想起也是在这个夏季，也是飘着绵绵细雨的时候，我和你一起走进遍植柳杉的洪雅林场。抬头仰望那一大片高而直的柳杉，以一种固执的姿势，向着蓝天而长。我忽然明白，只要爱里有一份执着，一切都不会迟，一切都会来得及拥有。

你记得吗？当那片柳杉最初出现在我们面前的时候，我曾不经意地走过。只记得林中的山坡上开满了一朵一朵的栀子花，湿润的空气里飘散着好闻的花香。而在两年后的这个夏天的薄雾，我和你在蒙蒙的细雨中再次走进森林。白色的栀子花已被雨打风吹去，而我却开始注意到雨中的柳杉。

柳杉长得很高，比北国的松树还要高，笔直地伸向烟雨蒙蒙的天空，仿佛在盼望和等待什么。树身没有一点弯曲和倾斜，也没有攀附的藤蔓，执拗地伸向天空。细雨飘飘洒洒，浸润了杉树，加深了杉叶的颜色，有一份深深沉沉的苍郁和幽幽的寂。我站在一棵高大的柳杉下，雨丝穿过杉树细密的针叶飘洒下来，湿润了我的双眸，眼前一片蒙蒙的水气。

我感动地想，要经过多少年的时光才能长成这一片茂密的森林？要经受多少风雨的侵袭和考验，才能长成这样高而直的杉树？要多少多少的忍耐和坚持，才能在这样一个夏天的薄暮，在这样一个细雨绵绵的日子与有缘的人相遇？

我爱的不就是这样一种树？这样一种像柳杉一样执着的爱情？不就是我用青春的岁月等待的你吗？

我还记得，在云南有许多长得很粗壮很高大的榕树。巨大的树身垂下数不清的气根，这些气根扎入地下而连接成林。我和几位朋友站在一棵好大的榕树下举臂欢呼，然后，当我把手臂放下的时候，回首那棵千结百缠的树，见它苍绿的密叶，纵横交错的枝柯，心情不禁黯然。它给我一种纠缠不清的感觉，仿佛有着多少深深的无奈和忧郁，多少排遣不去的牵挂！是什么使它有太多的纠缠？

它使我想到，在我们的爱里，也曾有过千结百缠的往事，缠绕在生命的过程中，使我们的心灵陷于"剪不断，理还乱"的迷茫和痛苦，而不知如何面对选择，如何解脱心中的羁绊和纠结。

可是啊，我不要做那种树，我所寻求和依附的绝不是那样一种千结百缠的树。如果在我的生命中曾有榕树一样纠结的心事，那么我愿意成为长在你身旁的一棵小小的柳杉。生命中必须有割舍和放弃，必须要做出一项抉择，才能执着地追求属于自己的天空。执着是一种美丽，是感情的一种认定。因为执着，我们的心才会变得简单，变得轻松和快乐；因为执着，即使人间会有多少风雨和黑暗，我们的心中依然有爱和期待。也许那高高的柳杉凭着顽强和执着的生命，才能够在幽寂的森林中等候许多年吧！

你的出现，是不是等候我的来临呢？

坐在雨窗前，我想要告诉你，你是一棵高而直的柳杉，长在我心里永远不会移植的芳地。只要能在苍翠的山林中与你相遇，即使暮色苍茫，即使栀子花在雨中飘落，我的爱仍像柳杉一样执着。

我相信，当月光照进山林的时候，栀子花还会再开。有些爱永远都不会迟。你说是不是？

温柔的锦江

　　这是怎样的一种心情，一种感觉？在这秋天的夕暮，当我情怯地走近锦江，当这条河流以一种极美的姿势，温柔地出现在我的眼前的刹那，心中起了深深的感动。

　　半年以前我就知道，锦江的水已经清澈起来，河畔的芳草也已绿了很远。朋友几番邀我到那里看一看，我始终没有去。不是不想看，不是不喜欢，也许是因为对这条河流有太深的感情，而不敢看。因为我不知道，当这条已经改变的河流出现在我的面前时，是不是像我期待的那样美好？是不是仍然像往事一样温柔地流进我的心底？

　　这个散着淡淡余晖的秋日，因为应邀参加一个笔会，终于，我走近了这条美丽的锦江。

　　当我真正面对它时，当连天的芳草出现在我的面前时，当碧绿的河水温温软软在我眼前流淌时，我还是掩饰不住心底的狂喜。我真的没有想到，许多年后，锦江河畔会滋长出一片片的萋萋芳草，清澈的河流婉转地绕过双岸。在这温柔的水湄，往事也温柔地浮现在我的眼前。

许多年前，一个小女孩住在离这河边不远的地方。小小的她常被两个姐姐带到这里玩。有一天，姐姐见她在河边入迷地种着几株青草，不肯回家，故意吓她，把她丢在河边便跑了。后来姐姐害怕了，又返回来找她。见她还在河边种草，像什么也不知道一样，头发上粘着几根乱草。她抬起一张扑着尘土的小脸，笑嘻嘻对姐姐说："我要让岸上的小草长好多好多，一大片呢。"

　　我并不记得这件事，是后来两个姐姐告诉我的。每次提起，我总是急切地追问她们，可是后来的情节她们也不记得了。而每次我想起这件往事，总是温柔地微笑起来。

　　也许就是从那个时候开始，我一直喜欢芳草。喜欢走在外婆家的乡间小路，踩着垄上软软的芳草。累了，倦了，就躺在草坡上，在满天彩霞的天空下伴着草香睡去。然后，就会有一个调皮的少年，偷偷把野花和青草放在我的身上，然后慌张地逃去。

　　长大后，也因此喜欢所有长草的地方，也因此喜欢无边无涯的草原，喜欢在草原上看风吹草低的牛羊，然后，把手中的一把芳草送给牧归的男子，等待着他对我说："自牧归荑，洵美且异。匪女之为美，美人之贻。"我就会相信，几千年前《诗经》里反复出现的情景，和现在仍然没有不同。

　　也因此喜欢走在锦江河畔。只是那时的河畔没有这样一大片的芳草，而我却把寸草不生的小径幻想成芳草地。水上没有帆影，我就在杜甫的诗中寻找"门泊东吴万里船"；水上偶有落叶漂来，我就会猜想是薛涛的诗笺，而把它从水里拾起，再题上自己的诗句，又重新放进水里让它飘然而去。然后，我就会坐在岸边傻傻地幻想，不知道，会有谁把这美丽的诗笺拾起？不知道，会不会错过许多岁月？又会不会迟呢？

几年过去，也许因为忙碌，也许因为河畔已变成尘土飞扬的工地，再也没有到锦江河畔去。

而在此刻，也是一样的斜阳天。我终于又静静地站在河畔，仍然是这条河流，仍然是长长的堤岸，而眼前的一切已经不同。面前的芳草不是当年的想象，更不是梦幻，而是真切的一片接天碧草。只是，芳草丛生，哪一株是那个当年头上粘满乱草的小女孩亲手所种？水清了，绿了，悠悠远远，起着船只。只是，那岸边泊着的，不知哪一只是东吴的船？望江楼和斜阳的长影倒映在水中，不知还能看得见望江楼上望江流的薛涛吗？她还在写诗吗？

当年的杜甫不会想到，千年后，在他写诗的地方会有如此清而长远的碧波，载着归船；当年的薛涛也不会想到，千年后，在她的望江楼前的两岸，会有如此芊芊芳草，绿到天涯。

当年那个在河边种草的小女孩，她怎么也不会想到，长大后的今天，当她再来到这里，她的脚下已经铺满芊芊芳草，而且还有一位男子正陪着她走在河畔的斜阳草树里，一起走进柔软的往事中去。

因此，当她面对这条温柔的河流，看到眼前的碧云天，芳草地，她怎么能够阻挡自己内心的欢喜？

锦江烟雨

　　自从有过那次雨中的散步，我的心中忽然有一份盼望和期待，盼望着下雨，期待着还能够和朋友一起，走进烟雨蒙蒙的锦江。

　　曾经觉得雨天的世界虽然有些浪漫，却不很实际。下雨，使我走路小心，使我不能放松随意，使我不能看锦江的落日长河，水中的明月清波。我有千百种理由不喜欢下雨天。至于"细雨梦回鸡塞远，小楼吹彻玉笙寒"那种美丽哀怨的意境，是给闺中思妇的；而"可惜流年，忧愁风雨，树犹如此"的深重愁怀，却是我这样的年轻女子不能载负的。那么，我有什么理由喜欢雨天的锦江呢？

　　那天，初夏的黄昏后，送朋友出门。天空正飘着细雨，我们各自撑着伞，走进了湿漉漉的锦江河畔。却没有想到，雨天的锦江竟然这么迷人！

　　风很轻，河畔很静谧。无边的细雨，自在的轻烟，带着夏日里黄桷兰幽幽的馨香，飘在水上，挂在树梢。一丝丝雨，一缕缕烟，剪落了残红，染绿了清波。柳岸一片空蒙，一片宁静和清新，仿佛走进缥缈的梦境，使我忘记这河畔之外，是一个喧闹的世界；

248

这烟雨之中，是一个忙碌的城市。"烟雨蒙蒙，真好！"我忍不住轻声惊叹。那位具有诗人气质的朋友，也和我一样惊叹："迷人的锦江烟雨！"当风景美到极致的时候，任何语言都难以描述。

成都初夏的雨没有春雨的寒意，细细的，凉凉的，含着湿润的淡淡氤氲，特别温柔，像成都的女孩子。密密的树叶上飞扬的尘埃，经雨后，被洗得干干净净，一片清亮；长堤上，杨柳在细雨中依依低垂，脉脉含情，像极妩媚极羞涩的古典美人。烟雨柔软了自然，柔软了人的感情，柔软了一切。透过蒙蒙烟雨去看世界，会发现纷繁复杂的婆娑世界原来还有它不着于尘的纯净和温柔的一面，这不就是我们一直在寻觅的生命本质吗？

我曾在夕阳西坠的黄昏去过锦江，落日下的锦江，是一种绚丽的美；也曾在月上柳梢的良夜去过锦江，月下的锦江，可以体验到"杨柳岸，晓风残月"的意境，那是一种凄迷而空灵的美。烟雨的锦江呢？却是一种宁静和温柔，极令人感动的美。烟雨中，一切烦恼痛苦都抛在空中，随烟而逝；一切羁绊牵挂都挂在树梢，随雨而去，于是，你就会觉得所有的忙碌都有了意义，所有的追求，都在蒙蒙烟雨中得到了肯定和回报。走在雨中，望着烟水茫茫的江面，我陷入沉思，丰富变化的自然，以一种柔软之美，便这样柔软了我们日益尖锐的心灵，清洗了蒙尘的人生吧。

望望身旁静默的朋友，目光里含着喜悦和沉醉。我忽然很感动，有位和你一样心思的朋友，和你一同漫步在雨中，一同爱着，你怎能不深爱这样清澈美丽的时光呢？

于是，烟雨的锦江，又给了我一份盼望、一份期待和深深的爱恋。

流浪的云

　　原来，流浪是这样一种感觉，这样一种近乎苍凉的美丽，一种身不由己的无奈。而我是不是那片流浪的云呢？许多年前，那位南行的青年也是不是那片流浪的云呢？

　　望着天空那片流浪的云，我在想。

　　沿着艾芜《南行记》的足迹，我从成都飞往昆明，又驱车到瑞丽，涉江而过缅甸，只是为了寻找那片流浪的莽林，而我寻找到的却是那片流浪的云。

　　一直都喜欢云，喜欢云的潇洒自在，喜欢云的无牵无挂，喜欢像云一样自由的流浪者的生活，以为流浪就是这样一种浪漫而放纵的心情吧。而今日，这个蓝蓝的四月天，在南归的飞机上，当窗外一片云向我飘来的时候，心里忽然有些疼痛，有种相知相属的感觉。在这一刹那，我终于了解流浪的心情，终于了解云的世界。

　　在地球上，不仅有人的世界，还有山的世界，水的世界；在天空，有云的世界。只要我们用心去体验，就会在某一时刻，某一刹那间，发现每一个世界都有人间的喜怒哀乐，都会找到我们心的轨迹，给我们一种乍悲乍喜的知遇之感。在云的世界里，云也有流浪的悲喜。风雨之时，云在哭泣，像一位在风中流浪，无家可归的吉普赛女郎；雨过天晴，云又含泪而笑，像一位走遍千山万水，终于回家的女孩；黑云压城的时候，云又像一位荒野莽林中孑然独行的坚强的旅者；而当黄昏来临，晚霞满天，云披着一身霞衣，像一位背着行囊，在夕阳下渐行渐远的流浪的女子；夜晚的时候，一弯新月勾住一抹淡云，云又像一位旅途枕边安然入眠的游子，安宁而甜美。

云的世界是流浪的世界。在地上看云的时候，云是流浪的；在天上看云的时候，云也是流浪的。其实，云并不潇洒，也不轻松，流浪的感觉并不浪漫。纵然云可以穿越高山，穿越丛生的棘刺，穿越一切遮挡和阻挡；纵然它可以拥有一个自由的天空，拥有我们所渴望和追求的那份无拘无束，那份没有棘刺横挡的自在，可是，它永远飘浮在空中，没有根，没有方向，没有固定的居所可依。

此刻，一片一片的云向我的机窗涌来，仿佛想寻找一个可以接纳的居所。我真想打开窗门，将云拥入怀里，带它回家，让它不再流浪。可是，云的家在哪里？高山之上，阳台之下吗？归雁筑巢的林间，鸥鹭眠沙的水边吗？每一个地方都有云的踪影，每一个地方却不能留住一片云彩。云有家，云也无家。生就了漂泊的命运，注定一生流浪。而我又如何能带走一片云彩呢？也许流浪就是一种苍凉而无奈的感觉吧，也许所有的流浪者都有一种想要回家却不能回家的苍凉吧。

在地上的时候，我们常常羡慕天上的云，想做一片自由自在的云彩；而当我们在天上的时候，我们却感到惧怕，感到无处依凭的凄苦和无助，便想回到地上，回到我们的来处。无论我们到哪里去，无论是浪迹天涯的流浪者，还是身在异乡的游子，家，永远是我们思念和想要的地方。

我深深地了解并愿意相信，所有的流浪者不是愿意流浪，不是愿意漂泊。终日的流浪和漂泊，只是为了寻找一个固定的居所，一个有梦中的橄榄树，有小溪和宽阔草原的居所，想要有一个属于落脚的家。

爱的小木屋

　　我想有一个小木屋。

　　它能够栖霞，能够牵风，能够留住在山上昨夜的月光和今夜的星辰，能够让我和相知的朋友一起听幽林夜雨，听红红的蔷薇在晚风里绽放的声音。在我漫游疲倦的时候，它能够做我心栖息的恋巢，给我一份散发木香的爱。

　　可是，这样一个地方在哪里？这样一个充满月光充满雨声和花香的地方在哪里呢？即使白云深处的人家，即使江上燃起的点点渔火，即使生活的城市高楼里每扇温柔的窗，和我那绿影横斜窗前的小屋，我也从来没有把自己放进去，从来没有！

　　有时候，我常常惊叹世界这么大，却又觉得找不到属于自己的角落，容纳自己的一隅空间。也许是这份寻找的不容易，也许是因为我心中永远固执着一种美丽的向往吧，我才千百次地不愿放弃追寻，而肯相信在远远的地方，或是蔷薇花盛开的山坡，或是月下青青的林中，或是蓦然回首灯火阑珊的近处，有一个我想寻找的角落，在静静地等我，等我走近它。

　　而在这个雨润烟浓的五月，当我又一次走进洪雅玉屏山上那片森林的时候，我终于找到心中想要的小屋。我把晚霞星月还有雨放进去，把生命中的爱放进去，我把自己放进去了。

那是等候倦鸟归林的小木屋；

那是令高士徘徊、佳人留恋的小木屋；

那是属于童话中的公主王子居住的小木屋。

此刻，当山风吹来，当我面对森林中一间间的小木屋惊叹和喜悦的时候，我却恨自己不能绘画，不能入诗！

纵然我是一位画家，而我能够画出内心的小木屋吗？可能我会勾勒出它那或像苗寨吊脚楼式的结构，或像北欧建筑的三角屋。可能我会用颜料抹上它那红黄相间的色彩，可是，它们小小巧巧掩映在苍翠幽静的林间，透出的那份空灵，那份绝世的脱俗，和森林小木屋特有的木香，是我能够用画笔描摹的吗？

纵然我是一位诗人，而我能够表达出小木屋的美吗？也许我能用野鸟在屋外的杉枝上鸣啭，来形容它的幽寂；也许我能够用短短的诗句，说出它是在遍植柳杉的洪雅森林中，在它的屋外不仅有高高的杉树，还有草间星星的野花，和山坡上红红的野蔷薇，以及寻它而来的我，可是那用柳杉筑造的小木屋，那用自然的生命筑造所给我们的爱和归宿，是我的诗能够表达的吗？

我该如何用心去画，用心去着笔呢？站在一棵柳杉下的小木屋前，我终于感到，文字和画面对最美的景物是多么无能为力啊。

记得去年走进这片森林中的时候，森林中还没有小木屋。我是如何也没有料到，一年后的今天，这植满柳杉的森林竟然造出一幢幢小木屋。是森林的女仙变造的吗？若不是一个神话，那么，是谁想到为那些喜欢森林的人筑起爱的小木屋？是谁想到人们疲惫的心中需要一个安静的居所，一个隐秘的安慰？于是，我更加相信，有些追求和渴望是可以通过努力实现的，有些爱是可以用时间和生命筑造的。

然而，这样静寂的林中不宜众人偕游。笑语喧哗声，会穿破小木屋宁静的月光，会惊飞林中栖息的倦鸟；这样清绝的林中，最怕独自出游，山林中清冷的风，寂寞的小木屋，会令你有无人与说的虚空与怅惘。纵有月光多情的抚慰，林鸟朝暮的相伴，也是良辰美景虚设。这样一个有小木屋的林中应该宜于醉心山林的高士佳人，应该宜于一样爱着林中月华和杉风的相知的旅伴。在这种清美的时光里，没有凄迷，没有无端的伤感，没有刘满西楼时的离愁和孤清，只有相共的沉醉和心中满溢的爱。

若是晚霞漫天的黄昏，和一位相知的朋友相依栏边，看落霞晚风里还林的倦鸟，指点夕阳草树间颤动的野花和翩飞的彩蝶，心中是如何的快乐和感动。即使不说一句，所有情的泄露都在眼前的景色中彼此交会。

若是有月亮的晚上，窗外满天星辰，月光穿过浓密的杉林，洒满散着淡淡木香的小木屋，照见玲珑的白裙，照见含着爱意的凝眸，照见彼此无声悄递的心灵。此时此刻，星月交织，木屋朦胧，如在画中，如在梦境，是最美的温软时光。

若是下雨的时候，一起坐在小木屋里，听屋外雨打山林的声音，听林中的蔷薇怎样在雨中一瓣一瓣飘落的声音。如果屋外种有芭蕉，又可以听那绿了的芭蕉早也潇潇晚也潇潇的音调。于是，在这雨声中，你就会渐渐明白，真正的爱里，不仅是充满霞光月光和星光，不仅仅是一起的喜悦和快乐，爱里还有风雨，还需要两人的双肩共同承担着迎面而来的风雨。

也不知什么时候，雨飘飘洒洒地下了起来，湿润了杉林，湿润了我的目光，也湿润了我的小木屋。

花岛散步

如果那个秋天的晚上，我不是忽然改变了去乡间的主意；如果你不是提议带我到花岛去，那么，我是不是会错过那个充满花香的水湄？是不是会错过和你一起岛上的散步？

原来以为此去花岛，可能已是几分流水几分落红，或是被人牵强移植的花木在风中苍白地摇曳。我最怕看见将四季的花放在一起盛放，将那随意而生的小路，故意凿出一条曲曲折折的幽径。最怕人工的痕迹，一生中喜欢最自然的美。"花岛"，因这富有诗意的名字诱惑着我，也因这太美丽太妖媚的名字，使我不敢向它靠近。

我们终于走向了花岛，走向了我希望靠近却不敢靠近的花岛。我真的没有想到，在花落的暮春，在这一湖碧波相绕的小岛上，竟然四处盛开着一簇簇缤纷的野花！没有人为的痕迹，一切皆出自天然。红的花开得很野性，红得那么疯狂；黄的花开得很灿烂；紫的、白的，开得又很雅致。那淡淡袭来的花香，那些蔓生的随意的衰草，那些树上金黄的秋叶，还有那水边风中的几枝芦苇，几只飞鸟，美得令我慌乱无主！我不禁想，千年前那个窃窈淑女，也许是在这样的芳洲，等待向她求爱的君子吧？耳畔"关关"的鸟声，是当年雎鸠的对鸣吗？而此刻，我恍若是那个窈窕淑女，身旁陪着一位求爱的男子。

我们沿着铺满藤蔓的小径，绕水散步。天空秋云疏淡，水边苇风萧索。在无人的幽寂的岛上，几丝烟雨中，我和你一起看水上的帆影，一起听波浪拍打岸边的声音，一起走过深深浅浅的草木，一起为那草里的野花，和岛外空蒙的湖光而欢呼。独自散步，固然有一份超然，却也有一份牵挂和惆怅；而和一位相知相悦的朋友散步，是最美最快乐的时光。没有羁绊，没有无端的忧伤，即使彼此沉默，也能传递着共同的心音；我们一同惊喜，一同痴狂，不必在意别人惊诧的目光。你是我唯一能够，也是我愿意一起欣赏自然的朋友。因此，我又如何不感谢你？你不仅给我一个有花有月的秋日，还给我一份花香袭人的喜悦，一种温柔如水的心情。

我在水边重重叠叠的棘刺前停住了脚步。我指着那挡在眼前的棘刺，和那与之相隔的茫茫秋水，轻轻告诉你，我喜欢遮拦。你不禁微笑，眼里充满理解。在大自然里，我喜欢透过那挡在眼前的重重棘刺，去看浩渺的水面，喜欢那份遮拦。在现实中不可能没有遮拦，在于我们的目光能否穿越那片横挡于生活前面的丛丛荆棘。

我的朋友，你能穿越那片丛生的荆棘吗？我抬头望你。你的目光正越过高高的棘刺，向那一望无际的湖水望去。水上有几只渔舟，几行白鹭，水天尽处是隐隐的山峦，淡淡的寒烟，疏疏的雨丝，勾勒出一幅意境深邃的水墨画。我读出你目光的含意，只要我们的心能够穿越过去，就会看见无遮无拦的世界。

临别花岛，你依然沉浸在兴奋中，不断地对我说还会再来。这样一个绝美的去处，这样一个充满花香也充满荆棘的水边，我们还会再来的。

淋　雨

雨季来临，常常无端地想淋一次雨。

但真是下雨的时候，我却变得犹豫不决。担心瓢泼大雨溅起的雨泥，会弄脏我那双白色的高跟鞋，打湿我的白色裙子，担心一个人浑身湿透地走在雨中，那些屋檐下躲雨的人会不会看我很奇怪。就是如此反复思量，使我一次次放弃淋雨的冲动，而只能站在雨窗前，望向雨巷。

很怀念小时候那一场淋雨的经历。

那年夏天，我在乡下外婆家玩。爸爸妈妈从成都来看我，准备带我回家。妈妈把我抱在膝上，给我穿上一双新买的漂亮红皮鞋。那天，雨下得很大，外婆家门前是一块很宽敞的院坝，雨点落在地面形成一朵朵很好看的雨花，好像天上掉下来的星星，又好像田野盛放的小白花。我忽然挣脱妈妈温柔的臂弯，穿着红鞋子跑进了雨中的院坝，开心地追着地上的雨花，一朵一朵地踩着。朵朵雨花在我的脚下像星子一样熄灭，又立即绽放，好玩极了！顷刻，我淋成了小水人儿，红鞋子也进水了，但我好像忘记了一切，仍然兴奋地踩着地上一朵一朵的雨花。

这时，妈妈见状冲进雨中抱起我，把我放在屋檐下，又急又气地举手打了我一下。我不明白做错了什么，只觉得雨中好快乐，雨中的小女孩的心里全都是雨，全都是美丽的雨花。我又吃惊又伤心地大哭不止。爸爸在旁边忍不住责怪妈妈："你把孩子吓着了。"其实妈妈只是轻轻地打了一下，而我放大了自己的委屈。

多年以后，雨中的小女孩已经长大，挨打的记忆（印象中妈妈第一次打我，也是最后一次）早已淡忘，而那次淋雨的情景却总是令我微笑地想起。

我一直庆幸，那时候年纪还小不会考虑后果。如果在淋雨之前，我就想到雨会把新鞋弄湿，会淋感冒，大人会处罚自己，我就不会体验淋雨的快乐，不会有那份美丽的心思。感到悲哀的是，长大后的我们受着教育，开始有人告诉你该做什么，不该做什么。我们变得成熟，学会保护自己，同时也在失去些什么。像淋雨如此简单的愿望，也会产生许多复杂的顾虑。

是在什么时候我们逐渐失去了童稚的简单？是在什么时候我们开始受环境左右而瞻前顾后？是在什么时候我们因为理智的约束，而控制情感的冲动，把自己弄得痛苦不堪？

但是，我依然很想淋雨，很想再做一次那个雨中穿红鞋的小女孩。

好在这个夏天，我如愿以偿地淋了一场雨。那日，天气闷热，也快要下班。我写字桌前的窗正好可望见天空的一角，我发现天边一团乌云飘来，窃喜会有一场大雨，可以理所当然地淋淋雨。于是，我匆匆收拾东西离开编辑部，走路回家去。

走在街上，我故意放慢脚步等待下雨。看见匆匆擦肩而过赶在大雨前逃离的人群，忽然想，有没有像我这样在傻傻等雨的人呢？

蓦然间，我偶一抬头，大滴大滴的雨点从树枝间砸了下来，密集地坠落，暴雨倾盆而至。瞬间，整个人置身在茫茫的雨雾中，雨水迅速淋湿了我的长发和白色裙子，还有那双白色的高跟凉鞋。街头，人们纷纷跑向高楼檐下避雨。但我，依旧我行我素，一个人淡定地走在大雨中，任清凉的雨水淋湿我自己。脚下的路面很快积了很深的雨水，地面溅起大朵大朵的雨花，感觉自己好像蹚着浪花朵朵的河水，独步凌波。我好像又回到小时候那场雨中，恍若是那个穿着红鞋，踩着雨花的小女孩。

我所要的就是这种痛快淋漓的感觉。

我所要的就是眼前真实而率性的自己。

我所要的就是雨中简单的世界，简单的人生！

我庆幸自己，在成长的过程，我依然没有变，依然是当年勇敢的小女孩，任性地爱着自己的所爱。

一把蓝色的伞撑了过来，我吃惊地侧过经了雨水的脸庞，见身旁一位帅气的男人正微笑地为我撑着伞。

"雨好大，躲一躲吧。"他用一种温暖的声音对我说。忽然觉得这像是电影里的情景，令我又惊讶又感动。难道真遇见了许仙？

此时，风也大，雨也大，大街上雨雾茫茫。我已经有些禁不起风吹雨打了。

"谢谢！"我冲他感激地一笑，接受了"许仙"的好意。

路上，他一直举着伞与我并肩走着。因为雨地，我踩着高跟凉鞋，穿着这时候显得累赘的白色长裙，在朵朵雨花中走得踉踉跄跄，几次差点滑倒。他又细心地放慢了脚步，让我小心地行走。送了我一段路，他才转身消失在烟雨中。

　　回到家，心里觉得暖暖的。爱是这世界上最温暖的风景，是一种相互感染的、最温柔的情愫，永远不要失去爱，即使是单纯的友爱，它不一定成为一段浪漫的爱情故事，可能仅仅是擦肩而过的情景，但是温暖就会在你的心上生长，开出一朵如莲的雨花。

　　我想淋雨，只是希望在生命成长的途中，在蒙尘的红尘，我们的心灵依旧开着朵朵雨花。

成都街头的一棵构树

每当月夜的时候，我总想去看街边那棵构树。

这是一条窄长的小街，那棵树是成都千巷万衢中一棵极为寻常的树。在成都，暗香盈袖的桂树，枝叶横斜的梅树，自然是人们眼中的贵族，而一簇簇疯狂盛开的芙蓉花树，更是这座繁华城市里备受宠爱的皇后。而那棵构树呢，没有松柏的高挺笔直，没有梧桐的枝繁叶茂，既不伟岸，也不高贵，似乎生来就注定它的寂寞，一棵很普通的树。

站在树下，我抬头望去，它看上去绿得不够好，伸展的枝叶带有一种灰扑扑的绿，若蒙尘一般。也许因为它叶上一层细密的茸毛的缘故，也许因为它长在尘世之中，总给人一种风尘感。这棵构树似乎很孤独，没有相伴的繁花，也没有相守的浓荫，连鸟雀也拣尽寒枝不肯栖。终日相对的是拥挤的都市、拥挤的房屋，从它身边经过的匆忙的人们，也从来不看它一眼！它什么时候葱绿，什么时候凋零，甚至月亮什么时候爬上它的树梢，谁都不曾在意，不曾经心，仿佛它已被人们遗忘。如果对物欲的追逐，使我们陷入忙碌，而失去欣赏自然的心情，没有心灵的空间，这是不是一种悲哀？

　　小时候听大人讲，那茸茸的构叶可以代替肥皂擦拭锅盆，那时的家庭都很清贫。每到深秋，许多人常去构树下拾飘落的叶，我也跟在他们的后面，捡了一大把黄黄的构叶回来，给妈妈用。看见那用毛茸茸的叶擦拭过的盆子变得清洁干净，发出明亮的光泽，我觉得那构叶很奇妙，那构树像有魔法。

　　物换星移，岁月悄悄流转。人们不再需要构叶，不再想起曾经有用的构树，而那些奇妙的构叶在我的眼里也失去了昔时的魔力。

　　此刻，月光从树缝里悄然洒落，茂密的叶泛着黄绿的光晕，浓浓的树影被剪成一道如墨的风景，给这条窄长喧闹的小街增添了几分情韵，变得静谧而迷人。月色中，我依稀觉得那树有些苍郁和凝重，仿佛步入了中年。树一天天老去，但是，这座城市与这条小街却一天天年轻。树的每一道年轮，谁说不刻着时代变化的痕迹？每一次叶的凋零，谁说不孕育着成熟的重生？

　　今夜月下的构树，像一位历经岁月风尘却淡定自如的禅者，自有一种超然和庄严。繁华沧桑，它都一一在眼；风雷雨电，它都一一经历。虽然它很落寞，但依然苍郁如故。因为它的根在这里，没有任何力量改变它，动摇它，一如我们无法选择自己的出生一样，永远也无法改变对故土深厚的爱。这是大自然赋予我们的情怀和品质吧？

　　夜风轻轻拂动我的长发，我从思绪中回到跟前，看见身旁的你望着月下静寂的树，深邃的眼睛里带着爱意。此时坚毅的你充满柔情和深沉。

"你是不是想起故乡的树？"我轻轻地问。

你微笑着告诉我："是啊，我的故乡也有一棵构树，儿时的我常常爬上树梢去掏鸟窝。看见这棵构树，我就想起那段往事。"

是啊！谁能够忘记年少时美好而单纯的日子？谁能够忘记曾经感动过，与我们一生都有深切关联的一树一景？必定有些美丽的情怀，终我们一生都无法忘怀。

环顾夜色中的高楼院墙，我不禁心生感谢，是这座繁华的都市，长长的小街，给了我一棵生命的树。但不知我童年的伙伴，在匆忙的人生里，还记得月夜下的那棵构树，还有那份等待和坚持吗？

第四章　想去旅行

想去旅行

许久未见面的朋友见到我，第一句话就问："去旅行了吗?"不然，就会接到一通久违的电话，还来不及开口，对方已一通发问了："到哪里玩了? 去了很远吗?"

朋友羡慕我有一个可以经常外出"旅游"的职业，一边采风，一边工作。

其实，我很久很久没有去旅行了，而我真的很想去旅行。只是，我所说的旅行，并不是朋友们认为的那种工作之便的"旅行"。虽然工作的优越性，使我与山水亲近，但是，因为忙着采编，眼里的山水、草木，眼里足以让我感动的一切自然，竟使我顾不上欣赏，很可惜地失去了那份悠闲的心境。这种旅行会很累，很辛苦，有太多的事务，不是我要的那种旅行，绝不是。

我要的那种旅行是，当我背上旅行包上路的时候，可以丢下一切忙不完的琐碎事务，尘世中无谓的名利追逐和无休止的竞争。不用急着赶路，不用满脑子计算怎样把事情谈好。到了风景区，也不用和人应酬，说一些漫无边际，也不想说的话。没有许多人陪我转山转水，也就不用不好意思地请别人留步，说自己想一个人看看山，看看水。只有在这样的时候，放下人世中的负重，只有天地与我，心情才能轻松自在起来，才能把自己变成那一片悠然的闲云，那一只自由的野鹤。那时，我的心只装下明月与清风，青山与绿水。这才是我想要的旅行。只是，这样的旅行对于整天忙来忙去的我来说，却是一种十分奢侈的事。

所以，常常一个人在夜静阑珊时，望着窗外的月亮发呆，幻想着许多旅行的计划。我最想去的地方一定是海边。但一定要有一位陪我看海的人，而那人必和我一样爱海，必愿意和我一起看有月亮的海。

我不喜欢一个人去旅行，最怕离愁。我怕自己走在寂寥的海边，对着天上那轮孤月流泪。我没有诗人那样豪放，强忍离愁，可以担着一肩月色，对月而歌，对月而舞，甚至可以乘醉把酒问青天。像我这样柔弱的肩膀怎堪月光一鞭？再说，如此美丽的时光却无人与我分享，与我一起感动，真的是良辰美景虚设。

所以，我愿意和那人一起牵手而行，一起赤足踏着细细软软的沙滩，让海水漫过我们的脚背，打湿我们的裤管，让我们与海融合在一起，让我们的心灵回归。有些累了，我们便坐在礁石上，等月亮从海上升起来，让月光慢慢烤干我们湿湿的衣衫。如果可能，我一定愿意和那人一起守着海上的月亮，一直坐到海枯石烂，天荒地老。

我也想去山中。到山中去，最好是深秋的季节。一年四时，我最爱秋天，只因秋天最富诗意，最适合诗意的心情。走在秋风清凉的山林中，裙裾翻卷，长发飘飞，整个人也诗意起来。尤其满山红枫摇曳，一片一片的红叶从树上飘落下来，铺了一路石阶，浮在静静的水面，随水漂流而去。那种飘落有一种绚烂的美丽，又有一种叶落后的苍凉。轻轻拾起来，每一片叶子都是一首诗，一枚还未题诗的诗笺。难怪唐时的那位宫女想到在红叶上题诗，让水载着落红向远方传达她的秋思，希望在水的那边有一个人能拾起她的诗句。果然，这片红叶被幸运的书生辗转拾到，他在叶上题写诗句，让溪水载回宫女的身边。从此，就有了一个千年的佳话。

所以，我想到山中去拾红叶，真希望也能有好运，拾到有人为我题写的诗句。虽然这只是一个不切实际的幻想，但我相信一定能找到那片属于我的红叶。因为这世间只要有一位女子来临，就会有一位男子提前为他准备好了那片缘定的三生红叶。

我还想去江边踏雪，期望能遇到那位独钓寒江雪的高人，问问他在那里钓了多少年，经过了多少岁月。不知他能不能煮一杯雪给我？

我还想去戈壁大漠，看看大漠的孤烟是不是直的，长河的落日为什么总那么圆。我要骑上驼背，让高而瘦的骆驼载着我缓缓地走过沙漠，寻找三毛的足印。也许那一片沙漠会有一个我最后爱的人在那里。

我还想去草地。穿上漂亮的藏袍，将长发扎成长长的辫子，学那牧羊的女子，举着细细的皮鞭，在宽阔的草原上放牧着羊群。但不知有没有人为我唱那首《在那遥远的地方》呢？

我想去的地方还很多很多，这些愿望也实在不是很过分。但真的要去旅行，我知道，我会下很大的决心才能履行那些计划。不过，能在匆忙的日子幻想一番，也算是进行了一趟心灵的旅行。

我想去的旅行，是心灵想要的旅行。

把康定的月亮带回家

临去康定的那晚，我对朋友笑道："我要去康定找张家大哥。"

朋友忙说："我也去。"

我问："你去干什么呀？"

朋友坏笑："我去找李家大姐。"

我故意打击他："李家大姐看上的是又帅又高大威猛的康巴汉子。"

朋友鼻子里哼了一声，说："人家张大哥追求的是溜溜的藏族美女，哪是你这弱不禁风的汉族女孩？"

我并不生气，继续气他："你不信，我给你带一个回来。"

"我等着。"他似乎并不相信。

他知道，我只是开一个玩笑。其实，我想去康定，是因为想看看康定的月亮，看看在那首著名的《康定情歌》里反复唱了千百遍的月亮。

第二天，我坐上那边来接我的车去了康定。

在康定城，我终于遇见那首情歌里的弯弯的月亮。陪我一起看月亮的，是同行的雪子。

那是一个很温柔很安静的夜，我们沿着折多河，慢慢地走在康定城中。街上人很少，但不时有一对对穿着藏袍的情侣，从我们身旁擦肩而过。看方向好像是到对面的跑马山去吧。黑夜中，我注视着他们亲密的身影，心里想，他们不就是那首情歌里的张家大哥和李家大姐吗？"月亮出来了，是弯弯的月亮呢，还有一朵溜溜的云。快看啊。"雪子惊呼起来。

我忽然有点情怯，竟不敢抬头。说不清楚为什么，每次在外地看月亮都有这样的心情。也许我对月亮有一种情结吧？就好像见到分别已久的亲爱的人，有一种无措的慌乱而不敢抬头凝视。

多情的月亮似乎察觉我此刻的心情，将清辉洒在我的身上，如一只温柔的手抚过我的面庞。我缓缓抬起头，一弯皎洁的月亮挂在清朗无垠的高原夜空，一朵淡淡的溜溜的云飘向月边，就像歌词里写的一样。月亮正弯弯地照在康定溜溜的城，照在清澈的折多河上，照在我们两个喜欢月亮的女子身上。或许，它还照在跑马山上的张家大哥和李家大姐身上呢。

这时，从折多河飘来那首熟悉的情歌。我们不由得停住了脚步，在河畔倾听着。

跑马溜溜的山上，一朵溜溜的云哟。端端溜溜地照在康定溜溜的城哟。

月亮弯弯，康定溜溜的城哟……李家溜溜的大姐，人才溜溜的好哟。张家溜溜的大哥，看上溜溜的她哟……

我听出这是一对藏族男女歌手在演唱，歌声带有一种康巴高原的奔放和悠远，是原汁原味的《康定情歌》。此情此景，在夜色中的康定城，在康定弯弯的月亮下面，在跑马山旁，折多河畔，我含着热泪，听着这首被传唱到世界而至今仍然不衰的美丽情歌，被深深地感染。

在成都，或是在异地，我都喜欢听《康定情歌》，却从来没有此夜在康定听这首歌那样打动我的心，令我动情。据说，张家大哥是汉族男子，李家大姐是藏族女子，他们是一对藏汉结合的情侣。想那李家大姐长得很美，像歌中唱的"人才溜溜的好哟"，而张家大哥也会像康巴汉子一样剽悍英俊吧。我忽然有一种冲动，想上跑马山去，听听他们是怎样用歌声传达彼此的爱恋的，我一定要请他们讲讲动人的爱情故事。我不禁幻想，若遇见英俊的康巴汉子掳我上马，我便随他而去。让我做一个穿着漂亮藏袍的溜溜的李家大姐，在跑马山上重复着情歌里的美丽故事。

望着夜空溜溜的月亮，我心念一动，回头对雪子说："我要把康定的月亮带回家。"

雪子理解地笑了，回答："张家大哥和李家大姐会同意的。"

我知道，这仅仅是我浪漫的幻想，纵然张家大哥和李家大姐肯大方地把月亮送我，真的能带走吗？但是，我真的很想把月亮带回家，真的很希望成都的夜空有这样一弯明月，不着于尘，圣洁而美丽，宁静而多情。

在繁华喧嚣的都市，无法看见这样皎洁清澈的月亮。成都的月亮总是黄黄的，朦朦胧胧，好像蒙埃一般。可是，我始终相信，成都的月亮原来和康定的月亮一样好看。也许是都市的霓虹淹没了她的明亮，纷扰的红尘遮住了她的美丽，也许是喧闹的市嚣惊破了她的宁静，城市的铅华改变了她的颜色。也许，也许，月亮下面那些生死相许的永恒爱情已经不在，情歌中的月亮离我们已经遥远。是不是这样呢？

所以，我要把康定的月亮带回成都，让成都的夜空有一弯康定的月亮，点亮城市中已变得越来越模糊的爱情。我要告诉我的朋友，康定城的月亮和歌里的月亮一样圣洁，康定城的爱情也和歌里的爱情一样美丽。并且请他相信，这世间会有"永恒"的爱情存在，如那首永恒的《康定情歌》。

"你的张家大哥呢？"朋友见到我，调侃地问道。

"张家大哥找李家大姐去了，我把康定的月亮带回来了。"我早料到他会问，胸有成竹地回答。

"在哪里？"朋友四处张望。

"别找了。"我指了指心口，微笑道，"在这里。"

虽然我没有带回张家大哥，但我把心中的康定月亮带回了家。

待　月

　　我明白，那夜出现在我面前的，不是我想要等待的；而我希望出现并愿意等待的，在那个吹着海风的晚上，始终没有来临。

　　那天晚上，海子没有月亮，也没有你，只有同行的汪陪我在邛海边看月亮，等候明月从海上升起。

　　很早的时候就从"清风雅雨西昌月"的丽句中读出西昌月的美来。今夏初到西昌刚刚下榻，我便和汪迫不及待地夜游邛海，只是因为我太强烈地想看看邛海的明月，想看看"海上生明月"的千年光景。虽然知道邛海并不是我所向往的真正的大海，它只是内陆的一个高原海子，但它毕竟与海有关，在我的心里，它就是海。

　　当我们在夜色之中兴奋地跑到邛海，我却被海边扎满彩灯的船上喷泉洒了一头雾水。海上没有我想看到的月亮，夜空中只有几颗寥落的晚星，还有地上热闹的灯火和参观邛海灯会的人流。我不禁有些失望了。

　　实在不喜欢这些城市璀璨的灯人为打破了海的宁静，海应该是自然的，我爱自然的一切，爱一切自然的宁静，没有喧器，远离沸腾的市声。

我们远离人群，朝灯火阑珊的海边走去。在沙滩上，一株暗影里的高树下，我停下来，对汪说，我要在这里看月亮。

汪抬头望了望漆黑的广袤的夜空，摇摇头，今晚怕是看不到月亮了。

我等。我固执地说。

好吧。汪好脾气地迁就了我。

我坐在沙滩上，望着平静的夜的海上，以极大的耐心，静静地等待月亮上来，就好像等待你的出现，给我一个巨大的惊喜。

这边的海面因为远离灯光的照射，看起来一片漆黑无涯，显出海的深沉和宽阔。海子轻扬着波浪，闪烁着银色的碎片，好像天上的星星坠落在海面。遗憾没有月光，不然就可以看见"明月水中来"的清影。

海上的风很大，有些凉。汪说，我们还是回去吧，月亮即使出来，也是下弦月，我们看不到的。我不肯走，坚持守在这里，我要等月亮。汪只好依了我的任性，陪我在海边等待不可能来临的明月。

连自己都无法说清，为什么我那样任性地期待海上明月。也许因为没有生长在海边的缘故，所以遥远的海上明月对我充满诱惑吧。但是，至少我可以肯定，千百年前那首唐时的古诗，那种"海上生明月"的画面，一直深深地印在我的脑海。我始终相信，千年以后，那个春江花月夜的诗境依然还在，依然还会照见今人，照见海边待月的我。

此刻，我站在海边，望着浩渺深邃的海面，我好像看见明月慢慢从海上升起，好像那位名叫张若虚的诗人正和我一起等待着升起的月亮。远处一盏渔火闪烁，那是"清枫浦上不胜愁"的一叶扁舟吗？邛海的明月下是不是有过千年的相思千年的等待呢？我今前来，是不是在延续那份亘古的相思和等待呢？

这时候，我看见不远处有一个的彝家阿咪子，头戴花饰，身着曳地的大摆百褶裙，打着一把黄伞，正独自静静地面朝海子。她的侧影很美，好像也在等待什么。

她是否和我一样在等待"皎皎空中孤月轮"？或是，在等待她心中的明月来临？

汪告诉我，这个彝族聚居地的阿咪子，很喜欢月亮，平日爱打黄伞，黄伞象征月亮，象征圆满的爱情。我的心里不禁充满感动，这是一个年年都要在火把下载歌载舞，崇尚太阳与火的民族，在他们火一样热情的外表下，其实深藏着像月亮一样温柔而又美丽的情愫啊。

在无垠的苍穹下，我们对自然的与生俱来的仰望和膜拜，对爱情的向往和渴望，不分民族，不分地域。今夕何夕，江畔看月的心情，那份深深的近乎忧伤的感动，那份曾经有过的相思和等待，难道不是从来都一样吗？

海风轻轻翻卷着我的衣裙，海风之中，海波之上，我等待着海上明月，一如我等待着生命中的一切，等待着你。

海风催我归去，我们依依告别夜色中的邛海。我虽然清楚今夜不会等到明月升起，正如我清楚遥远的你不会忽然出现在我的眼前，但是，我愿意相信，月亮终会出现，就像我相信你终会在我的生命中来临。

我知道，今夜出现在我眼前的地上灯火，不是我想要的等待；那没有出现的却已经在我的生命中来临的海上明月，早已在我的心海中升起。

梵净山， 佛花静静开

那天，贵州的朋友打电话来："你再不来，杜鹃花就要开过了。"

我忙不迭地答应着："我就来。"

我明白，任何时候都可以去看山，山仍在那里，最多是颜色的改变。但是，看花却不同。花有花期，不是任何时候都能看花。错过一次，就错过了一年的美丽。谁能舍得放弃一次花开呢？

于是，五月的初夏，我们在梵净山，寻花而来。

很喜欢梵净山的名字，把它拆开来，就是"梵天净土"的意思。据说，这座山是当年弥勒佛的道场，曾有庄严巍峨的庙宇和不绝的香火，遗憾的是现在只剩两三座圣殿，且已不是原来的辉煌，香火也自然淡了许多。也许是因为去的人少，才保有这处绝尘的仙境佛地？才有这片原始的森林和野生的杜鹃群落吧？

雾起了，不觉已登上高而险的薄刀岭。就在我不经意之间，山径两旁忽然探出一簇一簇的红红的杜鹃花丛，缤纷而去，惊艳了整个梵净山。就像情人乍见，让我怦然心动而又慌乱无措。面对眼前这些美艳而又空灵的花朵，我真的不知道该怎么办。粉红的、深红的、殷红的花，恍若夕阳下燃烧的红云，烧着了整个山头，让我想起那个凄艳的神话，那个杜鹃啼血的爱情。鸟声传来，我分辨着杜鹃的声音。不知道那只蜀国的杜鹃会飞来黔山吗？

　　每年我家窗前杜鹃花盛开的时候，我常常站在花下，幻想自己走在曲曲幽幽的山径上，通向一片杜鹃花丛。有漫卷的云雾，有空蒙的烟雨，还有一位情趣相投的朋友伴我同行。每次幻想过后，总会暗笑自己，在喧嚣的城市中，哪里去找那条花径？哪里去找那一片云雾，那一片烟雨？

　　此刻，不是幻想，不是恍惚，我真的走在一条长长的花径上，走在烟雨蒙蒙的山中。树上的红艳无声地旋落，沿途落英缤纷，身旁走着陪我看花的人。想起杜甫的诗句："花径不曾缘客扫，蓬门今始为君开。"此情此景，像回到古诗的意境中，美得那样让我心动。真想一直这样走，走到地老了，天荒了；走到海枯了，石烂了。

　　五月天，城市中的杜鹃早已凋谢，连魂魄都散了。而这山中的杜鹃却次第开放。难怪林黛玉会问："一样开花为底迟？"一样的花却有不同的花期，不同的缘定。有的注定长在尘世，所以先开；有的注定开在山中，所以迟放。花有花缘，情有情缘。这世间的爱情也是一样，有的先到，有的迟来。早一步，晚一步，都是一段缘。只是，当缘来临的时候，我们应该珍惜它。缘去，也要心怀感谢。就好像我现在的心情，能够在一年中看到两次花开，我已经感谢有加。

花径上，云雾缥缥缈缈，若烟若雨，若隐若现，我们好像走在仙境中一样。水声鸟声，又如梵音在耳，仿佛置身在尘外，超凡入圣。传说这里是弥勒佛布道经过的地方，那眼前的杜鹃该是清净的佛花？眼前静默的的树木该是禅悦的菩提树？

记得去此山的途中，我们路过弥陀镇。下车来看那座极似弥陀的佛山，因为云雾所遮，不识真面目。我们站的地方刚好有一丛粉红的有些像杜鹃的花，散发出淡淡的野香。朋友采来一束送我，我捧着满怀淡淡的花香，如捧着满怀淡淡的喜悦，心也变得柔柔软软，淡淡雅雅。刹那之间，我发现原来花香已将禅机四溢，那山似不似佛不重要，看得见，看不见，都不要紧。最重要的是我拥有了花香，拥有着如花香一样的心情，这不是清澈、芬芳的佛性吗？

朋友陪着我慢慢走在花径上。一朵杜鹃随风轻轻飘落在眼前，我俯下身拾起来，手拈鲜花，忽然转过身，狡黠地看着眼前的男子，默然不发一语。朋友会意地微微一笑："菩提树下，谁在拈花微笑？"

我问："你笑什么？"

朋友故作高深地说："不可说，不可说。"

当年佛祖在菩提树下传道，佛祖拈花一默，迦叶破颜一笑，佛祖就把那象征智慧的波罗蜜花交给了迦叶。原来一直不解，迦叶那会心一笑意味着什么呢？眼前朋友的那句不可说，让我忽然了悟，最美的东西是不需要用语言传达的，只需心灵的意会。就好像眼前的杜鹃，面对它的美，我怎么可以用语言去形容它呢？怎么能够将内心的体会完全传达出来呢？

杜鹃花应该是一种喧闹的花，仅凭它的红艳足以惊动一山的清寂。而梵净山的杜鹃花不张狂，不飞扬，在山中静静地开着，静得可以听见花开的声音。想这一丛丛高大的野生杜鹃，不知在这山中生长了多少年？又有多少人经过它的身旁看它一眼？可是，无论有没有人来，它自在地花开，随性地花落；无论有没有人赞美它，它仍然努力地以最美的姿态安静地绽放。

在我们的一生中，也许会有许多无人了解的寂寞。但是我们能够有一颗如花的清静之心，承受寂寞，生命就会安静而自在地绽放。

走过长长的薄刀岭，拾级而上，那座雄秀的金顶在云雾里已遥遥在望。金顶是一座独立的山峰。朋友指给我看，金顶很像孙悟空坐在那里。我倒觉得像身披袈裟的弥陀在此"独坐大雄峰"，世间风云变化，一一在他眼中。

金顶比薄刀岭更陡更高更险，笔直的一座独峰。登此峰，人几乎是直立向上，而仅靠一根铁链攀缘。当我攀到半山腰时，忍不住想回头看。身后的朋友提醒我，不要往下看！可我偏偏禁不住往下看去。这一眼，让我心惊胆战：眼底万丈深渊，四围云海茫茫，而金顶上无树木花丛所挡，无山峰相连，只光秃秃的一座陡直的险山！我突然感到一种来自大自然的威慑力，竟产生一种从未有过的巨大恐惧，全身像散架一般，腿脚发软，摇摇欲坠！"完了，我要掉下去了！"我惊恐万分，下意识地依着崖壁瘫坐下来，依然浑身瑟瑟发抖。能够想见此时的我脸色苍白如纸。朋友见状，万分紧张，不断地安慰我。好不容易在朋友的鼓励下挪到山顶，才定下心来。

我的恐高症，就从登梵净山的那一刻生出了。

颤栗着登上山顶，我突然被一个奇异的景象震慑住了。金顶上，一位年轻的沙弥双脚站立在手掌大的石柱上，身侧则是翻腾的云海，万丈的深渊。稍一闪念，将会坠入其中，万劫不复。我们所有的人屏住气，不敢出声，生怕惊扰了他。那沙弥却微闭双目，双手合十，稳稳地站着。

为什么他没有恐惧呢？难道他真的能够置死生于度外吗？

我猜想，那位沙弥是把云海想成一簇簇静静开放的杜鹃，把脚下悬立的石柱想成草木丛生的宽阔平地，所以才这样不诧不惊，不慌不忙，面无惧色。

我想起《心经》里所说："心无挂碍，无有恐怖。"忽然明白，年轻的沙弥在用他的现身说法，告诉我们这些平凡的众生，再危险和恶劣的环境，只要你心无挂碍，就没有恐怖，眼中所见，身之所处皆是繁花，皆是平地。

当我走下云雾缭绕的金顶，已无先前的恐惧。在山脚，我看见立着一块石碑，碑上刻着一首禅诗。诗说：

性是菩提树

心如明镜台

性心来相应

佛花遍地开

最有深意的是，写诗的僧人把山中的花看成佛花，看成一种清澈芬芳的灵性之花。只要我们的心灵不着于尘，在我们的眼中，每一棵树都是菩提树，每一朵花都是菩提树上开放的佛花。

远处，鸟声水声，还有山寺的钟声，渺渺传来。云雾中，杜鹃花在山上静静地、静静地开着。真愿在我们此去的沿途，水在，山在，花在，——在心，无有恐怖。

月夜品茗

一个清凉的夏夜，我们在蒙山顶上。

月亮穿过高高的银杏树，淡淡地照在天盖寺前的庭院中。我们沐着淡淡的月光，与主人一起围坐品茗，谈着茶，谈着月光。

山上的风很大，感觉到茶树"叶叶起清风"的声音。也许是风使我听错了，我好像听见山寺的钟声响起，在这湿润而清凉的空气中，充满着淡淡的禅意。

在空灵幽远的夜晚，尤其在仙茶故乡的蒙山顶上，品着淡淡的茶香，伴着淡淡的月光，是我一直向往的境界。

品茗是一种艺术，一种境界。懂得生活艺术的中国人对茶道颇有心得。嘉靖进士陆树声所著《茶寮记》中说，饮茶宜"僧寮道院，松风竹月，岩坐行吟"。品茶只有在松风竹月之境，幽坐清谈之时，才能得到茶的真味。我不会品茶，也不懂茶经，不懂茶道，但我喜欢饮茶，喜欢饮茶时的那种氛围，那种如诗的意境。我想，饮茶的最佳境界应该是：

宜在田园。一间茅舍，不一定很大，只要有茂林修竹围绕，便可"独坐幽篁里"；篱笆墙外，有一条小溪潺潺流过。一边品茶，一边倾听溪水如煎茶的清声，一边欣赏东篱悠然开着的野菊。此间品茶，可令尘世中日益复杂的心变得简单而超然。

宜在舟中。茫茫江上，泛舟烹鱼煮茗，一边欣赏山水，一边与友人对茗。迎着浩浩长风，或壮语，或清淡，或长啸，此间品茗，可令逸兴飘飞，心境海阔天空。

宜在山寺。青青山林，清幽寺院。当云雾轻起，杯中的香茗也起着淡淡的轻烟，伴着暮鼓晨钟，袅袅远去，人如入禅境。此间品茶，可品悟茶中的禅味，令心灵的尘埃荡涤，而变得澄澈恬淡。

此时，月下的山寺，就是最难得的品茶佳境。蒙山有着悠久的茶文化渊源，是世界上最早种植茶树的产地。"扬子江中水，蒙山顶上茶"，蒙山仙茶自古闻名。连深谙茶道的唐朝诗人白居易也认为，"茶中故旧是蒙山"。蒙山不仅茶好，而且景美。青山层峦叠嶂，云雾缥缈，山林中随处飘满茶香。偶尔，寺里的钟声幽然响起，让这座仙山笼罩着一种祥和宁静的氛围。

遗憾的是，身在尘寰的我们却很难抽出一点时间，肯放下永远忙不完的烦琐事务，肯放弃一些累人的物欲名利，来到这清静的山中品茶。其实，蒙山离成都很近，只需短短的车程。而我们真的忙得没有一点时间了吗？真的丢不开放不下吗？不是的，是我们的心被俗事充塞得太满，我们把自己弄得太累太苦，而忘了给心灵留出一片宁静，一片青翠和幽香。

座中，主人向我们讲起一件事，说有一位成都的官员，每周总要开车上蒙山来。一个人坐下来，喝一杯茶，也不说话。喝完茶又开车下山了。

我很佩服他，真可谓品茶中人。茶书中说："独啜曰幽，二客曰深，二客曰胜，三四曰趣，五六曰泛，七八曰施。"只有当一个人的时候，在幽静的环境中，才能细细品味茶的妙处。这时，没有喧嚣的市声，耳畔只有茶中的松涛声，眼底的茶烟翠。俗事中再多无法排遣的烦恼，无法丢开的事务和功利，都会随茶烟淡淡而去。慢慢品着，看山下纷扰的世界，还有什么看不清、想不开的呢？

　　为官能有这份闲情，这份超然，兴许能做好官。想见那位官员开车下山后，回到喧嚣的都市，必是一番好心情。

　　一个人在山中品茶，应该算是幽客。可是，毕竟我们做幽客的时候很少，但二人对茗是容易做到的。我倒很羡慕茶仙姑和蒙山祖师这一对茶境中的佳人雅士。

　　传说，在很久很久以前，蒙山之麓有一条青衣江，至今仍在。青衣河神的女儿蒙茶仙姑，看上了在蒙山种茶为百姓治病的青年吴理真（后来人们称他为蒙山祖师）。他俩相爱并结为夫妻。白日，她帮助吴理真采茶；月夜，在石庐与夫君对茗。不久，因其触犯天规，青衣河神奉旨遣她回河宫。她不愿离开心爱的人，便将披纱化着云雾，滋润蒙山茶树，自己则在石庐前化作山峰，与庐中的吴理真隔桥相望。如今人们还能在蒙山顶上看见两千多年前的石庐，与之相望的是那座茶烟缭绕的山峰。

　　此刻，月亮依旧在树间，静静地照着。月色清凉如水，杯中的清茶泛起清幽的水波，把我带到一种幻境里。我恍惚看见，千年前的一个月夜，仙姑在石庐中奉茶伺君。如此佳景美茗，如此美人雅士，真是一对神仙眷侣。难怪苏东坡把美茗比着清婉的丽

288

人："从来佳茗似佳人。"人生若能常伴佳茗，如伴佳人，岂不是良辰美景，赏心乐事？

在我看来，品茶除此好景佳人外，时间和天气也很重要。白日令人燥，黄昏令人静，雨夜令人幽，雪夜令人冷，月夜令人淡。月夜应是品茶的最佳时分。淡是茶的真味。淡淡的月光，淡淡的茶味，这是禅宗所追求的禅味。味虽淡，却让人回味悠长。保持一颗如茶纯净恬淡的平常心，才能把所有的人世怨怼、物欲追逐看开。淡也是人生的真味。淡淡的茶味，如人生淡淡有味。大起大落之后，大痛大悲之后，才会参悟平淡的心境，是人生良好的态度。平淡不是无为，而是以一颗澄澈淡泊的心去看世界，以一种诗意的心情看人生，才能把人世中压在我们身上的痛苦淡化，才能把在我们毫无防备的时候，挫伤我们心灵的尖锐现实淡化，而闻到尘世中的一缕幽香，体会出现实里的淡淡茶味。

月色中，晚风里，我似乎觉得衣袖也灌满了茶香。当我下山去的时候，一定要把这淡淡的月光、幽幽的茶香带回去。好在月临窗前，品着香茶，听茶中的松涛声，而觉得人生有清声，人生有真味。

梦里神女

在我久远久远的梦里，一直想去看看那位住在长江之湄、巫山之上的美丽女子。

传说，巫山神女是九天仙女，西王母的女儿。她有一个很美的名字：瑶姬。她是人间的美神，其相无双，其美无极。楚怀王游高唐，梦见与神女相遇，惊为天人，顿生爱慕之心。多情神女旦为朝云，暮为行雨，朝朝暮暮往来于高唐之上阳台之下，与她的情人幽会。

那时候年纪尚小，我总是想一个很幼稚的问题，神女到底是神，还是人呢？后来渐渐长大，从诗里看见神女的形态笑貌。我知道，每当晓雾初起，她总会神态娇慵地卷起纱幔，帐前谢落的缤纷花瓣，好像她昨夜换下的衣裳。我也知道，每当月白风清的良夜，就会听见她行走时带起的环佩声响。而当她行云播雨归来，还能闻到她满身的异香。

可是，我仍然不明白，她到底是人呢，还是神？曾经千百次梦里，我寻找着她。

终于，在这个苍茫的雨夜，"天山"号客轮载着我，和我的梦，缓缓驶出了宜昌港，向三峡飘然而去。那个心里的梦，终于可以在这个诗意的雨夜如愿以偿。

伫立在甲板上，望着夜雨中宽阔的江面，我的心情一阵激荡。可是这样漆黑的长夜，连一座山峰的影子也无法看清，如墨一般，不知要挨到何时才到天明？我不禁担忧起来。忍不住，跑遍船舱找到导游小姐，反复地问她：

"明早真的能看到神女峰？你肯定吗？"

导游小姐微笑地对我说："会的。明早六点，船从神女峰经过，到时我会唤醒每一位游客观看。今晚你可以做一个好梦。"

我这才放下心来，又慢慢转到甲板上。刚才还一起看夜景的朋友已经回舱休息。甲板上的风有些大，蒙蒙的细雨濡湿了我的长发和衣肩，我一个人就这样迎着江风秋雨，静静地站立着。想此时此刻夜雨中的神女，是不是也如我一样站立着呢？可她在那里一站，就是几千年。不知，楚王还夜夜来与她相会吗？

夜航的船向神女峰慢慢迫近，我好像感觉到神女的气息，好像听见她深情地对楚王说的那番话："妾在巫山之阳，高丘之阻，旦为朝云，暮为行雨，朝朝暮暮阳台之下。"

江风越来越大，我单薄的衣裙已经不能抵御袭来的寒意。只好回到船舱，枕着波涛睡去了，但愿今夜做个清梦。

第二天一早，天还未晓，我便被一阵吵嚷声惊醒。看看时间，五点半。还好，来得及看神女峰。我匆匆而起，披衣走出了船舱，循声找去。只见许多朋友正围着导游小姐在说着什么。问近旁的朋友怎么回事，他连呼上当，神女峰早在凌晨四点多钟就过了，可导游却说六点以后才能看得到。

我顿时呆住了，做梦也没有想到，我会从神女峰的身旁，与她交错而过。原来，当我醒来，仍然只是一场梦！

　　朋友们还在质问导游。导游仍然一脸微笑，只是多了几分歉意和尴尬。

　　我无言地走到一边，天渐渐破晓，雨仍然飘着。烟水苍茫，那座神女峰已经远去。我不能看见神女月下的绰约风姿，不能听见她走路时的环佩声响。

　　船越行越远。屈原问天去了，昭君挥泪出塞了，李白的轻舟也过了万重山，刘备的战马早已策出了白帝城。西陵峡、巫峡、瞿塘峡，在涛声中越来越远，两岸只剩下青山和峭壁，在沿途做历史的见证。

　　仰望那肃穆的万仞岩石，我不禁想，神女峰只不过是一座显得秀美的山峰，一块有些像人形的岩石罢了。她是人们塑造起来的美神，一个永远停留在想象中的传说。

　　尽管她不是神，也不是人，只是一座山峰，但人们仍然不愿看破，仍然愿意相信，在这世间，一座美丽的山峰上，有一位多情的古代女神，在风中伫立，诉说着千古一梦，诉说着她与楚王缠绵悱恻的爱情故事。

　　站立在甲板上，一个人想清楚了许多事。虽然没有如愿看到神女峰，但我愿意相信那一个美丽的传说，愿意相信神女与楚王的故事，愿意相信那座山峰就是神女的样子。有梦的人生是美丽的。

　　就让神女再次从我的梦中而过吧，不要惊扰她和情人的幽会。

黄山，我不能带走你

没有带走一片云彩，也没有带走一座山峰。

就是这样在红枫飘零的暮色里，我踏上了归途。像那个再别康桥的诗人，轻轻地我走了，轻轻地向你挥一挥衣袖。

只因我知道，我不是那片黄山的云，也不是那一弯黄山的明月，我无法也不能带走你，无法也永远不会带走你的每一座山峰，每一片云彩。只因为我深深地明白，在我的心中已经牢牢地耸峙着一座山，那是我生命里的山，是我故乡的山。如果我能够是云，是月，那么，我应该是我生命里那座山上的一朵云，是我故乡的那一轮明月。

因此，当夕阳西下，倦鸟已群飞归巢的时候，我开始慢慢地下山了。不再回首，也不再忧伤，浓雾已经四涌，隐去了身后长长的山路，隐去了崖畔峰顶上横着的苍苍翠微，也隐去了在山中飘来还去的云彩。而黄山，你在苍茫的暮色中，仿佛也消失在我渐行渐远的身影后。

可是，你真的消失了吗？真的从我的心中消失无影了吗？纵然我可以不再回头，可以将热泪收起而不带走你的云彩和山峰，而我对你的那种初初相遇的狂喜和仰慕是无法阻止也无法消失的，更不能够做到在后来的长长日子里我会不去想你。

因为，你实在是一座优秀而绝美的山。

那一天，我走在曲折的山路上，阳光从西边高高的山上温柔地洒下来，风有些清冷，是乍暖还寒最难将息的天气。巍峨的群山绵延起伏，重峦叠嶂，云雾漫卷。青青的云松，遍山的红枫，成为黄山最美的风景。

要多少万年的寂寞才站成这样雄伟的群山？要多少岁月的孤独和坚韧才能够成为眼前屹立不倒的山峰？要多少个花开花落秋去秋来才长成不老的青松和满树的相思？

登上高陡如云的天梯，云从身边轻轻地涌来。渐渐地，一片片，一团团，奔来眼底，刹那间，暮色苍茫，云海苍茫，仿佛步入虚幻缥缈的天国。

一直都那么错误地认为，最美的山大概是画中被美化的山吧。可是，当黄山出现在我的面前的这一刻，才发现我的感觉彻底错了，你比画中更真实更完美，更令我感动。有什么能比真实的原貌更美的吗？

我真想变成一片黄山的云，这样可以常驻你的山中。可是，这样我却不能再回到故乡，我又不愿！望着山中冉冉来去的云彩，不禁想，云中可曾有故乡飘来的云？

暮色逐渐深浓，我独自走向清凉台。将自己斜靠着一块很清凉的巨石，静静地看着落日，看着被夕阳烧红的半边云天，和山路上的青青云松，一直看着晚霞满天，又逐渐从天边淡去，从山后徐徐退下。

人说，黄山归来不看山。虽然黄山很美，但我又如何能够做到不看山？世上不止有一座山，还有许许多多的山，有世上的山，有人心的山，有子期不遇伯牙碎琴的流水高山。在我的心中一直有座生命的山，在我漫游疲倦后可以依靠的故乡的山。无论我走到哪里，哪里就有我剪不断的乡愁和思念。

此刻，月亮出来了，黄山的朋友陪我慢慢地走在幽寂的山路上。黄山的月亮特别亮，清美和空灵。月光从高处树隙中漏下，一地斑驳的树影。我沐浴在月光中，恍若置身虚幻的梦境。

黄山的朋友对我说："你能留下来吗?"

他的话让我心动，我真的好想留下来，但我不能。

月在中天，月光清凉如水。如水的淡淡乡愁随月光渐渐浸进我的眼里，我的眼里充满了热泪。我想起故乡，想故乡的明月在等候天涯的归人。纵然故乡的月亮没有黄山的月亮澄澈，纵然故乡的山没有黄山那份绝世的美和虚幻，纵然故乡喧嚣的都市淹没了月亮的宁静，但故乡明月升起的地方是我永久的思念，永久的家乡。

我摇摇头，对朋友说："我要回去。"

朋友眼中有些不舍："你会想起我吗? 想起黄山?"

我告诉他，会的。此去经年，在每个枫叶飘落的时候，我会微笑地想起你，想起黄山的云和明月。所以，请你，请你一定要原谅我，在这枫叶已落的迟暮，我是无法带走这里的一切，也无法留下来。只是因为，在百转千回之后，在旅途尽处，在我温馨的家门始终等候着的爱，才是我的方向和最终的归宿。

雾越来越浓，月亮隐去，云也淡去。我朝朋友挥挥手，缓缓踏山归去。

到拉萨河边去

在这个世界上，有许多东西是我们想要追寻的。它可以是爱情，也可以不是；可以是一种文化，一种境界，也可以仅仅是一种感觉。总之，它一定离我们很远，一定有着神秘的力量，强烈地诱惑着我们，牵引着我们，使我们追寻而去。

不然，为什么我们要到那么远的拉萨河边去呢？那条居住在地球第三极，世界屋脊之上的河流，一定有些东西值得我们追寻吧？

正是桂影扶疏的初秋，锦江河畔的垂柳还来不及转黄的时候，我们从天府之国的成都，来到千里之外的神秘西藏，美丽的拉萨。

朝拜了庄严的布达拉宫，金碧辉煌的大昭寺和小昭寺，我们又赶在夜幕降临之前，到拉萨河边去，感受藏民们欢乐的沐浴节。

每逢藏历七月中旬，雨季不再来，日光城沐浴在一片金色的阳光下。男女老少，尤其妇女最多，都到拉萨河边去浣衣、沐浴。妇女们赤裸着身体，洗去蒙尘，洗净家里的被褥衣服。据说天上的弃山星（藏语"嘎玛热格"）在这个时候出现，直至隐没，刚好历时七天。在这七天内的河水最为清澈圣洁，利于沐浴，能消灾避邪、延年益寿，因而它成为藏族人民传统的沐浴节。我们正好赶上这个富有浓郁民族风情的节日，谁愿意错过这样一种机会呢？谁愿意拒绝去这样一个充满诱惑的水边呢？

拉萨河是世界上海拔最高的雅鲁藏布江的一条支流。原来以为那是一条遥不可及的河流，一个神秘的水畔。可是，当我来到她的身旁，看到对岸荒远连绵的山峦，看见河滩上金黄的乔木，看见夕阳下波光里沐浴的情影，和岸边盛开的格桑花，我觉得她离我那么近，那么真实而又迷人。我的心里按捺不住狂喜和激动，她不再是一条遥远的神秘的河流。世上有些事物之所以神秘，是为了等待我们走近它。

又是晚风吹送的黄昏，又是长长的水湄，我曾在这个美丽的时刻，漫步在西子湖畔，看过西湖盈盈的秋波；也曾坐在黑龙江畔，看对面的白桦树倒映在水中；还曾在故乡的锦江河畔，穿过水边依依的垂柳。眼前的天空、河水和夕阳是那么相似，又是那么不同。拉萨河没有西湖的绿波，没有黑龙江两岸青青的群山，连夕阳也不及成都锦江河上的夕阳温柔。然而。那黄沙岩石堆积的山峦，冰雪凝聚的峰巅；那气势磅礴的激流，灼灼逼人的日光；那水边沐浴的藏女，岸上萋萋的荒草和闲适的牧狗，还有那一望无际与蓝色苍穹相接的草原，是任何风景都无法具有的原始与粗犷，纯净与圣洁。

我们沿着河边走。河畔上，三五一群的藏男藏女，有的悠闲地躺在草地上，享受天赐的日光浴；有的则饮着甜醉的青稞酒，喝着热气腾腾的酥油茶；有的坐在草地上和情人说着甜蜜的情话；水边有半裸着上身的妇女，也有全裸的妇女，背对河岸而浴。她们看见我们这群汉族打扮的红男绿女，不好意思地将双手遮在胸前，又回头吃吃地望着我们偷笑，那种神态又好奇又羞涩，我不禁友好地向她们笑了。

远远，我看见一位年轻俊美的藏族姑娘，独自一人在离人群稍远的河边沐浴。我朝她走近，见她赤身跪在水边，将一头长发瀑布般甩进水里，又从水里甩起来，那动作又奔放又优美。水珠散落在她小麦色的胴体上，晶晶亮亮，她又双手掬水从头顶上洒下，清澈柔软的水滑过她光滑的每一寸肌肤。夕阳将辉煌的余晖披洒在她的身上，她美丽的身体完完全全展示在自然面前，庄重地接受自然的洗礼，看上去高贵而圣洁，有一种动人心魄的美。她好像忘记岸上的人，忘记周围的一切，只有自然与她融为一体。一切那么天然，那么单纯，那么如水一般的纯净。此情此景，纵有多少私心杂念，也荡然无存，灵魂仿佛得到净化和升华。我不由心生感悟，我们所要追寻的，不就是那不需要掩饰和伪装的单纯与干净的灵魂吗？

望着赤身沐浴的藏族姑娘，我真想走下水边，和她一样，将自己展示在无边的苍穹下，融进大自然的怀里。可是，我没有这点勇气，为着太多的束缚，为着太多的理由，我不能够。想想人是多么矛盾和悲哀，什么时候才能有勇气将自己的一切展示在茫茫的苍穹下？其实，我并不是真的要走下水边沐浴，毕竟这是藏族的风俗。而我所以想做一回赤身的藏女，只是想找回我们失去的勇气和纯净的灵魂。

此刻，暮色四合，水风带起薄薄的衣衫，一阵寒意袭来，我们向来时的路归去。

　　同行的朋友对我说，月亮升起的时候，沐浴的人更多。然而，我不想去，我所需要的感觉，在黑夜中是无法寻觅的。

日喀则，美丽的地泉

　　从西藏回来，仿佛发丛还沾着湿漉漉的水汽，我仍沉浸在兴奋中。见到朋友，我便对他讲："我在世界上最高的地方，享受了一次最美的温泉。雪山脚下，草原之上，天空飘着雪花，我在水里游呢！"

　　朋友惊喜地问："是真的吗？"

　　我不无得意地告诉他，这是真的。在西藏的日喀则，海拔4000多米的地方，有一个叫羊八井的地热温泉。

　　今夏的六月，我们西南五省六方的媒体同人赴西藏采风。首站拉萨，第二站便是藏北日喀则。羊八井是闻名于世的地热田，在日喀则境内。四周雪山环抱，草原一望无际。而来自地底的温泉终年热气蒸腾，弥漫在雪山草原上，恍若仙境一般。

　　这里距拉萨只有一个半小时的车程，却是进入藏北草原的第一个风景驿站。提起藏北，总是让我联想到荒凉的字眼，不由自主地感到寒冷，感到一片未知的迷茫和惶怵。藏北高原在藏语中称为"羌塘"，即北方平原。它属于青藏高原的主体，平均海拔在5000米以上。越往上走，海拔越高，氧气更加稀薄，而风光也更绝妙。仅那曲地区，约十数万平方公里是无人区。曾经一些金发碧眼的西方人闯入这片神秘而辽远的地方，虽然经历千难万险，九死一生，终未到达这片离太阳最近的地方。不过，我们此去的地方是水草丰茂的羌塘草原，是牧民们世世代代的生息之地，还不至于让人感到畏惧。

我们的车子穿行在两旁高拔如壁的山岩间，那裸露断裂的群峰上一点绿色也没有，连星星野花也飞不进眼里，荒凉的含义在这里写得明明白白。眼睛看得倦了，恹恹睡去。当我睁开双眼时，竟有些后悔不迭。眼前这一片宽阔的草原什么时候出现的？羊群什么时候跑来的？我看到一位穿着漂亮藏袍的牧羊女，挥着鞭子放牧着啃噬青草的羊群。不知那举鞭的牧羊女是否有一张粉红的笑脸？彩色的经幡在风中飞扬，我默念着六字真言，目光随经幡飘向天宇。

到了羊八井，我们一群男男女女从车里鱼贯而出。不承想，地面气温陡然下降，寒风凛冽，我几乎快要被风吹倒，用"弱不禁风"来形容，毫不夸张。阵阵寒意袭来，整个人冷得瑟瑟发抖。再看那些男士们，也好不了多少，一个个大呼太冷。很多人坚持不住，又躲回到车上去，我也在其中。那热气腾腾的温泉就在咫尺，而我们只能眼睁睁地看着，不敢越雷池半步。终有两位勇敢的男士脱去衣服，换上在小店买的泳裤，跳下水池。在车上的我们禁不住为他俩鼓掌。

他俩在水中向我们招手，叫我们下水。也许挡不住诱惑，先后有七八个男士还有两位女士也下了水。看见他们水中悠游自在的惬意，我羡慕死了。

我再也按捺不住，打开车门，冲向更衣室。当我穿着泳衣走出来时，迎面的风冷得我站立不稳。我快步走到池边，顺着扶手试探着下到水里。我完全没有想到，一下水，我被这蒸腾的地下温泉拥抱了。

　　下雪了，水中的我们惊呼起来。一朵朵洁洁白白的雪花，漫天飞舞。书上才有的六月飞雪，我们竟然在这藏北高原看到奇迹的发生，分沾了上苍降临的圣雪。

　　透过蒙蒙水汽，看见巍峨的雪峰绵延起伏，我好像躺在冰雪的怀抱中。水温软而滑腻，带着一股硫黄香，是天然温泉才有的味道。我掬水捧上头顶，水从我的指缝缓缓流下，顺着脸颊，滑过我的肩，又缓缓滑过我的双臂。我庄重而虔诚地重复上古的仪式，接受圣水的洗礼。洗尽脸上的铅华，和我一身的旅尘，让我真实的原貌，展示在圣洁的苍穹下。我感觉自己像那个在水边赤身沐浴的藏女，找回了纯净的灵魂。

　　我的额头上被水汽熏得冒出细粒汗珠，以至于雨点和雪花飘在脸上也不觉冷，而且觉得十分清爽。我的身体在水中暖暖的，仿佛被融化了。书上说，女儿是水做的。那么，我是落在这水里被融化的冰吗？

　　我浮在水面，仰望高原的天空和连绵的雪山。水汽时而散开，缥缥缈缈，时而浓得化不开，模糊了天空和雪山。我好像身在瑶池仙境，是梦呢，还是真的？暖暖的水流轻载着我，天空、雪山、大地与我合而为一，我是天上飘落的雪花，天上飘落的雪花是我。我是这自然，自然是我。还有什么比这更好的感觉呢？

　　想起我曾在西安华清池泡过温泉。华清池是唐玄宗为爱妃杨玉环赐浴的地方。千百年前,那位一笑百媚生的杨贵妃就是在那座温泉洗去凝脂,褪尽铅华,让唐玄宗魂牵梦绕,宁要美人不要江山。如果杨玉环知道,西藏有一个比华清池更美的地热温泉,她肯舍弃繁华的长安来到辽远的西藏吗?她肯舍弃芙蓉帐里的春宵而住进高原的帐篷吗?而她会有文成公主出嫁西藏的勇毅和胆识吗?华清池是御赐的宫廷温泉,它只属于杨玉环,当时的百姓无法享有。而羊八井不同,这里的温泉却是上苍赐给藏民们世代的福祉,圣洁的圣泉。

躺在暖暖的水上,望着下雪的天空,我的思绪飞过久远的时空。躺得久了,我伫立水中,蒸腾的水汽把我包围着。雪山在我的眼里变得朦朦胧胧,碧绿的温泉和水中的人也变得朦朦胧胧。苍凉而粗犷的藏北高原在我的视线里变得温柔起来,心也温柔如水。原来,最粗糙和冷峻的景象也具有柔软的一面。

该上岸了。虽然我和我的同行一样,不舍这雪山,这草原,这地底涌出的热流,可我们不得不回到岸上。

生命的旅程总是一段又一段地奔忙,我们不能太久地停留,也不能把每一处风景带走。生命的沿途有许多美景,我们只能拥有一刹那的时光,然后转身而去。但一刹那的美丽时光,抵过永恒。当我们在回忆的时候,会有一种温柔如水的心情。

在日喀则,有一个世界上最美的温泉,我来过了。朋友微笑地倾听着。

赤水河畔的星光

今夜星光灿烂，我们在静静的赤水河畔。

静静的赤水河，在这个繁星闪烁的春夜，正等候我们的来临。

我爱看天上的星光。每当夜幕低垂的时候，我就会推开窗子，关心星辰的消息。若是一个星夜，我便会喜出望外。看那些繁星在暗夜里明明地临照世界，哪一颗是牛郎，哪一颗是织女？但是，在高楼林立的成都，很少看到满天星光。庆幸的是在这个初春的夜里，在三月的赤水河畔，我又看见满天星辰！

夜已很深了，茅台镇寂无一人。白日里横亘眼前的马鞍山，此时已被夜色笼罩，便连斜坡上的灯火、近处人家的窗影也看不见。四围笼罩着一种落幕后的沉寂，只有星辰不肯睡去。

赤水河离我们下榻的茅台宾馆不远。然而，走了许多时候，依然不见赤水河的影子。只是在晚风轻轻吹来的时候，我恍惚听见流水潺潺的声音，在极远处轻轻呼唤我。走在幽寂的路上，有人感到害怕，提议回去。我不想回去。在这个美丽的星夜，我是无法拒绝不去水边的。星光下，晚风中，伫立盈盈水畔，这样一种诱惑，我怎能抵挡呢？如何舍得放弃生命中出现的水光星光呢？也许是星的吸引吧，也许谁也不愿错过一次难得的美景，我们继续前行。

转过斜坡，水声逐渐清晰起来，我已分明看到波光的闪动，情不自禁地朝它奔去。当我终于站在水边的时候，当满天星光向我覆盖下来的时候，当水上凉风带起我青青衣裙的时候，我竟难以置信，这就是曾经洒遍血雨的赤水河？曾经震惊世界的赤水河？此刻，它是那样静谧，静谧得谁也不敢大声说话，不敢惊破这份空灵和安静。

宝蓝色的广袤的夜空，缀满点点繁星。幽幽的河水，闪着粼粼的波光，柔柔的晚风从水面吹过，仿佛听见繁星坠落的声音。星光下，觉得那水似酒，闻着一股淡淡的、芬芳的酒香，令人有些微醺。方才了悟飘香四溢的茅台酒，原来因着这水的缘故啊。一直奇怪今夜的星星特别多，想来是天上的酒仙们也奔赤水而来，那些星星必是他们手中的酒杯吧？此时我仿佛浸在酒似的水里，借得星星的酒杯，饮尽微醺的沉醉。

我凝神沉思，我们足迹所到的地方不可能有更多的重复。在青青的山冈看夕阳西坠，或在黄昏的树林里看月上林梢，这对于我们忙碌的众生是一次奢侈的享受。何况在皎洁的星空下，在满天繁星的赤水河畔，也许一生中只能有这一次美丽的相逢。假如只能有这一次，我愿意拼却一醉！在我们享有的时候，为什么不能纵情一次？为什么不能说出心中深深的爱恋和渴望呢？

潺潺的水声中，我悄然静立。繁星从广袤无垠的夜空俯视我，仿佛在对我微笑。我感觉天上的星光不同寻常。它不是我故乡岷江边上的星光，繁华而热闹。它是赤水河上的星光，来自寂寞高处，来自邈远苍凉的夜空。地上没有闪闪霓虹与它遥遥相映，只有静静的赤水映照它清寒的光影。这些星辰似乎有些寂寞，也许很少有人注意到它们，也许有的人一生都不会走到此刻的星空下。然而，这满天的星辰在黑夜里，显得格外的明亮和深邃，想它们不知照亮过多少旅人的足印，抚慰过多少孤独的心灵。人生有寂寞的时候，有遭遇黑暗的时候，若能够穿过孤独的暗夜，那么，生命的途中终会遇见光芒，一如头顶的星光吧。

　　静默中，同行的朋友指给我看，那七颗熨斗似的星便是北斗星。我不禁想，当年红军四渡赤水，也是繁星闪烁的星夜吧？也是凭着北斗星的指引吗？今夜赤水河如此安宁和静美，曾经的战火硝烟早已远去，仿佛什么也没有发生过。可是，昨夜的星辰依然闪烁，昨夜的北斗星依然照亮着我们，指引我们穿过漫漫长夜，寻找生命的光芒。

　　夜已阑珊，走在归去的路上，我不禁频频回首，今夜赤水河畔，我的生命中又多了一片星光。

黑龙江畔

好像对水怀有一种特殊的感情吧。

我喜欢坐在垂柳飘荡的岸边，看湖上烟波浩渺，领略那份空蒙与辽阔；喜欢斜倚栏外，欣赏"依然极浦生秋水，终古寒潮送夕阳"那种近于苍凉的美丽。在水边，一切纷繁芜杂的琐事，都可抛去不想；一切烦恼和痛苦，都可弃它而去。心如一朵莲，浮在静静的柔波上，伴随流水悠然远去。

彩霞满天的黄昏，我身在遥远的异乡，万里以外的北陲漠河，黑龙江畔。一直很想去看看黑龙江，看看这条长长的中俄界河，看看它对岸俄罗斯的白桦林。一直以为这是一个遥远的梦，它和我的故乡隔着万水千山！没有想到，此刻的我，就静静地坐在青青的黑龙江畔，看落霞慢慢西坠，看清凉的晚风从对岸的白桦林吹来，送到宽阔的江面，拂过我的长发，我的心底涌生感动，又难以置信。

夕阳下，暮色中，江水泛着粼粼的波光，我惊喜地发现，眼前这深幽的江水，不同于湖水的绿，不同于大海的蓝，也不同于黄河的浑厚、长江的清澈，它的颜色是青黑色的！黑而不浊，干净澄明。但见江风吹来，江水起波，黑浪翻涌，宛如一条鳞甲闪闪、翻云覆雨的黑龙。风止，它转瞬又变得安静起来，如平静江面上的卧龙。我猜想，这条黑龙江也许是黑龙变化而成？不然，便是天上的画神把墨汁抖落了？不管怎样，不管有多少美丽的故事，凭它是黑色，我已有说不出的欢喜！青是黑色，黑色象征着凝重深沉，一种庄严和神圣。我对黑色怀有与生俱来的敬意，因为我故乡的土地是黑色的，在中国大地上生活的人民，头发是黑色的，眼睛是黑色的。此时此刻，我脚下的土地也是黑色的。这条悠悠流淌的黑水，仿佛不是从我脚边流过，而是从我的心上流过。

这时候，我看见对岸停泊着一艘俄罗斯船只，有几位俄罗斯水兵从船舱走出，有的赤裸着上身。我挥舞着手里的野花，笑着向他们招手。其中一位水兵发现了我，不好意思地急躲在那穿了上衣的水兵身后，似乎很害羞。其他几位赤裸上身的水兵也纷纷躲进船舱，然后探出脑袋，伸出一双双手朝我友好地挥动，口里用不熟的中文喊着"谢谢""你好"，声音回荡在水面，回荡在我的耳畔。如果先前我还有一分戒备的话，此时已荡然无存。他们的羞涩和友爱，使我觉得他们和我们的水兵一样可爱。其实，他们和我们本是姊妹兄弟。在水的两岸，是一样的蓝天，一样的森林，一样炊烟袅袅的木屋。彼此共有一条河流。虽然江水隔开了两个国家，却隔不断人类最真诚的友爱。国有国界，但是，爱无国界，它超越时空，任凭千山万水也无法阻隔。它把陌生的心连接在一起，化解一切恩怨与仇恨。

望着静静的江水，我不由得肃然起敬。这是一条不平凡的界河。它不仅滋润着两岸的土地，还滋润着两岸的森林与人民，承载着两国厚重的历史与那段在战火中结下的深厚友谊。岁月悠悠，江水悠悠。这条河流继续向前奔流着，延续着昨天的故事。

暮色渐合，归鸟还林。夜悄悄来临，月亮挂在无垠的苍穹，洒下一片清辉，照着两岸幽寂的森林，照着月下不肯离去的我。

月色如水，江风轻送，这是一个温柔的夜。我不觉哼起《莫斯科郊外的晚上》这支名曲，仿佛身在异国他乡，感到一种异域的情调，仿佛看见美丽的俄罗斯姑娘正和她心爱的人在月下倾诉衷肠。恍惚之间，我依稀看见身旁不远处，那浓浓的树影下，相拥着一对情侣，沐浴在月光中。我的心中荡起一种温柔的情怀，千百年来，这条江水载着两岸一样的情，反复唱着人类永恒的主题——爱。面对月光下的江水，我深深祈愿夜色永远这样美好，江水永远这样长流；祈愿人世间的爱，能如江水一样永不改变。

夜色阑珊，江风不断催我归去。我将告别江边美丽的夜晚，告别两岸茂密的白桦林，告别悠长深远的黑龙江。不知什么时候我会再来？希望来时，情怀依旧，江水依旧。

清凉的泼水节

喜欢水，喜欢水从指间滑落的那种清清凉凉的感觉，喜欢在水花飞溅中奔跑的我。

发现无论是在水草丰茂的水之湄，还是逆流而上的水之央，所有该去追求或是应该放弃的事物，所有想要得到而又害怕失去的痛苦，所有心灵中承受的误解伤害和人世的几多炎凉，都可以不想。在这纯净而清凉的世界，我只有那份属于水的清凉的心情，那份从心中流过的清凉的喜悦。

因此，在那个清凉的时刻，当所有的人将那清凉的水迎面向我泼洒而来的时候，我的心中幸福满溢！

很久很久就想能够有一次南行，能够遇上傣族泼水的日子，体验那凉凉的水如何迎面泼洒而来，如何带给我一身的凉意，一心的快乐和幸福。而那个好风在野的四月，有着蓝蓝的白云天的日子，我在云南边境的瑞丽和缅甸的南坎，渴望已久的心愿终于实现，我所期盼和等待的光景，都在那个清凉的日子——出现。

那天，阳光很灿烂，照在棕榈树摇曳的瑞丽街头。在内地这样的天气还是乍暖还寒的春季，而在这与缅甸仅一江之隔的瑞丽，已是穿着薄凉衣裙的夏天。

　　我和几位朋友站在瑞丽宾馆的阳台上，凭着凉凉的栏杆，透过清凉的浓荫远远望去，只见遍街都是泼水的人群。身着艳丽筒裙的窈窕卜哨（傣族称姑娘为"卜哨"）穿着宽大筒裤的英俊卜冒（傣族称年轻小伙子为"卜冒"），活泼的少男少女，三五一群提着水桶，纷纷朝路人泼水。那些卜冒泼向最多的是年轻的卜哨，尤其是非常美丽的卜哨。她们在四溅的水花中躲避着，奔跑着，不断传来她们的尖叫声和欢笑声。这声音从一株株棕榈树中传送过来，深深感染了阳台上年轻的我。想"窈窕淑女，君子好逑"不是在《诗经》中才有，今天的人和两千年前的人原本有着一样的追求，有着一样的情愫，即使是不同的民族。

　　据说，傣族的泼水节含有祈雨求丰年和祝福的意思，还含有傣族年轻男女以水表达爱情的美好心愿。远古时代的人们就对水有了一种虔诚的崇拜，一种与生俱来的爱情，一如那亘古的青山终有流水的依傍。那时的古人和今天的傣族人没有什么不同，而今天奔水而来的我们和这许许多多的爱水的傣族人有什么不同呢？

　　凉凉的风吹动着棕榈树叶，翻卷着我长长的白裙和一肩长发。我和朋友们早已按捺不住冲动，走下阳台，又憧憬又情怯地步出宾馆，加入泼水的人群。

　　刚走上街头，还来不及回过神来，我便被一群热情的卜昌团团围住，一位帅气的卜冒提起一桶清水，猛地从我的头上泼下来，接着三五位卜冒也一样提着水桶朝我的头上、身上猛泼过来。一股股凉凉的水顿时湿了长发，湿了薄薄的衣裙，湿了我的全身。从来没有经受过这样突如其来的泼水，从来没有体验过这样疯狂、这样猛烈的泼水！我惊慌无措，拼命地躲着，逃着，尖叫着，却又止不住地笑着，还未冲出几步，又被一群卜冒团团围住，清凉的水像大雨一般倾盆而下。我便在这水花飞溅中来回地奔跑，尖叫，那些卜冒似乎不肯放过我，提着水桶也来回地追着我。我感到好无助，想向朋友们求助，而他们在倾盆大"雨"中已纷纷逃散。

凉意浸透我的身体，一阵阵惊寒。我几乎无法承受四面八方泼来的凉水，快要被泼哭了。可是，虽然我被泼得全身湿透，虽然我几乎"吓"得流泪，却是一惊一喜，内心深处满溢着快乐，感到一种纵情的自由，觉得自己是人群中最幸福的人。傣族有一句话：泼湿一身，幸福终身。

清凉的水泼向我，泼向每一个素不相识的人，没有界限，没有设防，人与人之间是爱心，是善意，是真诚的祝愿。在那个好清凉的四月，太阳好像疯了，所有的人也好像疯了，投身在这清凉的水中，每个人好像变得不一样，潇潇洒洒，自由自在地释放着压抑的情怀和天性。

我想，在现实的生活里，如果人与人之间不需要设防和戒备，没有无端的猜疑和误解，是不是会活得更潇洒自在一些？如果在我们爱着的时候，能够自由地表达，勇敢地去爱，能够有这样的纵情和痴狂，心灵中是不是更少些痛苦和负重？

回到宾馆，我已完完全全成了水人儿，发上、衣上都拧出了水，我的指尖、我的肌肤、我的心上浸透了凉意。想起"女儿是水做的"这句话，心中竟起了几分温柔，几分自得和骄傲。而先前的害怕和无助已荡然无存，化作清凉的喜悦，清凉的似水柔情。

瑞丽的泼水是这样的猛烈和奔放，那么，异国的南坎是不是一样？是不是一样的纵情和疯狂？

第二天，风很清凉的早晨，我们乘船涉江去缅甸的南坎，在南坎街上，迎面而来的依然是铺天盖地的水花，依然是纵情和疯狂的人群。

其实，对水的热爱，人类生命中强烈的爱从来都是相同的或相似的。缅甸的傣族男男女女，身着和中国瑞丽的傣族一样的筒裙筒裤，提着泼水桶，捏着水袋，向我们猛泼，猛掷。我们笑着躲着，在南坎的"水"街上狂奔着。一位缅甸的男子提着水桶向我走来，我急躲在一位朋友的身后，并向那男子摆摆手，希望他不要给我泼水，此时我已全身被水淋湿，而他依然固执地向我走近。见我如惊弓之鸟，他笑着指指他的心，又向我摇摇手，意思是他不会猛泼的。我半信半疑，闭住双眼，双手抱在胸前，一副大难临头的样子。谁料他只是从水桶中掬起一捧水，在我的肩上洒了洒，然后用手拍拍我的肩。我放心地睁开眼睛，不禁感激地向他一笑。他对我笑了笑，又提着水桶微笑着走了。我的心里涌生自责：为什么我不敢相信他呢？为什么我要对他的真诚表示怀疑呢？也许是我俗世的经验，才这样不信任眼前这位异国男子的诚意吧？在人海茫茫的生命途中，有时候我们往往防备得太深，而不肯放松自己，不敢轻易地相信别人，结果在我们应该纵情的时候，而失去了享有的心情。

从缅甸回到瑞丽的那天夜晚，月亮升高的时候，我独自走在月色里，清凉的月光像那清凉的水向我泼洒下来。四周的剑麻、橡皮树笼罩在清凉的月光里。我忽然感到一种孤独，一种无言的惆怅。当我回去以后，我还能回到那个纵情和痴狂的世界吗？还能再拥有水从头顶淋下给我的清凉的心情吗？还能再保有那位异国男子给我的一份信任吗？

真的好希望，在我们的生活里能够拥有这样清凉的时刻。

白　夜

　　永远都会记得一生中没有黑夜的日子，记得紫色花开满林间的季节，那个彩霞满天江风翻动衣裙的夏夜，我记忆中最感动心怀也最奢侈的美丽时光。

　　那夜是夏至。我第一次到莽莽林海的北国，在中国地图上最北端的漠河村，在金色的黑龙江畔度过一个无眠的夜晚。我曾以为黄昏再美也是短暂的，黑夜是漫长的，最美的时光总是稍纵即逝。不然，诗人怎么会感叹"夕阳无限好，只是近黄昏"呢？

　　但当我置身万里关山，置身这片广袤的土地上，我几乎不敢相信，我会拥有一个漫长的黄昏，一个明亮绚丽的白夜，一个稀有的最美时刻！

　　漠河有一个足以骄傲的名字："中国北极村"。它还有一个浪漫的名字："不夜城"。她南靠大兴安岭，北依黑龙江，与我的故乡成都相隔万水千山，与邻国俄罗斯仅一江之隔。每临近夏至，这里夜短昼长，凌晨三点后天已大亮，霞光万丈。待到夏至，这一天没有黑夜，许多人聚集黑龙江畔，观看黄昏与黎明相会的白夜奇景。漠河夏至节是漠河北极村独有的一个节日。按照北极村人的习俗，每年夏至这一天，北极村的人们都会自发来到黑龙江边，点起篝火，边跳舞边等待北极光的出现。

那天黄昏，夕阳正好。我和同行的朋友一起朝江边走去。天好宽阔，空气好清凉，在我们周围弥漫着湿润的氤氲。晚风轻轻吹来，带着一种淡淡的松香和野花的芬芳。一声声婉转的鸟啼，如一支轻柔的音乐，流动在六月的黄昏里，飘荡在寂静苍翠的林间。我们停住脚步，聆听大森林的天籁，分享这份宁静和空灵。忽然，我的眼前一亮，在不远的草丛中，在斜阳照射的林间，盛开着星星点点的紫色花。是天上的星辰坠落了？凝神遐想之际，同伴为我采来满满一把紫色花，微笑着递给我。这意外的拥有，突然而至的喜悦，充溢心间。我情不自禁地低下头，深深吸了一口馥郁的香气，这来自北国森林的芬芳。

当我们来到江边的时候，已是游人如云。人们搭起白色帐篷，坐在草地上，或聊着天，或唱着歌，跳着舞。不时身边经过两三丽人，四五俊男，去赴一次浪漫的约会。

我们远离了稠密的人群，选了一处无人的江边坐下。没有了喧哗，没有了擦肩而过的人流，只有静静的江水，和对岸沉默的俄罗斯群山，一切重归宁静，一切又回到清寂。此时，江风拂来，拂动我青青的衣裙，手中的紫色花轻轻颤动，我不由得心存感动。在这夏夜的北国，在这晚霞初现的天空下，手握一束温馨的花，伴我看江上日落，看对岸青山，看晚风里翩飞的归鸟，这是多么美好的时光！在人生中，如果都有花伴你一生，那么，你就会以爱花的心情，去爱人，爱世界，爱天地万物。人生自然会充满美好。这不就是我们走遍万水千山所追寻的东西？

"你看，好美的天空！"身旁的同伴一声轻呼。我蓦然回首。就在我抬头一瞥的刹那，我被这壮美的景观震撼了！但见，夕阳冲破云层，露出圆圆的金洞，如哪吒脚踏的火轮，从天边飞滚而来，转眼间，跌入江中，江水为之起声。旋即，晚霞由金黄变玫瑰，由淡红至深红，铺满整个银河，仿佛是织女起舞的霓裳。我忽然想变作多情的牛郎，把她的霓裳偷去。在云霞之间，有一抹厚重的黑云，如一条静卧的黑龙，隐藏着一种深不可测的变化。恍惚之间，我仿佛看见，黑龙喷出火焰，点燃空中圣火，天神们举起火把，围着熊熊天火，举行盛大的火把节。江风不断袭来，衣裙翻飞，我仿佛凌风飞上太空，和天神们一起蹁跹，在天庭醉舞，在瑶池狂歌。那片飘舞的红云，是夸父的红披风吧？这血色的苍穹，是天神们泼洒的葡萄酒吧？我的想象无限地张开，满天的彩霞恍若梦幻。

　　这时候，暮色渐浓，山水朦胧。夜降临，江畔林中燃起篝火，朵朵跳动的火苗把我引回现实中，给我一种温暖的真实感。江水一泻千里，天际苍茫辽阔，我收回了无边的遐思。

　　午夜，一抹彩霞还在天际徘徊不去，以恒久的耐心等待黎明的到来。一个最漫长，也最绚丽的黄昏。

　　江风习习吹来，我们静静地坐着，耐心地等候着黎明的到来。突然，天空被五彩的光束照亮，长长的光柱在好似黄昏的天幕，变幻着，恍若童话世界。迅疾，如烟花一般从我们头顶掠过。

　　"北极光！"有人惊呼起来！

　　夏至只有在最北端——漠河，才能看见北极光这一奇观。漠河有一个古老的传说，看见北极光的人，是上天钦定的幸福之人。我心怀感激，庆幸自己也是幸福的人中的一个。

北极光很短暂，转瞬消失。而此时，晚霞与黎明开始交会，仿佛天地的交会。太空无声，江水无声，所有的一切都已消融在交会的世界里，消融在这庄严而美丽的不夜时分。

漠河县是中国纬度最高的县份，由于纬度高，使漠河地区在夏季产生极昼现象，时常有北极光出现，一年中唯一的一天没有黑夜。

我不禁想，如果人生也像此刻的天空没有黑夜，如果我们的心灵没有黑暗，该有多么美好！总有一些景象冲破黑夜，带给我们希望。这就是自然赋予我们的人生意义吧？

黎明的曙光渐渐扩散开来，晨雾悄悄退隐，朝霞又升起在东方。我们开始起身，踏着湿漉漉的软草朝来时的方向转去。

我会记住这个没有黑夜的白夜。

太阳岛的夏日

"明媚的夏日里天空多么清朗，美丽的太阳岛多么令人神往……"

我还是小女孩的时候就喜欢唱这首歌。从这首歌里，我知道了太阳岛，知道在离我很远的北国，有一个可以在水里游泳，在沙滩上弹琴的太阳岛，一个有诗有画有歌声的太阳岛。

多年后的夏日，我从天府之国的四川，来到北国哈尔滨，来到歌声里的美丽太阳岛。

步上太阳岛前，我在出售旅游纪念品的小摊上买了一条心形的碧玉项链。一面刻有"太阳岛"三字，另一面刻有"爱"字，晶莹剔透，我将它挂在脖子上。

同伴笑着对我说："你要把太阳岛带回去吗?"

我笑道："如果有可能的话，我就把太阳岛带回去。"

太阳岛坐落在哈尔滨城郊，松花江北岸，与斯大林公园隔江相望。岛上有青青的树林，有江南情调的楼台水榭，也有塔形风格的俄罗斯建筑，充满异国情调的岛上人家，还有垂柳依依的长堤。那长堤如美女的裙带，清澈的江水一如她光洁的玉臂，将太阳岛紧紧环抱，仿佛在夏日里诉说着沧桑的历史。

我迎着习习凉风，站在绿色的长堤上，不知什么时候，身旁的同伴哼起"我的家在东北松花江上"那支悲壮的歌。在那个悲惨的昨天，大阳岛曾一度失去了太阳的照耀，陷入黑暗之中。松花江流淌着中华民族的耻辱，沉淀着历史的悲壮。望着眼前荡漾在阳光下的松花江，沐浴着夏日里凉风的太阳岛，我的心底涌过一条怒吼的洪流。

我和同行的朋友在堤上走着，穿过一树树垂柳，远离了江边的人群。一路点点杨花随风飘落，似花非花。我张开手心将它接住，在它悲痛的昨天，点点杨花，尽是离人泪。而今天，它已经是一片明媚的"自在飞花"。

抬眼望去，一片空阔无人的沙滩出现在眼前！远处，一丛丛野生的灌木在沙滩上随风摇曳，好一片绿洲！我兴奋地拉起女伴的手，跑下长堤，朝沙滩奔去，朝那片绿色奔去。

这时候，凉风吹来，衣裙在风里翻飞。天蓝如水，辽阔而深远。浪花翻腾的松花江一泻千里，望不到尽头。这空旷的沙滩上，幽寂的草木中，只有我们两个红衣白裙的女子，和那野花间翩翩飞舞的彩蝶！我们沐浴在阳光里，狂喜从心中滋生。我举起薄薄的衣衫，向岸上的人挥舞，岸上的人也向我们招手。我仿佛回归自然，心灵无拘无束，没有负重，也没有羁绊。我与太阳在一起，与太阳岛在一起，与松花江在一起。

回到堤上，朋友见了我，不由得惊呼："你的爱呢?"我低头一看，胸前那块刻有"爱"字的玉坠不见了，只剩一条链子，一定落进了那些草木中，我不由有些惋惜。

朋友劝我去找一找，我摇摇头，释然地一笑："我把爱留给了太阳岛，不是更好?"

"你不把太阳岛带走了?"朋友问道。

"它本来就属于这里，属于松花江，我怎么能带走它呢?"

是的，我带不走太阳岛，但它在我的心里，在爱里。

北湖踏雨

　　总在下雨天，喜欢一个人望着窗外的烟雨，怀想那些与雨有关的往事和情景，而独自沉思起来。

　　那年秋天，一个飘着细雨的日子，我在川北的南充。

　　每到一个城市，我总要到这座城市中的公园走一走。因为所有的城市几乎大同小异，永远是拥挤的高楼，喧嚣的市声，所见的人也是匆匆忙忙的过客，擦肩而去。唯一能够躲开这一切的，就是城市中的公园。那里可以呼吸到林木里清新的空气，闻到青草的清香，还可以听见宛转的水声、鸟声和轻打在树上的雨声，一切自然界的清声，都能够在这里倾听。在红尘飞扬的都市中，那里是唯一没有被尘封的世界，一处我们的双脚可以漫游的风景，一个我们想去的安静的地方。

　　乍到南充，没有想到秋雨以她独有的方式迎接我。不由一阵暗喜，正好可以游一游雨中的北湖。于是，我撑一把雨伞，走进这市中心的北湖公园，没入那烟雨蒙蒙中。

　　我不敢相信自己眼前所见到的，那笼罩着烟雨的湖面，无边无际，这真是北湖吗？那林木中铺天盖地的绿色，被风吹起的一

322

大片绿浪，这真是北湖吗？还有那些小巧玲珑的亭台楼阁、廊桥水榭……我，真的是在北湖？在这个不大的城市中，竟有这样宽阔这样幽雅的古典园林，我一下子爱上了它，像情人初见。

我慢慢地踏着细雨，走在长长的柳堤上，沿湖畔而行。空蒙的长天，空蒙的烟水和雨意，让我恍若置身在唐诗宋词里。湿湿的柳条在雨中更深更绿了，低低掠过水面，像刚出浴的美人的长发，牵动着我丝丝情思。恍惚中，我感觉自己不是走在北湖，而是西湖的苏堤上。

曾经也是这样一个下雨天，我撑着雨伞，走在垂柳依依的西湖之湄。湖上水天一色，无边的烟雨也是这样四围弥漫着，扩散着，起着淡淡的轻梦。密密的雨丝淋湿了我的白色裙裾，我就这样一个人在苏堤上迎着细雨，想着苏轼诗中"水光潋滟晴方好，山色空蒙雨亦奇"的意境，走了很久很久。

此刻，我走上北湖西堤的长桥，远处的西山在烟雨中隐隐可见。我觉得自己像是走在西湖的断桥。心念一动，我会遇见许仙吗？转念又想，如果白娘子还在，她还会爱上许仙吗？那个不敢爱不敢恨的男子，白娘子值得为他断肠流泪，为他困锁雷峰塔下吗？那段缠绵的爱情悲剧，究竟是法海的罪过，还是白娘子爱上了一个不该爱的男人呢？

斜斜的雨丝飘湿了我的长裙，我静静地站在桥上。密密的雨线，在湖上织起一张巨大的网。湖岸拥围的绿树，仿佛也被这张网罩住，而我也成了网中的人，不想逃，不愿逃。在这雨网中，我竟然忘记自己身处闹市中！那些尘嚣，那些疲惫，已随湖上的烟雨淡淡而去，眼前只有那水那天那绿树，和我雨中的那些幻想，那些情景。

依稀中，透过无边的雨线，我望见陈寿的万卷楼矗立在远处的西山。我的目光开始翻阅着那凝重的历史，刀光剑影的三国便在眼前的水光中浮现起来。我好像看见刘备的旌旗，在雨中猎猎高卷；诸葛亮在城楼弹琴的淡定身影，消退十面埋伏；关羽的偃月刀，在铁骑上挥舞；曹操的军马，从雨中疾驰而过。我的耳畔响起了征战的鼓角声，雨中的厮杀声，还有那英雄拔剑的一声长啸……陈寿笔下的三国，曾经那样轰轰烈烈，可这一切早已"樯橹灰飞烟灭"。还是大文豪苏轼看得透，"大江东去，浪淘尽，千古风流人物"。陈寿当年在南充西山万卷楼写《三国》时，他想到了这些吗？三国的历史随着眼前的雨幕，在我的视线中渐渐变得苍茫起来。

虽然那些呼啸的铁骑，那些交错的战戟，离我们远去了，而写三国的陈寿也离我们远去了，但是，青山还在，夕阳还在，长流的江水还在。人们知道在南充的西山，陈寿的万卷楼还在。历史无声而永恒地站在那里，肃穆地向我们昭示着，留下一份厚重和沉甸。

雨仍然下着，我终于走下长桥，向林间走去。雨雾在林中弥漫着，树木在雨中显得迷迷蒙蒙。我漫步在细雨中，慢慢地走着。

北湖踏雨已过去很久了。此时，坐在窗前，望着窗外细密的雨丝，回忆着这些，才发现她是那样经久地植入我的脑海中，那样清晰地飘浮起来，如一段婉约的诗，一段厚重的历史。

刻进去的佛

在花开的三月，飘着微细春雨的午后，我来到大足。

那些著名的大足石刻群，庄严宏伟、栩栩如生的摩崖造像，一下把我引领入充满东方宗教氛围的艺术殿堂，接引到神秘的佛国仙境，与众佛神欢聚。

大足石刻位于重庆大足区境内，有七十多处，五多万尊宗教石刻造像。它是唐末、宋初时期的宗教摩崖石刻，以佛教题材为主，儒、道教造像并陈，尤以北山摩崖造像和宝顶山摩崖造像为著名，是中国晚期石窟造像艺术的典范和精华，规模之宏大，艺术之精湛，内容之丰富，与敦煌莫高窟、云冈石窟、龙门石窟、麦积山石窟这中国四大石窟齐名。它开凿于唐代，至两宋达到鼎盛。

一块块沉默的石头，一座座凝重的山崖，在古代智慧大师的手中变成了一座大型石窟密宗道场。宝顶山石刻造像，多以佛经为题材，宣扬佛理，描摹神佛，但不少又充满人世情趣。古代的雕塑工匠别出心裁，让宗教走向民间生活，刻出一组组情节连贯，富有生活气息而哲理深邃的石头连环画。

我印象深刻的是那个下地狱的养鸡女。《养鸡女》是大足石刻《刀船地狱》中的一幅。大藏经言：佛告迦叶，一切众生养鸡者入于地狱。将养鸡女打入地狱中的本意是警示世人，不要杀生。而我们眼前所见的养鸡女，却是一位勤劳善良的农家妇女形象。她虽在地狱世界里，却神态端庄，美丽动人。养鸡女绾高发髻，饰圆形耳花，穿尖领小袖衣，着襦裙，高腰至腹。《地狱变相图》展现了这样一幅宁静的生活场景：在晨曦微露之时，养鸡女刚掀开鸡笼，鸡群争先恐后跑出，两只鸡还正在笼边争食一条蚯蚓。养鸡女面带笑容，目光里充满对小生命的爱意。在人们眼中，她俨然就是一位善良、美丽的民间女神的化身。

　　为什么古代工匠把下地狱的养鸡女塑造成这么美的形象？或许，养鸡是百姓中最常见的活动，富有人情味的工匠于心不忍，临时改变了创作的初衷？或许，受到道家贵生、儒家仁爱思想的影响，智慧的雕塑大师有意让佛教、道教和儒家思想和谐相处？

　　我来到北山石刻造像群。它较之宝顶山，更艺术，更精美，也更细腻。人物神形毕肖，浑然一体，令我震撼。我尤爱"心神车窟"中那美丽而庄严的神佛世界。

　　此时，在我眼中，不是大慈大悲的佛的形象，也不是沉默冰冷的石头。我的心中已无观音，也无菩萨的实相，而是一个个刻进去的生命，一个个有血有肉、有情的东方女神。那微笑，那眼波，那安详的身姿，呈现出生命的智慧和美丽。《金刚经》说："凡所有相，皆是虚妄。若见诸相非相，则见如来。"若见诸相非相，你就见到佛了。佛是什么？佛由心造，佛在心中。我所见的诸相，不是实相，而是心中所想的非相。那么，我是不是见到了如来？

我虔心凝望，趺坐在白象上的普贤菩萨，面容秀美，如春晓之月；眉目低垂，宁静而安详，仿佛凝神沉思；嘴角微微含笑，温柔慈祥，典雅娴静。她仿佛不是一尊佛，而是一位很美的美丽女子，来到民间，度芸芸众生。

在转轮经藏洞，我仰首观望，手握经卷、骑着一头青狮的文殊菩萨，结跏趺坐于莲座，神情庄严，双目平视远方，透出智慧的光芒。他头戴方形宝冠，身着褒衣博带，胸前璎珞精巧细腻，面貌圆润，鼻梁高挺，双眼细长半垂，手臂手指秀美、灵巧，被艺术家誉为"东方美男子"。"文殊师利"是大乘佛教智慧的化身，以智慧和辩才第一，居各菩萨之首，与普贤菩萨为释迦牟尼佛的左右胁侍。他们合称"华严三圣"。

仰望文殊菩萨，感觉智慧从心中而生，仿佛产生了一股强大的力量。他是来万八千世界，教化有情众生吗？

再看那趺坐于金刚座上的玉印观音，肌肤微丰，气质安详。她温柔而慈爱的目光，穿越数千年，投向每一个人，仿佛心中无怨无恨，只有爱和慈悲。观音是佛教中普度众生的爱的象征，而母亲是人间善良无私的伟大女性。天下的母亲都是观音的化身。在这里，我好像望见母亲亲切地俯下身来，关注着我，我的心中便有了宁静，有了温暖的依靠，心灵的慰藉。我分不清结跏趺坐于莲台的是慈悲的观音，还是慈爱的母亲。

在北山石窟中，最深深吸引我的，是那容貌秀丽、赤足于莲台上，亭亭玉立的数珠观音。只见她立身斜依石壁，赤足站于莲台之上，头戴精美花冠，目光下视，嘴角上翘，双唇微收，流露出一种含睿欲笑、天真腼腆的少女情态。她右手持珠，左手轻轻地握住右手腕，双手自然下垂交叉于腹前，给人以豁达大度、悠闲自若的感觉。她的纱衣裙带在微风里翻飞，欲静还动，颇有"吴带当风"之妙；她轻盈的体态，窈窕的身段，宛若一位天真率性、动人心魄、充满活力的妙龄少女。古代工匠以细腻的刻画、大胆的构想，打破了观音形象的威严，缩短了人和神的界限。

世上谁见过观音？但是，她却成了自古以来人们心目中救苦救难的女神。据说，最初观音是南印度的一个男相神祇，在古印度和中国早期观音造像中，都是男性。到了中国南北朝，观音才逐步被塑造成了悲悯苍生的女性形象。

为什么观音从男身转化为女身呢？民间有许多版本的传说。其中有一个说法，女性最具阴柔之美，最能打动人心，唤起世人心中美好的情愫。善良的中国百姓迫切需要一位慈悲、怜爱众生的女相观音。菩萨一切随缘，观音也就成了美丽端庄、大慈大悲、普度众生、超越众生的女神。

其实，女相只是观音随类应化的示现，而不是真正的性别。真正虔心向佛的人并不拘泥于实相，而在于观音已成为中国人心目中智慧和慈悲的象征。

观自在，观一切声音，度我们的苦厄。大慈大悲的观世音，以无量的智慧和神通，普救人间的疾苦，寄托着有情众生的美好愿望。

临别大足前，同行的人都虔诚请了瓷做的滴水观音。我喜欢大足的观音造像，觉得这滴水观音虽不是用石头塑造的，但形象非常美，便心怀虔诚地请了一尊白瓷的滴水观音，带回家供养。

　　遗憾的是，同伴们请的观音都能滴水，而我的观音手持净瓶却不能施一滴甘露。他们笑我心不虔诚。我反驳说，滴水观音希望我记着每天供养甘露。

　　供养菩萨，供养的是智慧和慈悲，供养的是我们的菩提心。我想，这是刻进去的东方佛给我的领悟吧？

世外乐山

红尘之中　红尘之外

几千年几百年来，人们总是梦寐以求那世外的桃源。而我，常常想起世外的乐山，想起这座佛国仙山的城市。

乐山，给我一种特别的感觉。这种特别的感觉究竟是什么，我无法说清，就好像在寺庙里闻到香火的味道，这味道很特别，而我根本没有办法用语言解释，只是心里清楚，在庄严的佛前，在悠远的钟鼓之声中，缭缭绕绕的香火把我从红尘中牵引到另一个境界中去了。

乐山，就是尘世之中我们芸芸众生所寻找而又在此间的世外境界。所以，每次走进乐山，我感觉它在红尘之中，又在红尘之外。

面对乐山，我不能不感到惊讶，不能不为之震撼，那尊令世人倾倒的东方大佛，那座令天下人惊秀的峨眉仙山，竟然在滚滚红尘之中，在离我们不远的地方，繁华而喧闹的城市之中。而这城市之中，竟然有一个清净绝尘的所在，竟然有那样空灵的山水，那样辉煌的古刹，威仪的佛像，还有那绵延不绝的千年香火，和清清玄玄的晨钟暮鼓之声。

"自古名山僧占多"。佛家追求净土，所以，中国的寺庙大多被佛家圈点在比较遥远的山水之间，尤其许多摩崖佛像更是需要艰辛的长途跋涉才能得见尊容。可是，乐山不同。山就在它的身旁，水就在它的足下。几步之举，我的视线就能触摸凌云山的丹栋碧瓦；抬头之间，我就能迎接大佛眼里的慈光；俯首之顷，我就能听见三江之水臣服在大佛脚下安静的声音；视线之及，我就能望见峨眉山的金顶在渺渺的云雾中时隐时现。

为什么看破了红尘的大佛选择了这座喧嚣的城市？为什么采集天地灵气和秀色的峨眉仙山选择了离都市最近的地方？

仅仅因为制止肆虐的水患，大佛度化了乐山？仅仅因为延续千年不断的香火，峨眉成就了乐山？

走在春风拂面的江畔，我一直在想。

发现岸上栽着许多海棠树，正一枝一枝，一朵一朵地开着，像天上的红云飘落在了树上，一片清新的红艳。我不禁惊呼起来，美极了！原来乐山古时称为"海棠香国"，所以今天的乐山城内都能看见如此不俗的繁花。正像当年的蜀后主在成都遍植芙蓉一样。只是不知道曾经这里种海棠，又是哪位帝王或哪位名人的喜好？

我不想去查证，但我很关心海棠和这座佛国有什么关联呢？难道坐守三江的大佛也喜欢海棠？我喜欢海棠，是因为宋时那位清丽的女人在浓睡初醒的早晨写下的词："试问卷帘人，却道海棠依旧。知否？知否？应是绿肥红瘦。"因离别相思而如海棠消瘦的女主人用一种惜春的心情，说出了与卷帘的侍女不同的答案。

　　如果那了解海棠的女人还在，也来到这座种满海棠的佛都，她会不会告诉我要的答案？

　　佛家说，众生万物皆有佛性。眼前盛开的海棠也该有佛性吧，不然，我的心怎么会如花一样柔软起来，变得安安静静？那份尘世中的浮躁，那份现实磨砺的尖锐，好像没有了。而沿江街路上川流不息的人群，喧嚣的车声、繁杂的市声，仿佛也听不见了。我的耳朵听见的是江水的声音，天籁的声音；我的眼睛所见的是茫茫的大江，青青的山峰，是坐在江边静定的大佛。

　　我相信古人的那句赞美："天下山水之观在蜀，蜀之胜曰嘉州。"乐山曾为嘉州，气势磅礴的大渡河在乐山之西，接纳了青衣江后，匆匆忙忙一路奔流，在城东南的乐山大佛面前，投入了岷江的怀抱。远远望去，三江如练，云影波光，江水绕郭而流，青山环抱城市。凌云山与乌尤山宛若人们想象的一尊睡佛，安详地枕着波涛。云雾漫卷，乐山似一幅山水禅画巨帖，等着我们来参。

　　山水包围了乐山，我也被山水包围。这种包围是大自然的包围，也是宗教文化的包围。或许这就是乐山的不同？在这个包围里，我渐渐有所领悟。现实世界的我们，在纷扰的红尘中，更需要，需要一种宁静的心情，一种超然安定的静气，像眼前繁华都市中的山水，入定的大佛，自有一种超然与清净。我开始明白，当年海通法师将大佛建造在乐山城的江边，除了让大佛驯服野马般的大江，也许是要让世人参悟，身居红尘之中，也可以保有一份清净之心吧？

万丈红尘中的我们不可能跳出三界，但是，我们可以拥有超然的心境，不为物欲名利所羁绊，让心灵回归自然，看到静美的山水、盛放的繁花，而爱着我们的人生，所在的婆娑世界。

红尘之中，红尘之外。乐山离我很近，又很远。我向禅意的乐山要了一份答案。

月亮从大佛背后升起

"你疯了？"乐山的朋友吃惊地张目问我。

他肯定奇怪，夜这么深，什么也看不清，我怎么会忽发奇想去凌云山看大佛？

"为什么不可以？你说，月亮从大佛背后升起的时候，那种感觉最好。"我振振有词道。

我一直记得这位先生诗人式的描绘，看大佛要在清朗的夜晚，坐在山上，等候月亮慢慢升起，那种空灵的境界是白天找不到的。

他的话让我在心中幻想了很久很久。我喜欢月亮，曾在山中看过月亮，曾在海边等过月亮。月亮给了我许多情思和乡愁，可我从来没有体会过月亮在大佛背后升起的感觉。所以，在这个清而朗的夜晚，我怎么舍得放弃这样一个难得的时光？怎么可以拒绝月亮的诱惑？

"别去了，大佛已经睡了。"他连哄带劝。

我明白，深夜去看大佛太不切实际，太富于浪漫。可是，我真的很想知道，月亮从大佛背后升起，是一种什么样的感觉呢？虽然心里不甘心，但还是慢慢想通，就让大佛好好睡一觉，他在那里守了千年，不要惊扰他了。晚上不可以，还有白天吧。

第二天的清晨，我一个人去凌云山看大佛。远远地从此岸望去，薄雾轻轻地浮动在江面上，隐隐约约，凌云山的大佛好像笼罩着薄薄的面纱，轻轻地飘动，显得神秘莫测。真想伸手过去，掀开他藏着的一切。可我又担心他日夜受着江风，能抵御烟水的寒气吗？我好想奔过去，将我紫色的披风为他披在肩上。

没有乘舟，也没有载酒。当年苏东坡游凌云载了一船的酒。而我此刻只带了一份心情，登上了凌云山。

沿逼仄狭长的栈道而下，不知为什么，我不敢侧视近在身旁的佛，尽管此刻他离我这样近，近到我伸手就可以触摸他的衣钵，可我已经很久没有来过，不知他变了没有？我的心里涌生一种相见在即的激动。直到我来到他的面前，我才缓缓抬起头与他四目相接。还是那双智慧的明目，依旧慈怜地看着我；还是那样伟岸的身躯，像一座山，让我仰首观望而自觉渺小。大佛的面庞已经洗净了风雨的痕迹，显得年轻而饱满，像山冈上一轮初升的满月，仿佛不曾历经历史的时空，岁月的沧桑。他的嘴角微微含笑，若佛祖拈花示众，迦叶尊者破颜一笑，直指人心。

真想在大佛的胸膛靠一靠，给我力量。真想与他一起坐着，让江水为我们浴足。然后，在月亮升起的时候，听他讲佛经里的故事。

望着眼前的弥勒大佛，我恍惚感觉他不像是一尊佛、一座山，而是有情有喜、大智大慧的血肉之躯。我想，他独坐大雄峰，一坐就是千年。他会不会感到老呢？会不会也感到孤独和寂寞？但因为他是佛，他要阻止人间的水患，普度众生脱离苦海，所以，哪怕风雨雷电冲刷穿击，哪怕要忍耐千万年的孤寂，他也要镇守三江。他是佛，却又是有生命的、人性的佛。佛家说，人人都有佛性。反过来说，佛都有人性。因其人性化，才具有感召的力量吧。

难怪那位君临天下的女人编造了一个美丽的谎言，说她是弥勒降世，还命人在洛阳龙门凿了奉先寺石刻佛像。

女人早已入墓，只剩下一抔黄土，而大佛还在。

大佛还在，而我要回去了。那个月亮从大佛背后升起的晚上，留给我无尽的幻想。或许东坡知道，他在凌云山上饮酒，一定见过月亮从大佛背后升起，那是什么样的感觉呢？他会告诉我吗？

临别前，乐山朋友说，中秋的时候，邀我去凌云山看月。

想在峨眉山做个仙女

是久远久远的时候吧，也许是天地混沌开辟鸿蒙的那一天。

三位不安分的仙女偷偷跑出天庭，漫游到这里。也许贪恋人间，她们再也不肯走了，便化作了三座仙山。大峨山是大姐，二峨山是二姐，三峨山是三姐。群山如黛，其峰宛若蛾眉。这就是峨眉的故事。

后来，一生爱游名山的李白，发现了这座仙山。他从心底呼出："蜀国多仙山，峨眉貌难匹。"

如果真有"完美"，我相信并且肯定，峨眉是一座完美的仙山。

我的理由其实很简单。只有仙境才是完美的，而峨眉是仙境，所以，她完美。因为，山所体现的美都集于她的一身，她把天地日月精华凝聚在一起，以最美的姿势、最美的秀色和灵气，展现给我们。

峨眉是一种秀丽的美。形容山的美还有另一个与"秀丽"相反的词，叫作"雄壮"。从审美角度看，秀丽是阴柔之美，雄壮是阳刚之美。阴柔是最能激起人们神往和欢愉的至美。峨眉秀在山，秀在水，秀在云，秀在树。请你相信我，走在烟云轻绕的山径上，灵岩的翠色会染绿你的春衫，洪椿的晓雨会沾湿你的秀发，萝峰的晴云会带走你的心。而双桥的清音会轻轻地响在你的耳畔，你会感觉如仙乐飘飘。置身在山环水抱桥断云连的美景中，你的满目都是秀色，满心都会装着那山的绿那水的柔。

峨眉是一种空灵的美。空灵是一种境界。如果峨眉仅仅是山水的秀，而没有佛寺的钟鼓和香火，可能她没有这份空灵之美。山因寺而灵，寺因山而静。山成全了寺，寺成全了山。山水与寺庙把人引向超凡入圣的境界。

在峨眉山上，感受她空灵的最好地方，该是洗象池。洗象池，是一天然水泉，原名明月池。传说李白曾经到过这里，他的那首脍炙人口的诗《峨眉山月歌》就是由此触动情怀的。后来，这里建了大寺。民间传说普贤骑象登山，曾在池中汲水洗象，从此就叫"洗象池"了。

到洗象池，一定要在有月亮的晚上。每当月明之夜，天空如洗，蓝蓝的，幽幽的，不见一片云过的纤痕。池水清澄如镜，没有一丝风吹皱。皎皎的月轮，宛若一块晶莹的玉盘，倒映在池水中央。此刻，你肯定会理解李白对月赋诗的情不自禁。在这静谧的夜色中，听着禅院的钟声，一声一声，缓缓地传送过来，低头俯视明月水中的光影，想象普贤菩萨洗象的神态，还有什么比这更空灵的境界呢？

　　峨眉是一种奇幻的美。美女善变，峨眉就像善变的美女，用她的魔力吸引你，诱惑你。日出、云海、佛光、圣灯，是她最得意的"作法"。但是，并不是任何时候你都能看到她施展的幻术，你需要有一个好运气。

　　最壮丽的景象是金顶日出。每当破晓时分，殷红的太阳，从不断变幻着云彩的地平线上冉冉升起，穿透一道道云层，推开金色的云，曙红的云，绛紫的云，一个跳跃接着一个跳跃。最后，朝阳从泻着金水的云河浮起来，浮起来。再一个跳跃，冲出地平线，露出圆圆的，红润润的，仿佛还湿漉漉的笑脸。转瞬之间，它忽然变脸，放射出耀眼的光芒，千山万岭金色一片，云蒸霞蔚。

　　就为了这一刻的跳跃，多少人不惜长途跋涉追寻而来，多少人早早地守候在这里，等待日出。人生中壮美的景象，是需要我们千折百回之后才能拥有的。它需要追寻，也需要我们耐心地等待，就像等待日出一样。

　　可是，如果没有那片片彩云，日出还会壮丽吗？我激赏日出，但我更喜欢彩云。当红日冉冉升起，天空的云彩千变万化，好像仙女的霓裳。片片彩云，飘来飘去，好像仙女舒袖起舞，飘飘下凡。那一种轻盈自在，那一种无拘无束，那一种不着于尘的美好，不是我们所向往的吗？

　　如果可以，我真想在峨眉山做个仙女，一个下凡的仙女，住在人间的仙境。

登滕王阁

　　年少时读王勃的《滕王阁序》，立刻被这位初唐才子的绝美辞采震撼了，至今许多句子仍熟稔于心：

　　"襟三江而带五湖，控蛮荆而引瓯越"，"临帝子之长洲，得天人之旧馆"。

　　尤其那句"落霞与孤鹜齐飞，秋水共长天一色"的绝唱，让我喜欢上滕王阁，也从此记住了滕王阁。

　　后来知道，历史上的滕王阁不是一座，而是两座。一座在江西南昌，一座在四川阆中。这两座都是滕王元婴亲自督建，一样豪华富丽，一样气象万千。所不同的是一个因王勃的那篇序而著名，至今在赣江边炫耀着曾经的辉煌；一个却备受冷落，默默在嘉陵江畔矗立着。许多年后，我登临这两处滕王阁，寻找着大唐的华章和诗篇。只是不知道，当年阁上的帝子和高朋还在吗？

洪府滕王阁

两年前一个初秋的日暮，我因去庐山而路过南昌，特意停下匆匆脚步。只是，想看看"层台耸翠"的滕王阁，想看看阁前的秋水长天，落霞孤鹜。

虽然滕王阁早已在王勃的名篇中深印于心，但是，当亲眼仰见它时，我还是被震撼了。震撼于它的巍峨，震撼于它的旖旎，震撼于它曾经的烟云，和眼底远逝的江水。

滕王阁是唐高祖之子滕王元婴任洪州（今南昌）都督时所建，故称洪府滕王阁。这位帝王之子无视君临一切的高祖，在赣江边为自己建造行宫。因此滕王阁的楼台亭榭完全按皇宫格局布置，在今天看来，它都比其他的名楼名阁还要更具帝王之气。

登上滕王阁，我远眺烟波浩渺的赣江。江上不起雁阵，没有孤鹜，却仍然有落霞投影江心的意境。淡淡的秋水，淡淡的长天，共成一色。我想，千百年前，王勃站在阁上，眼前所见是一样的秋水长天和落霞吗？

就在这很远很远的初唐，一位满怀抱负的书生登临此阁，参加一个从此留名千秋的盛宴。他看见阁中高朋满座，俊采星驰。他领略了孟学士的词宗，王将军的"紫电青霜"。他坐立一旁，谁也没有注意到他。他联想自己怀才不遇，不由感到有些落寞，默默离开喧哗的座中。他来到阁前，将目光投向阁外的江水和秋空。就在这一刹那，他被眼前的景象抓住了，振奋了。于是，一篇旷世美文在他的笔底诞生了；于是，一座滕王阁从此名气大震，一直骄傲到了现在。

如果没有王勃的那篇华章，滕王阁不会有今天的盛名，仅是豪华气派的帝王行宫而已。甚至，也许今天的人很少知道滕王的名字。滕王阁因王勃的华章而光耀千秋。应该说，滕王阁是属于王勃的，属于诗意的。

江水远去了，当年的帝子远去了，当年座中的都督阎公、宇文新州也远去了。

那只孤鹜早已飞出唐朝的赣江，那位怀才不遇的书生是不是也随孤鹜去了？但是，历史把他的诗文连同滕王阁一起留了下来。

阆中滕王阁

两年后的这个秋天，也是苍茫的夕暮，我来到阆中，登上了另一座滕王阁。

我知道，王勃没有来过阆中，阆中的滕王阁没有王勃的身影。但是，杜甫来过，苏轼来过，陆游在细雨中骑着一匹驴从剑门来过，滕王阁留下了他们的诗篇。我还知道，三国汉将军张飞曾经镇守在这座汉城，最后身葬此地。

阆中的滕王阁靠嘉陵江而居，矗立在玉台山南麓。这是滕王被贬阆中任刺史时建造。虽然他触怒了那位做皇帝的侄儿高宗，被谪到阆中，却奢骄昏淫如故。他又在玉台山重造行宫，想再现南昌洪府滕王阁的豪华景象。

　　此时，我站在滕王阁上，眼前仍然是一样的秋水，一样的长天，一样的烟光和落霞。嘉陵江上仍有渔舟唱晚，雁阵惊寒。只是，那渔歌、那雁声能传到彭泽之滨、衡阳之浦吗？虽然这里不是赣江，不是洪州，不是王勃的滕王阁，但我相信，王勃还站在南昌滕王阁上，倾听着，关注着这边的一切。

　　望着远处暮山带紫，轻烟中，我好像看见杜甫携着妻儿从山路上走来。这位杜陵布衣是为哀悼好友病死而来。在阆中停留的数日里，他几次登上了这座滕王阁。他的心情还在悲痛之中，看到滕王阁富丽豪华，想到滕王曾经终日在此宴饮歌舞，沉迷酒色而不思政事，不由忧从中来，忧从诗间出：

　　　　春日莺啼修竹里，

　　　　仙家犬吠白云间。

　　　　清江锦石伤心丽，

　　　　嫩蕊浓花满目斑。

　　…………

　　当年王勃站在滕王阁上，伤感的是自己空怀凌云；而杜甫站在此中，忧愤的是滕王的昏庸骄狂。一样的伤心，不一样的忧愁。王勃少年才俊，书生意气；老杜饱经沧桑，忧国忧民。不同的年龄和阅历，也注定了不同的际遇和感怀。

　　回望玉台山脊，我看见汉桓侯张飞威风凛凛的铜像。他那横枪勒马的英姿，让我的目光穿过嘉陵江，穿过大唐诗篇，回到群雄逐鹿的三国。我好像看见豹头环眼、燕颔虎须的猛张飞，手持丈八蛇矛，胯骑乌骔马，奔当阳桥头驰骋而来。他猛吼三声，声威顿时震退几十万曹兵。我好像看见张飞镇守阆中，战张郃，力敌万人的雄威。可是，这样一位为蜀汉立下汗马功劳的良将，竟惨死在部将的钢刀之下，而成千古遗恨。历史总是最具讽刺的，这位蜀汉名将曾经镇守的地方，后来竟然有一位荒淫无道的帝子，在此修筑了一座任其挥霍的滕王阁，奢侈地享乐着。

望着秋水长空，我不禁感慨。同样的风物，同样的景象，南昌滕王阁给我的是一首诗，一篇华丽的唐文；阆中滕王阁给我的是一份历史的沉重和悲壮。

嘉陵江水滔滔而去，落霞依旧，暮山依旧。这两座滕王阁演绎的故事早已遥远，王勃不在了，杜甫不在了，汉将军也不在了，那些登临的唐宋诗人均已不在，却给我们留下那一段段诗篇和历史，滕王阁因此不朽。

窦团山上的皇林

皇林青青

那长长的皇林就在窦团山上，中国历史上曾主沉浮的帝王们就在红树青山中。

李白当年在窦团山留下"樵夫与耕者，出入画屏中"诗句的时候，他一定没有想到，千年之后，唐玄宗李隆基也坐在此间悠然地吹起玉箫。若谪仙有知，他会不会惊叹现代人丰富的想象力已大大超越古人呢？

我今前来，走在林间石刻皇帝长廊，拜谒离我遥远到数千年的列祖列宗，又何尝没有惊叹？从秦皇汉武，唐宗宋祖，到中国最末的皇帝溥仪，两百多位历代皇帝，跨越两千多年的历史时空，聚首在窦团山青青林中。难道不是一个奇迹？

走在皇林，时光一下子好像倒退两千年，我好像走进久远的古代。如果人有前世，我该是秦时的子民，还是大唐的女子？

秦始皇是这皇帝长廊中塑在第一位的皇帝。这位气吞六合、统一中国的帝王正襟端坐，一手掌印，一手握剑，仿佛正号令天下，操纵千军万马。想起"秦时明月汉时关"的诗句，我好像看

344

见大秦的月亮照在边关。如果我为子民，我愿做边关的将士，为着国家的统一大业，我将奋力抵御外敌。或许，西安秦兵马俑中有一个会是我吧？

走到那尊唐太宗像前，见他冠衣博带，神情安详，宽大的胸襟透出非凡的气度。我好像看见歌舞升平、百姓安居的盛唐，好像看见商旅如云的丝绸古道。如果历史从盛唐开始便结束烽烟战火、刀光剑影，国家从此繁荣而安宁，我们这个民族所背负的历史就不会太沉重，留下的创痕也就不会太深吧？

在则天女皇的丰仪前，我无法不停住脚步，仰首观望，但见她妩媚动人、仪态万千，具有不可一世的女王气质。这位中国历史上唯一的女皇，从少女时代应召入宫，被封昭仪，到成为皇后，最后登上王位，掌管天下，创造了一个女人的传奇。她不仅开创了男女平等的先河，而且政绩卓然，在当时的封建王朝，其果毅和智慧不在先皇唐太宗之下。遗憾的是其塑像竟比其他帝王略小一些。据说，虽然女皇争得了帝位，但当时封建社会男尊女卑的观念依然存在，这是历史的烙印。我的心里有一种挫伤的感觉，这世界还是男权的世界。转念又想，中国历史上足以让中国女性骄傲的一代女皇，不会因为塑像的大小而失去光芒——历史摆在那里。

诗意的中国皇帝

从《诗经》开始，诗意是中国人与生俱来的。诗意的中国人也必有诗意的皇帝吧。驻足那尊南唐后主李煜的石刻塑像前，使我产生了这样的联想。

喜欢李煜，不是因为喜欢这位亡国之君的颓废，而是喜欢他婉约凄恻的词。李煜没有给他的国家带来安宁，他的词却成为传世之作。我仿佛看见李煜归为臣房，隔窗望雨兴叹，"帘外雨潺潺，春意阑珊"，苦嚼着"梦里不知身是客，一晌贪欢"的亡国之痛，而那"林花谢了春红，太匆匆，无奈朝来寒雨晚来风"的惋惜和无奈，至今吟起仍然强烈地刺痛我的心。李煜不是一个好皇帝，却是一个好诗人。也许他应该去做诗人，不该做皇帝。世袭的皇位制，干戈四起的动荡年代，注定了李煜的悲剧，也注定了历史的兴衰成败。

那么，诗意的皇帝是否适合做一国之君管领天下呢？

在魏武帝曹操那里，我找到了肯定的答案。在历代统治中，既是一位杰出的政治家，又是一位卓越的诗人，做得最好的莫过曹公。仔细端详曹操潇洒的威仪，显示出帝王与诗人兼容的气质。我的目光仿佛穿越群雄逐鹿的三国时期，仿佛看见曹操施展雄才大略，统一北方，仿佛看见曹操横槊赋诗，长啸"东临碣石，以观沧海"，何其诗人胸襟！而他"对酒当歌，人生几何"的诗句，今天的现代人有多少人不会吟诵而与之共鸣呢？

中国人也许秉承了先祖的诗情，而成为一个诗意的民族吧。

历史云烟

晚霞渐渐西去，淡淡的云烟还在林间徘徊不去。望着眼前一尊尊帝王雕像，我的心中感慨万端。

曾几何时威风一世的帝王们，无论是一统天下的秦始皇，还是一代天骄的成吉思汗，也最终是大漠孤烟，长河落日，而那伴随着金戈铁马、征尘不断的烽火岁月，都已化作云烟而去。

长长的历史真如云烟散尽吗？如果云烟散尽，为何走在皇林，我仍然好像走进邈远的历史时空，感受着历史的风云变幻，那些繁华沧桑？

慢慢地走在皇林，仰首观望一尊尊天之骄子，我似乎在翻阅着浩瀚的历史。

雨中的九龙沟

　　每当下雨的时候，我总是向往山中的雨天。

　　山中的雨天，我倚在木屋的窗前，望向蒙蒙烟雨的群山，入画，入诗，入心。然后，撑一把雨伞，沿着长长的涧水而行，没入那幽幽深深的雨径，没入那清清凉凉的绿海！当夜来临，我枕在散发木香的席上，听听那秋雨，听听那水声，让我浮在尘世的心变得安静起来，远离都市的喧嚣。

　　雨中的九龙沟，让我如此怀想属于雨的季节。

　　九龙沟是离成都很近的一个自然风景区，一处宁静清幽的所在。雨中的九龙沟，有一种特别的韵味，一份特别的情致。雨中的九龙沟，属于诗，属于画，属于音乐。

　　这个初秋的日子，我和几位朋友到九龙沟访雨。

　　刚落脚龙图山庄的小木屋，山雨便随风潜入了。我喜滋滋地推开木窗，看见一片溶溶的水云里，濡湿了青青的山林。远处的树木罩在烟雨里，是一种深深沉沉的绿，是一种幽幽柔柔的绿，与那水墨般的山色融在一起。我只遗憾自己不能作画！不然，我会将眼前的雨景泼洒在我的画板上。雨中的九龙沟，是一幅写意的山水画。

如果说从窗外看雨中的九龙沟，我看见的是一幅写意的水墨画；那么，当我走出木屋，和朋友一起沿着涧水逆流而上，走进山中，却有一种入诗的感觉。

山中的雨瞬息万变，起初是那种不经意的飘飘忽忽的雨，无声地飘在脸上，有一丝丝凉，很快又倏忽不见了。那山边的几枝苍苍芦苇在风里摇曳，苇花轻轻地飘落。我想起"自在飞花轻似梦，无边丝雨细如愁"的句子，真是可以入诗入梦的画境！

当我们走到龙门的瀑布边，雨越来越急，大滴大滴地打在我的伞上，像一朵一朵的花层层开着，又恍若听见大珠小珠落玉盘的悦耳声音。可能山中的雨是为配合眼前的飞瀑吧，才下得这样急，以至于让我分不清是雨还是瀑，总以为那银白的瀑流不是从山顶泻入深谷，而是从银河飞下，从天上到地面。

山中的雨变幻莫测。当我们走到双龙桥上，观看"双龙吐水"的时候，雨忽然停了，凉云也散了。是不是那双龙把云雨收了，才吐出这样清澈的水呢？所谓"双龙吐水"，原是峡谷之中，有一巨石当心，把奔腾而来的山泉分成两股，从左右岸间挤出跌入下一级水面，好像两条龙并行吐水。我真愿意是这山中的游龙，蜿蜒在曲折的深壑，吸收那无尽的云情雨意。

从山上返回的时候，已是黄昏。到晚上雨又飘洒起来，淅淅沥沥，在我的门上轻轻地敲打着，似乎想来探访我。外面一片漆黑，只有对面山上人家的灯光照射着，还依稀能看见那密密的发亮的雨线。我不肯关窗，想听听窗外的天籁之声。

于是，我披衣起身，斜倚着窗子，倾听着。我听见雨打芭蕉的声音，一叶叶，一声声，不是悲切，也不关病酒，而是一种发乎自然的欢愉的声音。下面涧水的喧闹传了上来，许是踩着雨的节拍，涛声很大，很激越，像一首雄浑的古乐，如歌的行板。久居嘈杂的都市，很久没有听见自然的声音了。我谛听着这大自然的天籁，好像听见生命的原始呼唤。

想起向晚时分，和几位朋友站在木板上，听那桥下水流的声音。水声訇然作响，在苍茫的空间扩散，如一管动听的箫音，心渐渐变得宁静，整个人好像是古典的女子，陶醉在心爱的男子的深情诉说里。

在山中，听一听那雨，尘世中无法想开的事都能想开，无法避开的俗务都可以不理。雨声让你离自然更近，让你的心得到片刻的宁静。在山中，淋一淋那雨，滋养日渐枯燥的情怀，清洗蒙尘屏蔽的心灵，让自己脱胎换骨。

那些在雨天躲在房里的人们，请你，请你一定要到这山中来！打开窗户，看一看窗外飘雨的群山，你的世界会装满清新的绿色。请你到山路上踩一踩雨花，不要怕溅脏你那高贵的鞋、美丽的裙子，你会发现最值得珍惜的，原来是这一蓑烟雨、一山翠微，它是永恒的诗，无声的画，流动的天籁。

所以，下雨的时候，请你一定要记住到这山上来。不要关住门窗，听听那最美的自然的声音，让那细细的雨丝飘进你的心里。

花　见

　　崇州，一个宁静的世外桃源——花见书栈。

　　周末，一个雨后清凉的天气。在崇州好友雪峰的引领下，我
们一群都市红男绿女，浩浩荡荡驾车进入这个似乎与世隔绝的村
落。曲曲折折的山路上，千竿青翠的修篁，掩映白墙灰瓦。沿途
阡陌纵横，落英缤纷，芳草鲜美。一个宁静的、遗世独立的所
在。这不就是桃花源吗？我忍不住惊呼起来。

　　清凉的山风吹拂，带着泥土、青草的芬芳和花香，灌进车
里，我们狠狠地呼吸着来自大自然的清新空气。

　　自然多好！最自然的空气，最自然的山林，还有最自然的朋
友，和我们接近自然、怀着爱情的心灵。

　　沿着一条曲折蜿蜒的幽径步行上去，花见书栈，以一种不同
尘世的诗意的美，出现在我们面前。就像是恋人初见，几乎所有
的人都爱上了这里。

　　这是一座两层楼的三合院，青瓦、红砖墙、白色小轩窗。庭
前，一条蜿蜒的木板露台，面朝对岸青青山林，眼底半亩荷塘碧
叶连天。晓蓉指给我看，楼顶露台适合两个人在那里。我望过

去，一棵茂密的榕树低低地覆盖露台，树下，空着两只木椅。我的想象力又开始发挥。我说："两个人坐在露台上，智商高点的他，数星星。智商差点的那个她，数月亮。哈，多浪漫。"

只是，数星星的人，还没到。

女主人热情地迎接我们。她扎着两只辫子，一袭印花的波西米亚味道的长裙，很特别。不知为什么，我想起普契尼的歌剧《艺术家的生涯》中的那个波西米亚女子咪咪，诗人鲁道夫见到她，一下被她那双美丽的眼睛迷住，情不自禁握住她冰凉的小手。这位花见的女主人也有一双迷人的眼睛。但不知道，哪个幸运的人握住了她的冰凉小手？

"我带你去看你的房间，你会喜欢。"她笑盈盈地说，打断了我的走神。

她带我走进房子里，那是一间雅致的书栈，白色小轩窗下，一方小桌，铺着格子桌布，上面插着花，淡淡雅雅，优美而深情的萨克斯从对面楼上传来，像是那首著名的咏叹调《多么冰凉的小手》。我想象着，一杯茶、一卷书，守着满窗疏影横斜的浓荫，听着男主人为我们吹奏的萨克斯，爱情在心中流淌，度过一段宁静而清澈的时光，真是一种享受。在这山村里，有这样一个很小资又很自然的环境，就像桃花源那样难以觅见，让我们惊喜万分。

这里离白塔湖很近。我们相约着去湖边走走。曲折的小路上，很静谧，空山几乎不见人影。我与清子牵着手，慢慢地走着、聊着，久违的感觉又回到心头，回到了那个青涩的、快乐而不知忧愁的少女时光。大叔似乎对路边的野花情有独钟，举着他的"长枪"不停地拍个没完。我趁着他全神贯注的时刻,用手机拍下了他喜欢路边野花的"证据"。路边,一个老人问我们买鸡蛋吗?晓蓉毫不犹豫,没有讨价还价,全要了。我想,她要的不仅是那很"绿色"的土鸡蛋,应该是那最自然的东西。在喧闹的城市里我们无法要到的东西。

湖边终于到了,只是岸边高大的杉树遮住了视线,我们只能浮光掠影。其实,有水的地方,看什么都好。

登山累了,回到花见。我上了楼顶露台,躺在摇椅上,茂密的树枝随风低低拂过我的脸颊,像一只大手的抚摸。我透过密叶,望向天空,感觉与天离得很近,近到我可以伸手触摸的距离。其实,心到心的距离,并不遥远,就像天空离我们很近一样。只是,因人而有所不同。

夜幕低垂,我们回程了。载着满山的风,满山的草木与一池花香,和我们的欢笑,久违的青春,回程了。花见,虽然是我们向往的桃源,但繁华的城市依然是我们栖居的地方,那里是我们爱的所在。从都市到花见,从尘世到另一个恍若隔世的山中,来来往往,由此丰富着我们的人生,滋润着我们的心灵。

爱一本书，就像爱一个人

喜欢一本书，我会反复地阅读。每一次阅读，我都会有惊喜的发现。读一本书，是读一个人。读懂一本书，也就读懂了一个人。反过来说，读懂一个人，便读懂了他这本书。

有的书，陪伴我的时间很久，但它一直束之高阁，我每天都要在书房工作，却很少，或者根本不看它一眼。因为，那一定不是我喜欢的书。但有的书，当我第一眼看见它，便有一种如情人初见的欢喜。而当我把它带回家，它一直就在我的案头，静静地陪着我，等我翻阅。

爱一本书，就像爱一个人，不在于相识的时间有多长。有时，只是一个看似偶然的遇见，而爱也往往在那第一眼凝视甚至无法解释的感觉里，我的大脑便会在第一时间向我报告，你要找的，就在那里。它可能是一本书，也可能是一个人。

有的书，跟你在一起很久，你却不愿看它一眼。而有的书，你们相识很短，你却认定这是你一辈子要的书，你永远也不会厌倦的书。尽管你已能熟记那些令人感动的段落，那些诗性的句子，那些温暖的词，包含那些有声音的停顿和静止的符号，对于你都是那么熟悉，那么了解，但你仍然愿意反复地读它，且带着欢喜和迷醉的心情。

我与书在谈一场恋爱。

因为，那是我心爱的书。最心爱的一本。书的爱情和人的爱情，其实有着相同之处。有的人相处了很久甚至一辈子，你始终不能爱他（她）。而有的人只是一次偶遇，一个意蕴丰富的瞬间，却成了一辈子的爱。

爱一本书，就像爱一个人。你懂他的文字，懂他文字里写的每一句话，更懂他文字里没有说出的话。你在他的文字里读出他的内心，读出他的悲伤和快乐，读出他的呼吸和心跳。你在他的文字里，读到你自己。

一本好书，就像爱情一样，丰盈了自己，温润了心灵，让自己的人生完整而充满意义，简单富足，与众不同。

阅读的力量

与未知世界相遇

从我们出生落地开始，我们就进入了一个奇异的世界，开始了阅读。这个世界向你打开了你未知的一切。你看见了太阳、星星、月亮，看见了山川、大地，看见了路上的汽车、高楼，还有形形色色的人，你是在阅读，但实际上是看，被动地看，是睁着眼睛必须要看。你只是翻看了人生和社会这本书的第一页，而且它没有文字。要认知它，读懂它，了解它，还必须是文本阅读，读有文字的书。

于是，我们从最初的识字开始，从简单的一加一等于二开始，从汉语拼音开始，从课内到课外，从小学到大学，我们与一本又一本书相遇。随着生命的成长，你仰望星空，远眺大海，极目高峰，开始追问并希望知道，谁创造了这个世界？人从哪里来？我是谁？你努力地寻求亚里士多德那一古老问题的答案：一个人如何度过他的一生？开始探索生命的意义。在西方的宗教文化里，在《圣经》里，我们了解上帝创造了万物，人类的起源从亚当和夏娃开始。而在中国古老的哲学文化中，我们遇见了两个最了不起的圣人，一个是老子，一个是孔子。

老子很伟大。在《史记》里，司马迁对老子的记载，也仅几百字。而老子唯一流传下来、体现他全部思想的，就是那部具有深刻的思辨性和伟大智慧的哲学著作《道德经》，成为一座中华文化的绝顶奇峰。老子以简洁优美而又深邃玄妙的五千文字，对宇宙和生命进行了终极探寻，让我们知道了"道"是什么，是道理、方向、途径，是宇宙万事万物的总规律，是生命的本源，也是世界的终极与归宿。道无所不包无所不在，天地万物的规律、法则、变化、生命的意义、人生非常高的境界等等，都统统包含在道里面。答案也在那里。

老子教给了我们"大道无为"的思想和"上善若水"的人生最高境界，而在儒家经典里，孔子告诉我们，读书的意义，人生的意义，是为了"修身齐家治国平天下"。孔子教给我们一种价值观，一种积极的入世精神，一种准则，一种为人处事的艺术。

在浩瀚的书籍中，你与古代的圣贤先哲相遇，与他们对话，与东西方的智者交谈，你一个又一个迷思和困惑，都能得到解答，而且你具有了思考和判断的能力，找到解决问题的方法。你在读书中成长，在读书中增长了智慧，在读书中找到了真理和方向。读书使你的世界变大，使你的思想变得辽远广阔。

余秋雨谈阅读时有一句话："只有书籍，能把辽阔的时间浇灌给你，能把一切高贵生命早已飘散的信号传递给你，能把无数的智慧和美好对比着愚昧和丑陋一起呈现给你。区区五尺之躯，短短几十年光阴，居然能驰骋古今，经天纬地，这种奇迹的产生，至少有一半要归功于阅读。"

生命是有限的，但是，阅读却能延展我们人生的宽度和厚度，让我们与世界惊喜相遇，从未知到有知。

与未来人生的联结

阅读是我们认识世界的开始，也是我们与未来人生的联结。也许你说，我不阅读，难道就没有未来吗？也不见得对我的未来有什么影响。但是，阅读和不阅读，是两回事，呈现的是完全不一样的世界。阅读的人，他的世界是一座丰饶的园林，清澈的河流穿过繁花似锦的两岸；不阅读的人，他的世界是一片令人感到空虚的荒凉。

阅读和不阅读区别出截然不同的结果，一个必定优秀，一个必定平庸。

阅读对一个人一生的影响是巨大的，与一个人的未来密不可分。

犹记，小孩子的时候，没有上学之前，我已经能简单地识字。父亲常常下班之后，都会绕道去书店给我买一本连环画回来，我们家的连环画都可以开一个连环画店了。我特别喜欢看连环画，非常入迷。常常一个人端一张小板凳，坐在天井看小人书。

成都的老房子大多有一个天井，阳光透过屋后公园的树木照射下来，斑斑驳驳地落在我的连环画上，我就坐在那里，看半天的连环画，看了又看。有时候抬起头来望着很小的一方天空很好奇，天上的星星怎么不掉下来？我能不能像嫦娥仙子一样飞到月亮上去？当时，我就想站到屋顶上，那样就跟天接近。当然不可能。

于是，我就幻想连环画和童话书里的故事，跟随小三毛去流浪，跟随孙悟空去打白骨精，跟随安徒生去找美人鱼和王子，还用自己的想象去猜测、设想一些情节。尤其是我对连环画里描绘的河流、森林、花草虫鱼鸟兽，很着迷。我在连环画里看到了一个新奇的未知世界，充满神往与惊奇。

到了中学，我开始看古典名著。我的父亲爱好读书，家里买了很多书。《西游记》《三国演义》《水浒》《红楼梦》，我虽然看得不太懂，但一下子就入迷了。特别喜欢《红楼梦》，很动人梦幻的石头故事，大荒山青峰埂下的一块石头通了灵性，就成了人，成了叛逆的、多情的怡红公子，然后有了"木石前盟"和"金玉良缘"的故事，然后，我在书里遇见了从太虚幻境下界为人来还宝玉一生眼泪的绛珠仙子林黛玉。

那个时候还不懂太虚幻境提示的十二钗的命运玄机，但是，我为宝黛爱情如痴如醉，曹雪芹把木石前盟的故事写得优美、缠绵，极为动人。而且那些诗词太美了，当时，整部红楼梦的诗词我全都能够背诵。不仅背诵，我还模仿写诗词，俨然就把自己当成有"咏絮才"之誉的林黛玉。如今回忆起来，有些幼稚可笑。

但毋庸置疑，在读书的启蒙时代，《红楼梦》对我影响是最大的。就像宝黛相见，"天上掉下个林妹妹！"曹雪芹写宝黛初次见面，特别令人印象深刻。林黛玉一见宝玉，心里一惊："好生奇怪，倒象在那里见过一般，何等眼熟到如此！"而贾宝玉则笑道："这个妹妹我曾见过的。"两人一见如故，好像穿越前世今生，也注定了宝黛缘分。

人跟书之间也需要缘分。我第一次看《红楼梦》，就像天上掉下个林妹妹，一见如故，一见痴迷。读书给我的文学熏陶，是从读《红楼梦》开始。我不知道，这是文学的启蒙，还是爱情的启蒙？抑或两者皆有？但毫无疑问，读书的轨迹，就是我成长的轨迹，预示着我未来的方向。

阅读是一种优雅

苏轼有句诗："粗缯大布裹生涯，腹有诗书气自华。"就是指一个人读书读得多了，学识丰富，见识广博，身上会自带一股书卷之气，这样的人不需要刻意装扮，就算穿着粗布衣裳，也会由内而外产生出一种气质。如果你是一位爱读书的女人，言行举止自有一种优雅，即便"乱头粗服，不掩国色"。

我们常常有这样的经验，一个女人出现在你的面前，即便不说话，你也感受到她浑身上下散发的迷人气质。再看她一言一行，很有内涵，你会不由自主被她吸引。这种感觉有点像爱情，你会情不自禁地爱上她，而坠入爱河。相反，一个女人如果没有内涵的话，不管她怎么打扮，都不会有气质，会显出粗糙、浮躁的一面。

阅读是一种温柔安静的力量

我们展开一下想象，在阳光洒满的窗前，一杯茶，一卷书，你独坐在澄澈的春色里，静静地阅读，沉浸在书中的世界，心底的喜悦，随茶烟中袅袅升起，宛若一只大手温存地拂过脸颊，你的双眸神采奕奕，你浑然不觉自己所散发的魅力。

那是一种由内而外的气质，一种从内在放出的光芒。你的心灵与作者交流、对话，从而产生情感共振，你的欣赏力和感悟力领受到一种感动。这个时候，一切尘埃，静心无染。一切喧嚣，不绝无闻。因为你的心中充溢着爱和故事，你的灵魂清净而充满澄澈无比的自性。如果你不阅读，就不会有这样的体验，不会散发出自身的魅力。

会阅读的人，不是随便翻翻，看了就忘，看了就丢，而是沉浸其中投入地读，并深刻地领悟，而心神领会，拈页展颜。为什么佛陀拈花示众，众皆默然，唯有迦叶破颜微笑？这就是一种领悟力。当我们与书中的世界心意相通，就获得了一种温柔、安静的力量。

阅读是一种修炼

读书的人，举手投足之间，有一种从容、淡定与静气。一如老子所说："宠辱无惊。"任何宠辱与得失都干扰不了内心，不会一惊一乍，不会反应过度。像《儒林外史》中的范进中举，得宠的时候，乐极生悲，把自己宠惊了，宠疯了。当然这是一个极端的例子。

还有受委屈的时候，有的人受了气，心里放不下，解不开，像《红楼梦》里的晴雯一样气得撕了扇子，气得病死。在现实中，许多职场的人都有这样的体会，因为领导的一句话，一个不悦的表情，就会心中忐忑，几天睡不着觉。严重的、极端的，就像契诃夫的小说《公务员之死》，在一个大官面前咳嗽了一声，就惶惶不安，最后死掉了。

但是，喜欢读书的人，书读得越多，读得越深透，他的心境就越平和。一切烦恼都可以放下，一切痛苦都会消化，一切对自己的不公和委屈都可以包容。他具有这样化解的定力、静力，有一种放眼山川的气魄，一种容纳沟壑的心胸，因而能够保持着温和、镇定的心态，向着认定的方向前行。

很多时候，我们想做一件事，却一件也没有做好。为什么？为什么你很难静下来？因为你的心是浮躁的。只有阅读，经受漫长的寂寞的过程，才能把自己静下来，沉淀下来。就像是一种修炼，你必须经受住外界的诱惑，经受住外界给你的任何负面干扰，达到不闻不觉，才能修成正果。

佛说，心不动，万物皆不动；心不变，万物皆不变。一个有成就的人，注定是寂寞的。但他的世界并不孤独，因为阅读使你精致，使你动人，使你丰富，使你快乐和静好，使你成为一个内心强大的人。

第五章 爱情组章（散文诗）

今夜的月亮

　　静静地伫立，仰望你，天边的星群已黯然退场。黑夜里，你的光芒，照亮所有的思念。

　　今夜，你是这天幕上的留白，不着一字，却在唐宋诗篇里，反复地吟唱，反复地想起。

　　你在李白的床前，铺上一地的霜。你在苏轼的杯中，醉了一阕离歌。今夕何夕，古老时光里的月亮，照见一样的悲欢。

　　今夜，是月亮的故事，也是我们的故事。我是你映在水中的影子，你是我涂满桂花香的相思。你的清辉里有我，我的眼眸中有你。我全部的欢乐与痛苦，就好像整个月亮的阴晴圆缺。

　　隔着遥远的距离想你，流下悲喜不分的眼泪。你从没有走远，清朗的月色一直照着，我的容颜。今夜，你就在我的身边，陪我。我就在月亮下面，等你。

　　心中的思念，是照进孤独的月光。最深切的爱，才让我们痛。一生的守护，唯有你懂。

　　今夜的月亮，在李白的床前，在苏轼的杯中，在我们如水的思念里，醉了又醉。

动　情

心不再四海八荒，为你，已然安放。

静静地坐在窗前，我只想为你，写一怀素锦文字；在馥郁的季节，我只想为你开放，像那《诗经》的灼灼桃花。

我无法一一说出，在那个花香的午后，为什么终于与你遇见，并为你停留。也许前生我们之间，有一个神秘的记号，那是相爱的记认。

我无法解释这一切，我们谁都无法预料的安排。我只知道，你给了我整个春天，让我的爱情从古老的芬芳中苏醒。

亲爱的，人若有前世的轮回，我愿为你复活，不再做三生石上徘徊的精魂。

若注定要到人间历劫，我愿为你，再一次动情，用你给我的洪荒之力，赴一场今生今世的情奔。

爱情组章

一 树和倒影

你是我，我是你的影子。在水中，我看见自己。

你的每一次叶落，在我斑驳的心中，忧伤地扫过。我懂你，你沉重的叹息，那些纷纷飘落的，曾经如秋日般绚丽的，被埋葬的昔时。就像我无法抓住的，悔恨的年轻时光。

夜色，倒映着你的身影。你孤独地站在岸边，张开的双臂，依旧期待着什么。在波光迷离依旧清晰的水面，只有我懂你，你怀着的一个旧梦。

我懂你，每一阵风过，我能听见你的声音。每一种颜色的变化，我能感觉你的，深深浅浅的心事。我懂你，你所有不能忘的悲欢和忧愁，你心里唯一没有实现的愿望。

我懂你，你固执地等待着我。即使风和流水已经止息，月华老去，你只求今生一次倾心地爱过。

在今夜，在熟悉的岸边，穿过千年的月光，我如约前来。你牵我的手，一起看我们水中相偎的倒影，直到永久。

此刻，风在倾听。你喃喃的呢语，如喁喁不绝的流水，在我的心里流淌。

我深深地知道，你就是我，我就是你的影子。

二　梅和月光

月光来过又走了，梅落了一地。在错过之后，你还会开花吗？

你站立着，静静的，一如昨夜。在无人的街角，在仓皇坠落的夜色中，你始终在期待什么呢？

你那样执拗地站立着的姿势，一定有些什么，在花落之后，是你不肯放弃的坚持。

是渴望出现的青春吗？或是，从未遭逢的、像月色一样清澈的爱情？

今夜，在宽宽窄窄的巷子，灯火渐渐散尽，一个穿红衣的女子，站立着，静静的，宛若那梅树。

她在为谁等待呢？

一剪月光自迢遥的银河走来，忽然停步，朝梅深情一瞥。

梅落了一地，又开了。那个像梅一样的女子，回头一笑。

也只有她，只有酷似梅的女子知道，你错过的昨夜，那些花开花落的岁月，只为，这场与月光的相遇。

三　雪和爱情

覆盖了我所有的痛苦和忧伤。雪落着，在我的窗外。

以为，整个冬天，不再有怀春的梦。以为，我的世界已被风带走，我只是正在凋谢的寂寞的一朵。

在我最没料到的时刻，在繁花散尽之后，雪从天空降落地面。

悄无声息，好像提前盛开的白色栀子，纷纷而下，在遇见你的午后，馥郁了我的心情。

是悄然抵达的爱情吗？为什么，在我的心头轰然狂喜，让我措手不及？

我们谁都没有准备，这一场最美丽的相遇。我们谁都没有预先知道，它就这样悄无声息，翩然而至，在我俩之间。

如果，这就是爱的样子。亲爱的，我愿意，如窗前飘落的雪花，静静地守在你的身旁，和你无悔的心情与幸福里。

如果，一切早已注定，我是你的。就好像注定，雪只属于冬季。我愿意，如眼前芬芳的雪，陪伴你度过最寒冷的时光，和每一个不再错失的，纯净的日子。

就让雪把我融化，把我的一切覆盖。我愿意零落成泥，要和你，一起迎接春回。

因为，你是我的，我的梦。

给你灼灼的爱情

前世，不知我是这一枝海棠，还是那一树梨花？在花的世界，必然有一朵，是我。

我是曾经飘落在你心上的，一瓣心香。在缤纷的花园，唯你能从众芳之中寻找到，我独有的香气。必然那一朵，属你。

我静静地等你，从桃花树下经过，朝你投去，嫣然一笑。一场美丽的相遇，只需要一个片刻。亲爱的，为这我已修炼千年。

三生三世，紫陌红尘，我只想做一个芬芳的女子，在你到来的时候，给你灼灼的爱情。

想你， 在下雨的窗前

在静谧的时光，独坐烟雨轻笼的窗前，看无边的丝雨，将一怀相思，渲染成一抹淡淡的水墨，一卷无字的书，入画入心。我知道，唯有你能读懂。

想你，故事的章节塞入一缕夜雨，凝望的眼眸，带着依依的眷恋，追随远去的身影，暖了轻寒的夜色。亲爱的，我已经分不清，故事与生活有什么不同。

想你，将一帘幽雨写意成初春的草色，如绵绵不绝的相思，在你心里的原野，日夜滋长。纵使天涯无尽，而我，是你唯一的芳草。

想你，拢起轻愁的丝雨，自在的飞花，将思念拾掇成美丽诗句，像那灼灼桃花，开出一树诗经的四言，抵达你的心里。我知道，窗外穿过湮远年代的春天，是来寻觅那个写诗的女子。

在三月的春天，下雨的窗前。想你。

遇　见

不经意，抬头望了一眼，与月亮相遇。

有些人，就是在第一眼的对视里，邂逅了爱情。

正在下去的太阳，正在上来的月亮，仿佛并不焦急，却刚好交会。

在这世间，有什么不能发生的奇迹呢？遇见，就是一个奇迹。

前　缘

始终相信，我与你的相遇，总是有很深的前缘吧？

三千年前，我或是那个居住在河洲的女子，你为我涉水而来，赠我彤管。不然，这茫茫人海中，你怎么第一眼就找到我？

我或是经过几世的轮回，随时光的流转，从商周到三国，从大唐到宋朝，到成为民国的女子，再到今天，与你遇见。

红尘千转百回，你等的，是我。

穿越三千年，只因为，我是你的前世今生。这是我能够解释的，唯一理由。

我这样爱你

我这样爱你，或许便选择了孤独。像那棵难过生长的相思树，落了一地的寂寞。

但是，上苍把最深切的爱情，也同时给了我。

在世人眼里，我的爱离经叛道，但我愿意为你，像那只丛林的蝴蝶，煽动一次坚贞的背叛。

我这样爱，或许注定这一生的痛苦，像那朵错过的栀子，在我们迟来的岁月相遇。

但是，你给了我，所有人不能给的永恒。

在地毯的那一端等你

花开，我在地毯的那一端，等你，缓缓的步履凌过花香，向我走来。

只为，这一场期待很久的相拥，我已跋涉千里，等候，与你牵手的这一天。

采一握玫瑰，我在铺满花瓣的红毯，等你，伸出手掌的瞬间，把我的一生交付给你吧。

我笃信，世间一切命定的安排。紫陌红尘，千折百回，只为等一叠杏花春雨，与你遇见。

　　在岁月的轮回里，我是你最初和最后的爱。你是我千年的一场缘，今生的眷恋。

　　我愿意，用长长的一生证明，我们的爱，像千年的月色，如酒的花香，永恒存在。

　　向爱情举杯，我在地毯的那一端，等你，赴一场我们的盛宴。从今以后，一起追着日落，陪你看花，携手到老。

若上苍容我是一朵桃花

桃花树下，取一枝桃花，以我的方式，与你灼灼相对。

而你，拥我入怀，给我以春风，以花芳，以最美的祝福与祈祷。

三生三世，紫陌红尘，问情为何物。若有忘川，我愿相信，今生轮回，世上，会有另一个男子，以一枝桃花，作我们的记认。

而我，若上苍容我是一朵桃花，我愿纵身大化，带着隐秘的花香，为一个人，飘落九尘。

即使只有这一生，我愿，用我一生来爱你。

想你，把自己当成《诗经》的女子

想你，在黄昏的柳岸。

顺着河流，寻找你的方向。

春水漫过，我的思念。一片坠落的花瓣，打湿我的眼。

伴着向晚的夕照，缓缓而归。

却在回首之际，蓦然发现，我的相思，一地阑珊。

想你，在水湄。

静静地伫立，把自己当成《诗经》里的女子。

千年前的河洲，也有关关雎鸠，也有窈窕淑女，在等候一场最美的邂逅。

一支彤管，穿过杨柳依依的古老春天，轻轻吹起，似在诉说我们前世的爱情。

栀子花又开

栀子花又开在，窗前。像雪的白，白的雪，在我的眼前，漫天飞舞。

我努力地想知道，前生，我们是不是在这样的花前遇见？

总有一种因缘，与久远的那一次花开，有不可知的关系。不然为什么，在充满花香的山路，在众芳之中，废墟之上，你能辨认出，昔时熟悉而芬芳的味道？

馥郁的香气，像爱情的味道，散发在纯净的空气中，那是我们共同的呼吸。

我终于知道，那个栀子花开的午后，并不是一个偶然。

我是你，前世今生，必然的爱情。

花开，一年又一年。我不着纤尘的爱，对你，从来没有变。

此刻的我，仿佛是，五月的初夏刚刚绽放，轻盈地，落在你心上的，一朵栀子。

让我独有的芬芳，在清凉的早晨，从群芳之中穿越出来，香给你看，香给世界看。

午夜樱花

走过午夜的街角，你忽然停步。一阵风起，花瓣落了一地，拂过馥郁的月色。

抬起头来，我忍不住惊呼，满树粉白的樱花，是那不可置信的、袭人的芳香。你轻轻抬手，摘下一朵，插在我的发髻。

温柔的夜色里，我含羞地低下头来，花香盈怀。我恍然明白，原来，我已经拥有，你给我的整个花季。

街角的樱花，以一种绝美的姿态，在我毫无防备的时刻出现，让我屏息。仿佛并不经意，却是命运必不可少的安排。

在你抬手之际，为我摘下初开的那朵，在这静夜，慌乱的刹那，爱就这样来临，猝不及防。

若我，是你握在指尖的那朵樱花，请让我，开在你的心田，散发清澈的、芬芳的香气，抵达你的灵魂。

若我，是你眼中的那朵樱花，请让我，落在你的怀里，无尘，无染，给你最干净的爱情。

七里香

午后，疏影横斜的屋外，传来隐秘的、散逸木香味道的香气。不用寻找，也不必回头，我也能看见，七里香在那里，幽幽地香着。

即使闭上眼睛，就算黑夜将我包围，我也能辨认出那隐秘的香气。

走到窗前探望，细密的白色花朵，像从天空降落到藤蔓上的片片雪花，覆盖了院墙。

空气里，浮动浓郁的香气，仿佛千万花瓣从树上跌落在幽径，步步踏着花香。像初夏的栀子，馥郁了四月的春天，也馥郁了我的心房。

香气传送很远，即使隔着遥远的长街，隔着我们视线不及的空间。七里之外的你，也闻到了它的芬芳吗？

我相信，你一定能辨认，它的味道。这是一种神秘的经验，只有深爱的人才能找到它。

花香是灵魂的香味，是你与花的秘密，也是你与花的前世爱情。

我是你的俘虏，我的心已被你掳去，被花香占据。那是我们之间辨认的密语。

（七里香的花语：我是你的俘虏）

你是我的牛郎

今夜，我在星光的那一边，等你，自迢遥的银河走来，穿过千年的月光。

只为，这一场期待很久的相逢。我用寂寞的一生，等候，与你相会的这一天。

今夜，我在银河的那一边，等你，牵我的手，一起看我们水中相偎的倒影，诉说久远的情殇。

前生，我们必是在清澈的水畔这样相遇的吧？

你说，那天的夜色，像今夜一样婉约。我为你织成的锦衣，像天上的一片云彩。

我们约定，相守千年万年。可是为什么，无情的天河将我们分开？你看着我的身影，渐行渐远。而我，一瞬的回眸，已成千年。

红尘流转千回。年复一年，朝朝暮暮，我不着纤尘的爱，对你，从来没有变。

我笃信，世间一切命定的安排。我以化石般的耐心，等待一年一次的相遇。

一条银河，隔断了时空。一座桥，泄露了答案。我是你今生的所爱，没有什么可以阻拦，心的相会。

此刻，鹊在倾听，你喃喃的呢语，如喁喁不绝的流水，在我的心里流淌。

也只有我，只有我知道，你是我的牛郎，我是你散落在民间的织女。

在今夜，在漫天的星空，那一世，我望断鹊桥的怀想，已变成这一生的最美。

今夜，我在这里等月

穿过三百篇诗的唐风，穿过花间宋词的清影，带着亘古不变的爱情，你从迢遥的历历星座走来，与我相会。

今夜，我守在这里，等你。在桂花树下，等你靠近我的窗前，伴我一枕沉梦，梦回古老的辰光。

那时，月亮也像今夜一样明净、清朗。你请我静听，诗人把酒问月，在唱水调歌头。一壶月光，映见了人间的阴晴圆缺。一阕离歌，诉说了所有的离合悲欢。不知道，千年的梦里，有些什么样的离恨和思念。我只知道，千百年前，千百年后，当我们举头望月，仍然是一样的爱和忧伤。

若有前世，我必然在某个月夜，与你交会，陪伴过你一段清澈美丽的时光。若有前世，我必然在某个水畔，与你相遇，等待海上的月光照临。若有前世，我必然在某个花香四溢的山路，与你相携，静静地守望过山冈的一轮满月。

你其实就是，那一轮古老时光里的月亮。在每个月圆的中秋，我会将你想起，反复地含泪低吟。你是我所有的欢乐与痛苦。让我相信，这是我们的故事。就好像，你让我相信，月缺，月圆，是整个月亮的前世今生。

今夜，我在这里，等你，朝我深情一瞥。我用化石般的耐心，等着，圆我千年旧梦。

如　果

如果你是一匹骏马，我就松开紧握的缰绳，任你，在草原纵情地驰骋。

我并不担心，我的脚步追不上你奔跑的速度。因为，鞭子在我的手上。

如果你是一只大雁，我就给你一双翅膀，任你，在天空自由地飞翔。

我并不害怕，我的目光找不到你远飞的身影。因为，我是你的归巢。

如果你是一条船，我就为你挂起云帆，任你，在沧海中勇往直前。

我并不忧伤，无法与你乘风破浪。因为，我是你的岸。

如果你是一个登山者，我就放开你的手，让你站在最高的山巅，看世界的目光更远。

我并不难过，不能与你一道同行。因为，我和你站在同一个高度。

其实，我真想，把我的长发变成岸边的垂柳，系住催发的兰舟。

但我知道，我唯一能做的，就是像千年前《诗经》里那个伊人，静静地守在，我们的河洲。

观花灯

是一个梦吗？夜风吹起的锦巷，你牵我的手，去看满街的花灯。

伫立桥上，水中映着我们的倒影。汩汩流彩的清波，载我回到久远。

前生，我们必是在灯影流淌的水畔这样相遇的吧？

你说，那应该是宋朝的时候，那天的夜色，像今夜一样婉约。

那一夜，我从挂着花灯下的石桥经过。你朝我投去深情的，一瞥。

站在灯火阑珊的此岸，你看着我的身影，渐行渐远。而我，一瞬的回眸，已成千年。

红尘紫陌，今夜，你提着花灯来找我。只为，那一眼千年的爱恋。

我相信，若有前世，我必是你遇见的，那个散落在民间的宋朝女子。今夜花灯绽放，你必是来赴前世的相约。不然，为何满园的花灯如此熟悉？总有一种因缘，与我们有必然的关联吧？

在此刻，花灯点亮的夜街，我是落在你心上的，一颗闪亮的星辰。

花 开

清晨的阳光洒满窗前，我看见花在开。是花自己要开，还是开给谁看呢？

在午夜，当每个人做梦的时候，花会睡觉吗？花也有梦吗？

如果花无眠，那么，整个夜晚它在做什么呢？我猜它必是在蓄积自己的力量，使自己饱满，悄然地爆破，好在清晨扑哧一声，绽放给醒来的众生看。

花开是一种有情，开给自己看，也开给别人看。这是花的梦吗？它所释放出的一瓣心香，是内在生命的芬芳。像我们从外在逐渐向内而走的成熟，散发自性的清澈。

有情的人不仅能听见花开的声音，也能感知花香抵达灵魂的呼吸，还能辨认出每种花不同的颜色，不一样的美。

在众芳之中，总有一种花，或是玫瑰，或是栀子，是你最爱的一朵。

有的花，只属于你，只为你开。因为它是你的前世姻缘。只有你懂它的花语。

想　做

想做那只修炼千年的猴子，哪怕五指山压着，也没有任何力量可以阻止我，随你前行。

想做一只自在的白鸟，我的心想去哪里，就可以飞到哪里。在我们的天空，比翼齐飞。

想做一朵静静的莲，在你的心田，散发芬芳的香气，抵达你的灵魂。

想做一粒洁白的雪，融化在你的怀里，无尘，无染，给你最干净的爱情。

想做一棵坚贞的梧桐，努力地生长，在细雨黄昏里，等待你归巢。

想做我爱的自己，你爱的我。

静　心

疏影横斜的窗前，一杯茶，一卷书，静静地，独坐在澄澈的秋色里。

心底的暖意，随茶烟袅袅升起，宛若一只大手温存地拂过面颊，暖暖的喜悦。

一切尘埃，静心无染。

一切喧嚣，不觉无闻。

静心，与自己在一起，在自己的世界。

因为心中充溢着爱和故事，所以丰盈。

因为你的存在和懂得，是我快乐和静好的理由。

我在静心中体会存在的美，感知世界真实的宁静。

佛说，心不动，万物皆不动。心不变，万物皆不变。

观世音

观自在，观一切声音。人间悲苦，繁华沧桑，在眼，在耳。

慈悲的观世音，以安静的、超越世间的一切力量，度我们的苦厄，度有情的众生。

每一个红尘中人，脚步涉过佛门，浮在尘世的心便会侵袭清净的佛烟，在你般若的智慧中，找到一种自在安定。

一切喧嚣，在你如莲般的安详里，归于寂灭。

一切苦难，在你静定从容的目光里，已经过去。

一切放不下的执着，一切舍不得的有情过往，一切浮躁不安的心动，在你杨枝播洒的甘露中，得到觉醒。

一切有情，在你波澜不惊的慈航里，获得美好的永恒，幸福的宁静。

我以虔诚的心向你，求你给我一只莲舟，采一朵莲，静静地开在心田。

花落花开

只为寻梨花而来，却与山寺的桃花相遇。风起，花瓣漫天飞舞，是为我的到来吗？

拾阶而上，花瓣落了一地。或许，它们就是一朵莲，让我静静地走在最美的时光，步步莲花？

山中，不见枝头一朵梨花。但我知道，它在开着。我听见花开的声音，看见漫山遍野无染的洁白，甚至能闻到它从极远处传来的淡淡香气。

花落花开，悲苦喜乐，在心。

距离的天空

在金色的草垛里，我寻找你的天空。

想象中那些稻草的芬芳，与泥土的气息，仿佛有你的呼吸。耳边绵绵吹来的微风，似熟悉的呢喃，从林中掠过。

清澈的溪水倒影的影子，仿佛是你。

于是，我静静地独坐，守候飘满稻花香的月亮，从明净的水中升起，在我的心头浮动。

你不在这里，但你故乡的山水与这里一模一样。你不在此刻，但我好像与你在一起，坐在你儿时的草垛上，看天上的白云飘过。

世界上有一种距离，很远，其实很近。很近，有时最远。距离，只是因为，心灵的远近，而不同。

你的天空，在我的视线之内，呼吸之间，即使隔我很远也伸手可触。

梦回秦朝

携着千里的风尘，梦回秦朝。

依然是秦时的那一轮明月，那一座城墙。散落的秦砖，像被散落的一部部满是尘埃的线装书，那样沉甸，那样厚重。每一页都记载着大秦的风云，大秦的天下。

一切似乎都没有变，始皇坐在他的御车上，仍是那样威风，那样霸气。整齐庞大的兵阵和战车排列着，正等待着一场历史的出征，等待着一个帝王的号令。

我在俑坑里寻找着，辨认着，哪一个是你，哪一个是我。

你指给我看，那个身披铁甲，手执长剑的将军是你。我认出来了，那个英姿勃发，女扮男装的骑士，是我。

隔着几千年的云和月，我们却有了一次跨越时空的轮回和相认。

如果时光可以倒流，我要把今月带回我的昔时。明月下，没有刀光剑影，不会立在边关。

风吹来，吹散了秦时的烽火狼烟。轻而柔，好像是盛唐的风，吹在长安。

华清池，杨玉环，仍然是新出浴的样子。那样娇，那样媚。我们，古代和现代的两位女子，忽然相遇。一生中有多少次相遇，何况一千年的邂逅？

她该是唐时绝色的美人，一笑倾城，一醉倾国；她该是后宫最幸运的女人，三千宠爱，只系一身；但是，她注定是最悲剧的红颜。多情的唐明皇给了她最缠绵的爱情，却最终为江山，舍弃美人。

有箫管的声音，随风自骊山那边传来，清玄而哀怨。是谁在吹奏那首《长恨歌》？此情绵绵，此恨绵绵。

秋　问

爱上一个秋天，是在帘卷西风的窗前，翻阅那首宋词。黄昏里，几瓣黄花拂过我额前的发际，落下几枚熟悉的诗笺。秋把我宠成诗人。

那写诗的妇人，仍然在吗？

爱上一个秋天，是在阳光迟来的午后，我向那人站立的方向走去。在他的身后，是高而苍郁的古木。阳光温柔无限，他好像已在这里等我千年。

今生要找的人，注定是他吗？秋微笑，把我交给那人。

爱上一个秋天，是在红枫飘零的山中。那人走远，我站在树下，风吹走了我手里的红叶，满山飘满我的相思。

那人肯相信吗？秋可以证明，把我站成那株坚贞的红枫。

爱上一个秋天，是在旅途的夜，乡关渺渺，明月欲缺还圆。茫茫的江水，停泊着一只客船，秋上演了一场悲喜不分的剧，把我扮成那个天涯的歌女。

江州司马，仍在倾听吗？

爱上一个秋天，是在芦花纷飞的汀洲，我在等候那只归帆，逆流而上。雾起了，仍不肯回。帆影识错，仍不愿走。秋把我想象成那位伊人，总在水湄，美丽的守候。

一首《蒹葭》，反复吟唱了几千年，仍然还唱吗？

枫桥夜泊

许多的花被风带走了，而你仍不肯随风而去。你固执地伫立在风中，是在等有人走进你的红树林吗？还是守着千年的梦境呢？

千年前的一个秋夜，月影沉落，鸟雀在啼。一只船，停在渔火闪烁的枫桥边。船上的诗人再也不肯，漂泊天涯。

千年后，我在枫桥边，倾听寒山寺的钟声。我想知道，那位夜泊枫桥的舟中客子还在吗？那位系马枫林的诗人还坐在那里吗？

风吹起，带走了那条客船。但那座枫桥还在，还在讲述那位夜泊枫桥的舟中客子。

一剪梅

冰雪来临，唯你独立着。

许多的花被冷月埋葬，月色如雪，花已无诗。而你偏要抗拒寒冷的冰雪，做着开花的梦。

有开花的声音自雪地上轻轻传来，慢慢地开启，舒展，直到完全绽放，好像熟悉的爱情过程。

那飘来飘去的香魂，是你前世焚烧的一炷香，要在今世来还吗？

你要还给谁呢？

梅无语，默默望着远方，是等风雪夜归的伊人吗？你执拗地站立着，刻着心中的名字，始终不说。

清冽的月光下，我好像看见你伸开双臂，向天空深深祈祷。你在祈祷什么呢？

只有我知道，在白茫茫的雪地上，梅在祈祷着春回，要还前世的爱情。

羌 碉

几千年前，几千年后，你就是这样以一种挺拔的姿势，屹立着，从来没有改变。

黑夜里，我擎着火把，试着走近你。高而漆黑的碉楼里，四壁徒然，已然没有守卫的勇士。只是，每扇小小的窗口，像是曾经闪烁的一双双猎人般的眼睛，警惕地注视着四周。

几千年前，你就是用这坚强的身躯抵御着外敌，抵挡着无数刀光剑影、雷电风雨。你用独有而智慧的方式，守护着这片美丽的蓝天和草原。还有，在这片土地上世代生息的人们。

在有月亮的夜晚，会不会有位美丽的羌族姑娘，也擎着火把，走进这座碉楼，呼唤着她心中亲爱的名字？

一定也有许多动人的爱情故事，发生在这里吧？那些刀光剑影不曾刺穿这座坚固的堡垒，那些风雨流年不曾洗刷这森严的碉壁，一定有许多的理由和原因，使你站立至今。

山　鬼

一缕艾叶的清香飘过，从湮远旷古的天空，穿过屈原的《九歌》，山鬼来了。

从巫山走来，那个身披薜荔、腰束女萝的美人，手拈花枝，轻盈地飘行在山隈。

只为这一场地老天荒的山盟，与人间的情郎相会，她已跋涉千里。

古木森森的林丛，却不见情人的影子。是山间的飘风，突然而至的飞雨，把你遮蔽在我的视线之外？

因为已经忘了我，你才没有来吗？她顾盼的眉目扫过幽怨。

山鬼寻找着，以化石般的坚贞。可是，霹雳使她聋了，风雨不断袭来。古老的林中，叶落着。她等候的人，始终没有来临。

茫茫的夜，冷而凄迷的森林，只听见一声声痛切的呼号，雨声淹没了一切。

山鬼走了，带着哀怨与愁思，隐没在雷鸣猿啼中……

此刻之后，她把自己化作了一座山峰，住在，王的阳台之下。

美丽的神女，在你转身的一瞬，有谁能知道，你心中刹那的疼痛？有谁能告诉你，生命中的爱和忧伤？

高唐之上，与你朝朝暮暮缠绵的楚怀王，不知道；阳台之下，梦中与你相遇的楚襄王，也不知道。

我问自己，我知道吗？

只有，也只有那个怀石沉江的诗人知道，你所有的坚持与情怀，并不是一篇虚幻的神话。

曹蓉＿＿＿作品

图书在版编目（CIP）数据

赴一场人神之恋的爱情 / 曹蓉著. — 2版. — 成都:
四川文艺出版社, 2019.3
ISBN 978-7-5411-5267-2

Ⅰ.①赴… Ⅱ.①曹… Ⅲ.①散文集—中国—当代
Ⅳ.①I267

中国版本图书馆CIP数据核字（2019）第027042号

FU YICHANG RENSHEN ZHI LIAN DE AIQING

赴一场人神之恋的爱情

曹 蓉 著

责任编辑　卢亚兵　邓　敏
责任校对　王　冉
封面设计　叶　茂
版式设计　史小燕

出版发行　四川文艺出版社（成都市槐树街2号）
网　　址　www.scwys.com
电　　话　028-86259287（发行部）　　028-86259303（编辑部）
传　　真　028-86259306

邮购地址　成都市槐树街2号四川文艺出版社邮购部　610031
排　　版　四川省经典记忆文化传播有限公司
印　　刷　三河市华东印刷有限公司
成品尺寸　145mm×210mm　　　　　开　　本　32开
印　　张　13　　　　　　　　　　　字　　数　290千
版　　次　2019年3月第二版　　　　印　　次　2020年4月第二次印刷
书　　号　ISBN 978-7-5411-5267-2
定　　价　48.00元